厚土中国

丁一鹤　毛永温／著

上海交通大学出版社
SHANGHAI JIAO TONG UNIVERSITY PRESS

图书在版编目（CIP）数据

厚土中国 / 丁一鹤,毛永温著 . —上海: 上海交通大学出版社,2020
ISBN 978-7-313-23066-9

Ⅰ.①厚…　Ⅱ.①丁…②毛…　Ⅲ.①报告文学—中国—当代　Ⅳ.①I25

中国版本图书馆CIP数据核字（2020）第040228号

厚土中国

HOUTU ZHONGGUO

著　　者：丁一鹤　毛永温
出版发行：上海交通大学出版社　　　　　　　地　　址：上海市番禺路951号
邮政编码：200030　　　　　　　　　　　　　电　　话：021-64071208
印　　制：上海新艺印刷有限公司　　　　　　经　　销：全国新华书店
开　　本：880mm×1230mm　1/32　　　　　　印　　张：9.625
字　　数：237千字
版　　次：2020年5月第1版　　　　　　　　　印　　次：2020年7月第2次印刷
书　　号：ISBN 978-7-313-23066-9
定　　价：68.00元

目录

引子

厚土载德
中国方案

2020年中央一号文件明确提出：全面完成脱贫任务后，巩固脱贫成果防止返贫。

中央一号文件指出，2020年是全面建成小康社会目标实现之年，是全面打赢脱贫攻坚战收官之年。党中央认为，完成上述两大目标任务，脱贫攻坚最后堡垒必须攻克，全面小康"三农"领域突出短板必须补上。

这个短板是什么呢？在中央一号文件关于坚决打赢脱贫攻坚战的表述中，前两条说得非常清楚，一是全面完成脱贫任务，二是巩固脱贫成果防止返贫。

"为巩固脱贫成果提供制度保障"成了 2020 年和之后一个长期而艰巨的任务。这个任务的核心就是防止返贫，最简单最直接的表述只有两个字：防贫。

关于防贫问题，习近平总书记指出，"防止返贫和继续攻坚同样重要"。早在 2015 年 11 月 27 日中央扶贫开发工作会议上，习近平总书记就发出三问："扶持谁？谁来扶？怎么扶？"同样，在防贫工作上，也存在"为谁防？谁来防？防什么？怎么防？"的问题。

今天的中国，需要一个明确的回答。

站在今天中国广袤的大地上，一眼望穿中国历史，我们就会看到，中华文化内核中深深镌刻着四个字：皇天后土。

土地是有德的，土地最大的恩德，是养育了中华五千年。

我们今天已经进入大数据时代，站在扶贫收官之年的 2020 年开端，遥望炎帝神农氏与轩辕黄帝生活的那个时代，我们就会发现，中国五千年的历史是与土地息息相关的。人文始祖神农氏遍尝百草为人治病，发明刀耕火种教人种植粮食，因有火德而被称为炎帝。而轩辕帝播百谷，制衣冠，建舟车，创医学，因有土德被称作黄帝，因为土地是黄色的。

黄土、黄河、黄种人，我们因此都自称炎黄子孙。在五千年的岁月里，不管朝代变换更迭，不管帝王将相还是芸芸众生，我们都是黄土地的子孙。五千年的农耕文明，黄土地就是我们所有人赖以生存的根本。

《尚书·武成》里说："予小子其承厥志，底商之罪，告于皇天后土。"

《左传·僖公十五年》里说："君履后土而戴皇天。"

《礼记·月令》里说："其帝黄帝，其神后土。"

这是我们能够找到的最早关于"皇天后土"的出处。简单说，皇天指的是天，后土指的是地。古人敬畏天地，是缘于对天地万物了解和认识的局限性，视天地为人类命运的主宰，认为天地能主持公道，主宰万物。至于什么时候"皇天后土"变成了今天常用的"皇天厚土"或者"黄天厚土"，我们没有必要掉书袋去仔细探究。如果非要找出一些根据来的话，《周易》里就说过："天行健，君子以自强不息；地势坤，君子以厚德载物。""厚土载德"这个词，大概就是这么来的。

开篇从中央一号文件，到搞清楚皇天后土的意思，目的在于破题，把本书的主题说清楚，这个主题就是防贫。在过去的几千年里，老百姓祖祖辈辈都靠土里刨食，不管是秦皇汉武还是唐宗宋祖，老百姓只要有口饱饭就能活命。至于生活的质量好不好，几乎没人敢奢求。所谓生死由命，富贵在天，大概就是这个意思吧。

站在五千年的厚土之上，老百姓最渴望什么？无非就是风调雨顺、家国平安。

翻遍有文字记载的中国历史，我们就会发现，历朝历代的统治者，从没有一位敢打包票说让所有老百姓不饿肚子的。就连唐朝的贞观之治、清朝的康乾盛世，照样也有饿殍遍地甚至易子而食，盛世中照样有饿肚子的老百姓揭竿而起。因此，元朝的诗人张养浩在《山坡羊·潼关怀古》里慨叹："兴，百姓苦；亡，百姓苦。"

以贞观之治的大唐盛世为例，当时中国有多少人呢？专家根据《旧唐书·地理志》记载的贞观十三年人数计算，最鼎盛时期的大唐共有三百万户，一千二百万人。

大唐全国人口加起来，只不过是今天上海常住人口的一半。

大数据时代给我们提供的人口数据越来越准确了。我们今天的中国有多少人呢？按照公开数字，国家统计局 2019 年 1 月 21 日公布，2018 年末中国大陆总人口（包括 31 个省、自治区、直辖市和中国人民解放军现役军人，不包括香港、澳门特别行政区和台湾省以及海外华侨人数）139 538 万人。也就是说，2019 年中国大陆总人口接近 14 亿。

让 14 亿人都能有饭吃、有衣穿，全部都要脱贫，一起奔小康，而且一个都不能少！全面建成小康社会，最艰巨最繁重的任务在农村，特别是在贫困地区。在中国最薄弱的地区，开展精准扶贫、精准脱贫的事业，这其中难度有多大？谁能做得到？

但这个中国梦，2020 年即将成为现实，并且必然成为现实。

都说打江山易，守江山难。脱贫攻坚战胜利了，如何保护胜利成果，防止返贫就成了重中之重，本书要回答的，就是如何破解这个难题。

2013 年 11 月 3 日，习近平总书记来到湘西土家族苗族自治州花垣县排碧乡十八洞村，他拉着老百姓的手深情地说："让几千万农村贫困人口生活好起来，是我心中的牵挂。"

在十八洞村，习近平总书记首次提出"精准扶贫"，此后又多次对精准扶贫、精准脱贫作出重要指示。他强调扶贫开发贵在精准，重在精准，成败之举于精准。要做到扶持对象精准、项目安排精准、资金使用精准、措施到户精准、因村派人精准、脱贫成效精准。

"精准扶贫"成为年度关键词，也成为新一代领导集体执政八年来家喻户晓的关键词。

2015 年 11 月 27 日，中央召开扶贫开发工作会议，印发

《中共中央、国务院关于打赢脱贫攻坚战的决定》。全国范围内的脱贫攻坚战役正式启动，国家把脱贫攻坚作为"十三五"期间头等大事和第一民生工程来抓。

精准扶贫的号角已经吹响！脱贫攻坚绝不是一个部门一个单位的事情，而是全国动、全党动、全民动的大行动，企业是脱贫攻坚战的一支生力军，必须要尽企业的社会责任。

贫富在一定程度上是需要用金钱来衡量的，金融企业投入扶贫工作就显得尤为重要。而金融企业中的保险行业，更是经济社会的稳定器。中国保险监督管理委员会一位领导在全国保险行业扶贫工作部署会议上指出："在脱贫攻坚全国一盘棋的行动中，我们保险行业决不能掉队，脱贫攻坚战中要顶得上去，要冲锋在前。"

2016年6月2日，中国保监会、国务院扶贫办联合印发《关于做好保险业助推脱贫攻坚工作的意见》。随后，中国保监会办公厅第49号文件，印发了《保险业助推脱贫攻坚有关政策措施分工的通知》。

从此，中国保险业的脱贫攻坚战在中国大地上拉开序幕。

习近平总书记指出，防止返贫和继续脱贫攻坚同样重要，已经摘帽的贫困县、贫困村、贫困户，要继续巩固，增强造血功能，建立健全稳定脱贫长效机制。

从扶贫到防贫，不仅仅是名词的变化，更是理念的转变。

那么，防贫是什么呢？通俗一点说，如果扶贫是一只捧起沙砾的温暖的手，那么返贫就是指间沙，点点滴滴都在漏。返贫不仅拖了扶贫的后腿，而且是扶贫工作中难以破解的难题。基层扶贫干部最愁的是，好不容易把乡亲们拉出了贫困的泥潭，但意料不到的变故又把他们再次推进贫困的沼泽。毕竟，人在家中坐，祸从天上来，谁也无法预料会遇到什么意外事件，比如突如其来的大病，比如不可预知的天灾，都很可能将一个富裕之家推入贫困深渊。

　　此时，远在河北省邯郸市的魏县，一个叫作防贫保的新芽，正在 2017 年的秋天里悄然萌动并迅速结果。并在此后两年多的时间里，在全国各地结出了累累硕果，为中国的扶贫防贫贡献了方案。

　　那么，这个防贫保是什么？是怎么产生的？贫困老百姓能得到什么实实在在的实惠？对 2020 年即将收官的中国脱贫攻坚战有什么重要意义？我们必须做出准确真实的回答。

　　近一百年前，毛主席的《湖南农民运动考察报告》回答了 20 世纪 20 年代农民运动的若干问题。七十二年前，费孝通的《乡土中国》探究了中国乡土社会传统文化和社会结构。沿着前辈的指引，我们必须走进厚土中国，以社会调查报告的方式，从社会实践和理论思考的高度，展示防贫保出台的来龙去脉，调查精准扶贫防贫过程中存在的问题，回答精准扶贫纵深之后的社会矛盾和解决之道。

　　2019 年 5 月，经中国作家杂志社申报，中国作家协会书

引子　厚土载德　中国方案　一

记处审批，丁一鹤申请的长篇报告文学《大数据扶贫》被立项为 2019 年度重点扶持作品。最初，这部作品准备采写的对象是大数据扶贫的开发设计人员和一线扶贫干部，但经过多次采访磨合之后，考虑到一部作品如果只写高科技，切入点虽然新颖、吸引眼球，但不接地气也不能解决脱贫攻坚的任何问题，也无法反映当前脱贫攻坚的真实情况。辛辛苦苦用半年多的时间写一本书，最终作品成为花拳绣腿甚至是浪费纸张，这是谁都不愿意看到的。

2019 年 10 月 17 日，中央电视台综合频道播出《攻坚的力量：2019 年全国脱贫攻坚奖特别节目》，对获得 2019 年全国脱贫攻坚奖的单位和个人进行颁奖典礼现场直播。在 "2019 年全国脱贫攻坚奖·组织创新奖" 获奖名字中，笔者记住了一个词：防贫保。

笔者上网搜索之后，终于搞明白防贫保的作用，也引起了创作兴趣。因为脱贫攻坚必然是一场持久战，防贫保这种具有托底功能的防贫办法，将是 2020 年之后保持脱贫攻坚成果的一个重要法宝，如果能在全国推广这种防贫办法，习总书记提出的 "小康路上不落下一个人"，就会从全民小康的中国梦，变成握在手中的金灿灿的硕果。

2020 年已经到来，为了尽快完成本书的创作，2019 年下半年丁一鹤邀请毛永温、黎海滨、陈默涵三位作家一道，同时在北京、河北、湖北三地展开田野调查，以解剖麻雀的方式，实地考察了河北邯郸魏县、湖北咸宁通城县、湖北孝感安陆市等基层县市，面对面地采访了河北和湖北两省部分市、县一线扶贫的攻坚者，拜访了当地的县委书记、县长，采访了省、市、县各级扶贫办的负责同志和河北、湖北太保产险公司的负责人，深入多户因病、因学、因灾返贫的农村和乡镇家庭，认真倾听他们的苦与乐，一起默默流泪，一起笑逐颜开。

从基层调查归来之后，丁一鹤与陈默涵还以登门求教的方式，走进了位于北京朝阳区的国务院扶贫办，拜访了国务院扶贫办高层决策者；来到位于上海浦东的中国太保产险总部，拜访中国太保产险扶贫工作的决策者和组织者。在访谈过程中，我们了解了防贫保出台的缘起和决策过程，接触了多位高层设计者，采访了基层一线的扶贫人物，听到和见到了各种各样的扶贫故事。

田野调查结束后，由丁一鹤、毛永温共同执笔，发扬军队连续作战的作风，创作完成了这部作品。

如果不是亲眼所见、亲耳所闻，那些我们在城市里见所未见、闻所未闻的悲苦与欢乐，是无论如何都难以想象的。防贫保作为一个保险产品，对于这场脱贫攻坚战的意义与作用，也是我们难以预料到的。

在考察过程中我们深切感受到，脱贫攻坚战是一场史无前例的盛世伟业。在这场攻坚战中，中国太保产险通过防贫保项目扶贫防贫，体现了企业的社会责任，传递着企业的正能量。尤其防贫保获得"全国脱贫攻坚奖·组织创新奖"之后，需要在更大范围内传播防贫保的做法，除了让读者了解防贫保的出台决策过程，更重要的是让防贫保惠及所有返贫致贫家庭。所以我们必须走近那些战斗在一线的扶贫人员和受到帮助的贫困群众，品读他们的追梦人生，传递当代中国的正能量，体现家国情怀、企业担当。

作为时代的记录者，我们用田野调查的方式，以非虚构创作的表现手法，以解剖麻雀的微观视角，真实呈现新时代中国这场旷古烁今的脱贫攻坚战，回答在大数据时代下脱贫攻坚之后，做到防贫路上不落下一个人。

2020 年全国进入小康社会之后，返贫再次发生怎么办？老百姓从富裕瞬间跌落到贫困线以下，政府不会眼睁睁看着自己的人民摔死，那么谁来托这个底儿？《厚土中国》这部作品介绍的这个防贫保模式，提供了一个经过验证的有效可行的中国方案。

贫困当前，全国扶贫一线的工作人员，难！贫困群众，更难！但办法总比困难多，因此，更需要所有人团结在一起，拧成一股绳，共渡难关。

鲁迅先生在他的《且介亭杂文·中国人失掉自信力了吗》中说："自古以来，我们就有埋头苦干的人，有拼命硬干的人，有为民请命的人，有舍身求法的人……这就是中国人的脊梁！"

而此时此刻，正有一群人冲在前方，用自己的平凡之躯，为身后的亿万中国人筑起防范贫困的长城。他们知道，必须跑得更快才能跑赢时间；必须跑得更快，才能从贫困的泥潭里拉回更多的贫困人口。

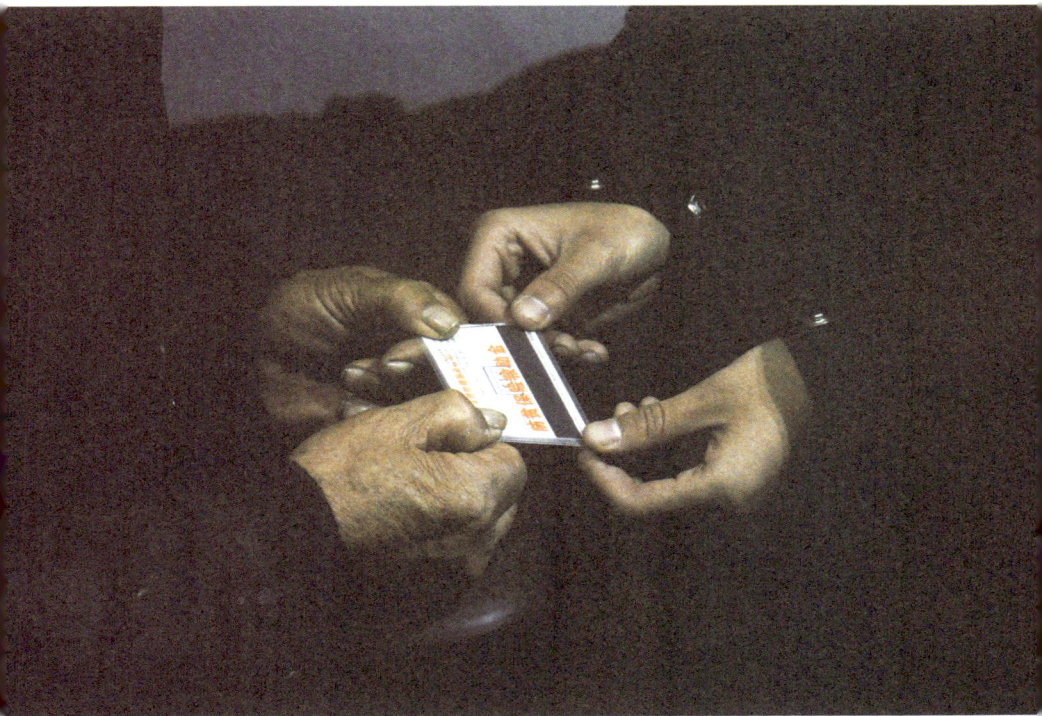
魏县理赔人员把防贫救助卡送到用户手中

尽心为善，虽远必应。这世上，从来没有什么救世主，也没有神仙菩萨，更没有天生的英雄。只是因为百姓有需要，国家有困难，才会有人愿意为了大众遮风挡雨而成为英雄。国家需要，他们没有一丝犹豫。扶危度厄、保险担当，这个世界如果真有天使，那一定就是一线扶贫人员的模样。

中国宋朝有位与变法图强的王安石并世的大儒叫张载，因为他是陕西眉县横渠镇人，世称横渠先生，他留下一句"为天地立心，为生民立命，为往圣继绝学，为万世开太平"的名言。这句话成为中国传统社会人们的安心立命之所在，在今天来说，脱贫攻坚何尝不是为万世开太平？

第一章

为
生
民
立
命

未贫先防

　　这是 2017 年秋分时节的冀南平原，按照阳历计算，再过一周就要开始国庆节小长假了。中国北方大部分地区已经进入凉爽的秋季，河北省邯郸市魏县黄土地上的"秋老虎"余威犹在，无边无际的青纱帐开始泛黄，进入三秋农忙季节，农民们在紧张收割自家的作物。燥热的秋风吹熟了玉米、黄豆，金灿

河北省扶贫办副主任王留根（左二）与作家毛永温（左一）、丁一鹤（右一）

灿的稻谷和挂在枝头的鸭梨给人们带来了丰收的希望。三秋过后就是一场秋雨一场寒，收完庄稼放倒青纱帐，大地露出黄河故道漫漫黄沙的本来颜色，抢种完小麦就进入漫长的农闲时节，黄土地上青壮劳力垛好粮囤，又要背着简单的行李进城打工了。

9月26日，一辆疾驰而过的轿车从北往南进入魏县地界，在黄土路上卷起了一道烟尘。轿车后座上，河北省扶贫办党组成员、副主任王留根金丝眼镜后边的脸，却一直阴着。尽管轿车里开着空调，但他脸上还带着因为着急而涌出的汗珠。王留根半是自言自语半是对司机说："在接下来漫长的冬季，这些热闹的村庄就剩下留守老人和儿童，变成了空心村。要不是为了全家的温饱，没有人愿意背井离乡外出讨生活。贫困地区老百姓的日子，还是苦啊。"

冀南平原的雨季刚刚结束，阴气上升阳气下降，雷声从这个时候开始悄无声息。碧空万里，风和日丽，秋高气爽，丹桂飘香，蟹肥菊黄，秋分是美好宜人的时节，也是农业生产上重要的三秋节气，再过几天，万家团圆的中秋佳节也要来了。

扶贫也是有节气的，王留根要赶在中秋节前把省里的扶贫政策贯彻下去，再加上一把火，给这个冬天带来些许温暖。王留根到魏县之前，魏县县委办公室已经接到通知，省扶贫办领导要求召集魏县县委、政府及县直相关部门和县金融、扶贫机构主要负责人，召开紧急座谈会。

魏县的领导们接到这个通知后也有些莫名其妙。眼看就要国庆节放假了，你王留根一个省扶贫办的副主任，虽然是个副厅级领导，但也只比县里领导大一级，到底是什么会议火烧火燎地这么着急，竟然要求党委政府班子全体在家领导都要参会，而且还神秘地不提前透一丝口风。

难道是省里要给魏县扶贫工作拨一笔巨款？看这架势也不像啊，拨款也用不着一个省扶贫办管金融的副主任亲自跑一趟啊。

等王留根一行来到县委会议室，县委、政府两套班子的所有成员，才知道王留根才是这个时节的"秋老虎"。冀南大平原的秋天，老天都不打雷了，王留根却"打雷"来了。

王留根走进会议室的时候，所有人脸上都没有笑，面面相觑着，不知道这位金融专家出身的扶贫办副主任，到底要点个什么炮仗。

刚走进会议室坐定，王留根就冷着脸，用前所未有的生硬口吻宣布："开会吧！"

王留根当过兵，但那都是早年的事了，经过河北金融系统多年的历练，鼻梁上早已架上金丝眼镜，说话办事也早已八面玲珑、密不透风。今天他突然一副当兵时候的愣头青模样，看样子不是送钱来的，而是兴师问罪来了。

王留根是不是受了什么刺激？还是在哪里憋了一肚子邪火无处发泄？县委书记卢健和县长樊中青相视一愣，他俩也不知道王留根冷枪打兔子一般突降魏县，葫芦里到底卖的是什么药。

书记、县长都蒙在鼓里，县委、政府和县直相关部门以及县金融机构主要负责人，也就只好大眼瞪小眼，最后将所有目光齐刷刷地聚焦在王留根的脸上。

王留根谁都不看，他从兜里掏出一根烟，自己点上，赌气一样狠狠吸一口，语调低沉地说："我刚接完一个电话，就从石家庄赶了过来，不瞒同志们说，我在国务院扶贫办帮过忙，那边有几个熟人，不管是小道消息还是大道消息，反正再过一个月，全国金融扶贫工作现场观摩会就要在咱们邻省召开。我给各位透个底儿，本来这个观摩会我是力争要在魏县开的，毕竟你们是河北省第一人口大县，在这里开个现场会意义巨大，也给我们河北的扶贫工作长脸。可是，我们河北早已启动了金融扶贫试验区的建设，在这场金融脱贫攻坚战中，我们金融扶贫最早创新了'政银企户保'模式，别的地方都推广得不错，但在你们魏县迟迟没有落地，我都催促你们多少回了，你们不是推就是拖，为什么不推开？往小处说，你们没把扶贫工作当回事，往大处说，你们贯彻国家扶贫政策不力。我说个实话吧，你们魏县拖了全省的后腿。各位在座的父母官，不要以为魏县是河北人口第一大县，就应该是河北第一大贫困县。"

王留根说完了，没人接话，大家都静静看着王留根。

王留根透过眼镜片朝着对面的县委、县政府的主要领导看了一眼，见没人接话，只好再接着说下去："不瞒各位，我这次就是来督战的。我就是想问问，省里推广的'政银企户保'你们为什么不推广？为什么连动都没动？人家邻省已经叫响了他们的模式，都在国务院扶贫办挂上号了，用的就是我们河北首创的办法。咱们家浇水、施肥累个半死，好不容易等到梨花开放，熬到秋收了，本来是咱们的大鸭梨，却让人家下山摘了果子，咱们不是白忙活了吗？咱们魏县怎么摆脱扶贫的被动局面？怎么在脱贫攻坚战中迎头赶上？2020 年拿什么向习总书记交代？魏县人口、多底子薄，贫困人口基数大，各位的苦衷我能理解，但起码各位别拖了全省的后腿啊。拜托各位，谁有什么好办法，我想听听你们的意见，谁先说？"

王留根的话硬中带软，甚至还带着无奈。河北是个贫困大省，多年来在扶贫方面也摸索出不少管用的新招，作为省扶贫办的副主任和金融专家，王留根参与探索创建了"政银企户保"金融扶贫模式，在河北省隆化县获得成功之后，自 2016 年 5

月起开始向全省推广，河北省为此出台了《河北省"政银企户保"金融扶贫实施意见》，瞄准建档立卡贫困人口，创新金融产品，强化支持措施，完善服务体系，解决"贷给谁？谁来贷？怎么贷？如何还？"等关键问题。河北初步探索出了以政府搭台增信为依托、以信贷风险分担机制为核心、以多方联动为基础的金融精准扶贫模式，在全省多个贫困县区开展"政府＋银行＋企业＋贫困户＋保险"的金融扶贫工作。这种五位一体的农业合作贷款模式，打通了一条从贫困农户到银行的信贷绿色通道，为脱贫摘帽引入了资金活水。

在各方的积极推动下，"政银企户保"模式取得了显著成效，成为河北全省金融扶贫、创新扶贫的典型，国务院扶贫办、河北省委省政府领导都对这个模式作出批示，要求总结推广这个先进经验。通过推广承德市和隆化县的模式和经验，河北省已在7个地市17个县，累计为17.12亿元扶贫贷款提供风险保障，带动配套社会资金超过50亿元。

按说，发端于河北的这个金融扶贫模式，上上下下都说好，如果在魏县这个河北第一人口大县推开，将具有极大的带动意义，所以王留根把开花结果的试验田放在了魏县。可是，令王留根没有想到的是，魏县竟然一直没动窝，而由河北省首创的这项金融扶贫模式，却在邻省落地开花甚至发扬光大，而且人家马上还要在全国金融扶贫会上将其作为扶贫经验进行重点介绍。作为"政银企户保"金融扶贫模式首创参与者和推广者，王留根此时此刻的心情，真是窝火，着急，又无奈。

这也不怪王留根，河北省11个地级市、47个市辖区、20

个县级市、95 个县、6 个自治县，共有贫困县 62 个，其中燕山——太行山集中连片特困县 22 个，国家级贫困县 23 个，省级贫困县 17 个。河北全省的半数区县都贫困，身为主管金融的扶贫办副主任，他能不急吗？

王留根不明白，这么好的金融扶贫模式，魏县为什么按兵不动？魏县上上下下的官员都没点紧迫感吗？自家开的花儿，却要去看人家邻省摘果子，王留根心里憋了一股邪火，他要来魏县发泄。

看着王留根着急的样子，县委书记卢健清了清嗓子，首先打破沉默说："按说，'政银企户保'的确是金融扶贫的一个好模式，我们魏县也搞了，对魏县的脱贫攻坚战也起到了一定的作用，但我们推广的措施不力，主动性不强，拖了全省的后腿，责任完全在我这个班长。"

县长樊中青连忙抢过话头说："魏县的金融扶贫工作没有做好，作为一县之长，我要负主要责任！我愿意向省扶贫办领导做检讨。"

还没等樊中青说完，几个常委纷纷打开了话匣子："'政银企户保'有些作用，但无法从根本上解决魏县的脱贫防贫问题。"

"省里推广的这种金融扶贫模式，在魏县有些水土不服。"

话匣子一打开，会议室里顿时七嘴八舌吐槽起来……

最后，一个操着本土口音的同志说："脱贫是一个问题，防贫又是一个问题，但说到底都是一个问题，目前困扰我们魏县的最大难题，是一边脱贫一边返贫，实践证明，'政银企户保'解决不了这个难题！"

王留根之前一直是眯着眼睛在听，当听到这个有些熟悉的口音时，他突然睁开眼睛，用手推推眼镜，朝发言人方向直视过去。两人的目光正好碰撞在一起，王留根才注意到发言的这个人，他不但认识，而且很熟悉。

发言尖锐的是魏县县委副书记陶俊强，分管魏县的扶贫工作。

王留根问："陶副书记，那你说说，魏县扶贫最大的难点是什么？"

陶俊强说："王主任，魏县的情况您是了解的，既然您来了，正好跟您汇报一下。我们魏县面临的最大困境是一边脱贫一边返贫。要是把贫困比作一个泥坑的话，我们好不容易一个一个把人拉上来脱贫了，可是刚刚脱贫的人口最容易返贫，一不小心呲溜一下又滑进坑里去了。我们这边费劲地往上拉，贫困户那边却稀里哗啦地往下掉。这又好比我们这黄河故道上的沙土，好不容易捧起来了，又从指缝里没完没了地往下漏……"

王留根一边听，一边掏出笔在笔记本上记录着。他顾不上抬头，一边记录一边问："都是什么人容易返贫啊？"

陶俊强如实汇报说："经过县里进行大数据筛选、抽样调查和实地入户走访，我们发现低收入人群是返贫的主要人群，他们抗风险能力差。"

王留根继续追问："都有哪些风险，都是什么原因，造成这些人返贫致贫呢？"

县长樊中青抬手示意陶俊强喝口水，他接茬说："我们通过大数据分析，总结出三个主要原因。一是因病，二是因灾，三是因学。其中，患重大疾病造成返贫致贫的概率达到了百分之八九十，这个比例最高。自然灾害、房屋失火方面的比例不高，除非碰到大面积灾害；孩子考上大学拿不起学费四处举债而返贫的比例，虽然比较小，但也不能忽视，毕竟考上大学没钱上，会耽误一个人一辈子，我们这些领导干部也大多数是穷人家的孩子，要不是上了大学，在座的大多数还在家种地呢。不过时代不同了，早年家里都穷没办法，现在家里没钱还真上不了大学。"

王留根的口吻此时早已缓和下来："燕赵大地自古多慷慨悲歌之士，就在我们邯郸这块土地上，古有赵武灵王胡服骑射富国强兵。我们是共产党的干部，作为父母官，我们要问一下自己，我们从哪里来啊？军歌里唱得好：我是一个兵，来自老百姓。我们在座的也都是老百姓。国家盼兴旺，老百姓盼什么？不就是盼个好日子吗？我这次来魏县，催促落实'政银企户保'的主要目的，就是要跟大家一起探讨一下，如何破解脱贫防贫中遇到的新情况新问题，如果能在魏县摸索出一种真正能从源头上防得住贫困的措施，那就不虚此行了。"

王留根出身农民，早年从军，在部队时曾经担任多年的部队新闻干事，养成了调查研究的工作作风。转业到地方后，王留根在金融系统工作多年，成为河北金融界的知名金融专家，并在金融岗位上升任河北省金融工作办公室副巡视员。2013年组织安排王留根到红色老区阜平县红草河村担任党支部第一书记、扶贫工作队队长。短短一年多时间内，他就凭借金融专家的优势，把昔日贫困的红草河村搞成了全省脱贫的典型。王留根在扶贫工作方面出了成绩，也被有关领导看中，扶贫工作结束后，2015年7月，一纸调令把他从金融岗位调到省扶贫办担任副主任。作为一名懂金融的扶贫专家，王留根对推行"政银企户保"项目信心满满。魏县是贫困县，又是河北人口第一大县，如果"政银企户保"在魏县推行开，因此摘掉贫困帽子，王留根在全国金融扶贫工作会议上介绍河北经验时，魏县当然是最有力的证据。可魏县不但推行不力，还拖了全省后腿，王留根在全国介绍经验的指望也就落了空。

这也不怪王留根，他是国家扶贫系统中很有名气的金融专家，谈起金融扶贫，他有一肚子锦囊妙计。他是农家子弟，对扶贫工作有情怀有能力有办法，更想在扶贫工作中大展宏图。往个人追求上说，他副厅级好几年了，在工作能力和干劲上都有满满的自信。但比他年轻甚至任职晚一些的扶贫办领导同志，因为工作成绩突出升任到其他岗位上了，他自己却依然在原地踏步，眼看自己年龄也没了优势，要在扶贫工作上拿不出点有亮点叫得响的政绩，这辈子很可能就窝在这扶贫办副主任的位置上了。

有能力、有作为，才能有位置，这道理谁都懂。

县委书记卢健接过话头说："今年 4 月，邯郸市委高宏志书记根据习总书记的指示，提出'未贫先防'的思路，让我们魏县搞个试点。我们是这么考虑的，下一步能不能把省扶贫办和市委高书记的工作思路结合起来，在防贫工作上搞个试点。之前不是我们不努力，是我们还没有找到突围之路。请王主任放心，我代表魏县党委政府班子成员，在这里向您表个态。魏县不仅要尽快摘掉国家贫困县的帽子，而且要突出重围，努力在脱贫防贫方面找到切实可行的好办法，再也不会拖省里的后腿！如果做不到这一点，我引咎辞职！"

卢健书记的话都说到这个份上了，王留根也不好再咄咄逼人，只好后退一步说："卢书记言重了，我区区一个省里的扶贫办副主任，可没有权力让你这个县委书记引咎辞职。刚才是我心急了，对魏县的扶贫工作调查研究不够。可是面对脱贫攻坚，各位同志何尝不跟我一样心急如焚？我们的目的和方向都是一致的，就是把魏县这个河北人口第一大县的贫困帽子尽早摘下来，而且还要摘得彻底、干净、不留后患。到底怎么办？我们今天就把这个问责会，开成诸葛会，请大家畅所欲言，各抒己见。"

会场上一下子热闹起来，在场人员再次七嘴八舌讨论起来。

最后讨论的思路是，由县里提出具体诉求，请金融机构和领导专家一起，拿出方案和办法，在脱贫攻坚过程中解决未贫先防的问题，努力杜绝沙漏式返贫。

"古人从政为官的使命是，为天地立心，为生民立命，为往圣继绝学，为万世开太平。我认为这也是我们今天的使命，我等你们的好消息！"王留根急匆匆摆手告别，他没顾得上留下来尝一尝魏县名吃大锅菜，他还要赶赴下一站去督导呢。

千年穷县

鸡鸣三省的魏县位于河北省南部，在冀鲁豫三省交会区域，这样远离政治中心的偏远地区往往都比较贫困。魏县的县域面积 863.6 平方千米，人口 106 万人，是联合国地名专家组评定的"千年古县"，也是河北省人口第一大县，这里的特产除了鸭梨、大锅菜，就是漫漫黄沙了。

当然，能称得上千年古县，魏县还是有着悠久历史的。魏县在战国时期是魏国的都城，魏文侯在魏县筑礼贤台，开中华民族求贤纳士之先河，县城东南部现存的魏祠就是为纪念魏文侯所建的祠堂。

魏县自汉高祖十二年，也就是公元前 195 年设立县治至今。三国的时候，黄河之北有袁绍占据的冀州，是汉朝的十三个刺史州之一，位置大概为今河北中南部。冀州治所在魏郡的邺城，离魏县只有几十里路。公元 213 年，曹操获封魏公，建立魏国，占了冀州十个郡的地盘，定国都于邺城。比邺城更有名的，是现在犹存的"铜雀春深锁二乔"的铜雀台。后来邺城被隋文帝杨坚一把火烧没了，又在黄河泛滥之后被埋在了厚土之下，古邺城从此从地图上抹去。其遗址现归邯郸市临漳县管辖，临漳县隔壁就是魏县。公元 216 年，曹操晋爵魏王。四年后他的儿子曹丕废掉汉献帝，自立为皇帝，国号就叫大魏，并追尊曹操为武皇帝，史称魏武帝。

这一番追根溯源，说明魏县还是很有历史底蕴的。可就是这么一个千年古县，连年战乱和自然灾害带来的饥荒，使得民不聊生。这千年古县也就成了千年穷县。

即便 1949 年后，魏县也一直没摘下贫困县的帽子，而且这帽子一戴就是三十多年。1983 年魏县被确定为县域经济欠发达、居民收入较低、整体竞争力较弱的贫困县，1986 年被列入第一批国家级贫困县，1994 年被列入国家"八七脱贫计划"，2002 年被列为新时期国家扶贫开发工作重点县，2010 年又被列为新一轮国家扶贫开发工作重点县。无论这些名字如何更迭，归根结底一句话，魏县穷帽子始终没摘掉。

说到这里，笔者忍不住要插一段亲身经历的小插曲，来说说魏县的贫穷。

1988 年笔者在河南安阳某部当兵，乘长途汽车从安阳回山东探亲，途经魏县一个乡镇的时候，前方公路被挖断了。长途车一停，十几个手拿镰刀、锄头的当地村民冲进车门，伸手逐个要钱，一个都不放过。

这哪里是要钱啊，光天化日之下这是赤裸裸的拦路抢劫啊。

当时我穿着军装，众人求助的眼光齐刷刷盯在我热血沸腾的脸上。我是解放军啊，正义的化身啊。我腾地跳了起来，推开众人跳下车门，撸开袖子准备展现一下个人英雄主义。

一人对阵十几个手拿器械的"劫匪",那时候我满脑子都是四个字:见义勇为!

就在我差点成为"英雄"的时候,躺在路边破门板上的一位年长妇女,用微弱的当地土话喊着:"别打人!别打人!只要钱,不要命!"

众人围着我,只是拉开架势举着镰刀、锄头,并没有动手,而是此起彼伏地喊着:"拿钱,拿钱!"

这时候我势单力薄,一个人手无寸铁,就是学过两天军体拳,也肯定打不过一群手持器械的老百姓啊。说实话我这时候也有点怂了,就虚张声势地喊:"你们这是拦路抢劫,我们马上报警!"

包围我的人根本不理我,一个壮年男子说:"报警没用,这路是俺修的,警察管不着!俺们不要多,一人两毛钱!凑够钱给俺娘治病,俺就不要了。"

我顺着壮年男子的指引一看,路中间被洪水冲出了一道深沟,路边横着一根粗大的杨树,还有乱糟糟一堆麦草。如果不填平深沟,长途车根本过不去。

我这下明白了,好汉不吃眼前亏,我把军装的袖子撸下来,跟他们摆摆手说:"我上车去帮你们要钱,你们可别上来啊!上来就算抢劫,那我可真帮不了你们了。"

众人果然没跟上车来,我上车把情况一说,又指了指窗外门板上的老大娘。车上的乘客也都跟我一样好汉不吃眼前亏,每人拿出一两毛钱来,凑了五六块钱从车门口递了出去。那些人数都没数,就用杨树和麦草把深沟填好,长途车歪歪扭扭过了这个坎儿。

整个过程中,长途车司机一声不吭。过了十几里路,我们又遇到一起拦路抢劫的,手法一模一样。满车的人才回过味来,这是当地老百姓的致富之道啊,长途车司机肯定司空见惯了。至于躺在门板上的老大娘是不是真有病,或者纯粹是个道具,谁也不知道。

魏县县委书记卢健进村调查时和村民握手问好

　　当然，这一次我也没有成为见义勇为的"英雄"。但路遇拦路抢劫，这是此生唯一的一次，所以我对魏县民风彪悍是有深刻记忆的。

　　要是手头有钱治病，谁会冒着坐牢的风险用门板抬着母亲拦路要钱啊！当时我并不知道，魏县那一年刚刚戴上国家级贫困县的帽子！三十多年前，那时候大家都不富裕，大多数人并没有贫困县这个概念。

　　魏县戴了三十多年的这顶穷帽子，什么时候才能摘下来？

深深扎根于黄土地的穷根，就像当地形容麦子的一句俚语：麦根扎黄泉！

黄泉得有多深啊！这深度，听起来让人不寒而栗。

想拔掉穷根，魏县一代又一代的父母官们压力大啊！如果2020年前还不摘掉贫困县帽子，对上，没法向国家交代；对下，没法向魏县百万老百姓交代！

王留根离开魏县之后，县委书记卢健、县长樊中青、副书记陶俊强没有离开会场，而是聚在一起绞尽脑汁苦思冥想。最后卢健拍板说："我们魏县的大方向，立足于习近平总书记提出的脱贫防贫工作思路，坚持开发式扶贫与保障性扶贫相结合。"

工作思路确定下来，如何将扶贫防贫方向变为现实可行的工作方法，这一重担就落在了陶俊强身上。

陶俊强戴一副眼镜，给人的印象总是文质彬彬，但了解他的人都知道，他思路敏捷，干事果断，雷厉风行，是魏县有名的拼命三郎。并且，他对自己和下属的工作要求标准严，性子急，很多干事拖拉的下属都惧怕他。

要做到未贫先防，就要先搞清楚整个魏县除了建档立卡的贫困户之外，最近几年到底有哪些家庭哪些人滑落到了贫困线以下。

为搞清全县防贫对象的具体数目，陶俊强听取扶贫办、镇村干部的汇报，带着扶贫办的人一起入村入户实地调研，又要来县卫生局、教育局、民政局、社保局等有关部门的各种数据，与相关部门的人员一起，在大数据的基础上寻找科学扶贫的办法。

面对一组组枯燥的数据，陶俊强绝不放过任何一处细节，这些数据看多了，就让人眼睛发花脑袋大。多少个不眠之夜，陶俊强熬得两眼通红，但他还是与同事们一起，不厌其烦地一遍遍地核对、类比、提炼、挑选。

有了各种准确的数据作为依据，再参照最近几年的扶贫工作实践，陶俊强从中确定出两类重点群体容易返贫：一类是"非高标准脱贫户"，这些人虽然已经达到了脱贫标准，但收入还不稳定，一旦有家庭成员患大病或考上大学，甚至出现火灾、交通事故等意外情况，很容易返贫；另一类是"非贫低收入户"，这类人群虽然不符合贫困户的建档立卡条件，但收入长期处于贫困线的边缘，家庭积蓄不多，一旦有个风吹草动或发生意外情况，也极容易进入贫困序列。

通过大数据比对，防贫的对象找出来了，返贫致贫的原因也大致那么几个。但是，问题又来了，既然要扶贫防贫，要从根上帮扶，而且还要有效地帮得上、防得住，那么到底怎么扶、怎么防？

贫困截流闸

起初，各个部门各个机构都拿出了自己的帮扶措施，拿到贫困户那里一试，才发现落在纸面上的文字在现实中却行不通。

陶俊强跟卢健书记和樊中青县长谈起自己的困境说："我开始的思路是党委政府自己搞，但搞来搞去搞不成啊，一是我们的人手不足，二是扶贫干部对金融工作也不专业，而且我们既当运动员又当裁判员，容易滋生社会矛盾和新的腐败。我掂量来考虑去，能不能与保险公司合作？用他们的专长帮我们防贫，说不准能探索出一个不错的路径来。"

卢健书记和樊中青县长当即认可了陶俊强的这个思路。可是，县里有关部门主动找过入驻魏县的五六家保险公司商谈此事，这些保险公司都不敢接。

陶俊强不理解，而且有些恼火，在一场部分保险公司参加的扶贫工作座谈会上，陶俊强忍不住发火了："以前你们保险公司来求当地政府帮忙，政府能做的都做了，该帮的都帮了，赚钱的时候你们一个个往前冲，到了扶贫的时候，该你们高风亮节展示情怀了，你们一个个缩起头来。今天咋都变成哑巴了呢？就这境界，以后我们魏县还咋帮你们呢？"

一位保险公司经理大吐苦水："陶副书记，你这是冤枉我们了。之前我们保险公司参与扶贫也都不拖后腿，我们公司传统的保险也有，但都集中在基本保险、大病保险和大病救助这三项上，后来我们又根据扶贫工作设计了一种产品，但这种保险产品仅限于建档立卡户，他们都是建立了贫困档案的家庭，并且都已经完成审批流程拿到了贫困卡，目前只有建档立卡户才能享受这种政策。这种保险等于在现有义务教育、基本医疗、住房安全三重保障的基础上，又加了一重保障，目的是减轻因病支出的负担。我认为我们的设计是科学的，但您提出的防贫要求是拍脑袋拍出来的，您想保的都是不确定的突然返贫人口，我们保险公司没有这样的险种啊。贫还没脱呢，您就想着防贫，您这想法太前卫了。"

　　陶俊强解释说："你们设计的险种好是好，但在施行过程中也存在着一定的问题。你们这种险种没有打破传统保险固有的模式，还是谁买保险谁受益，就是保到人头了，最多也只保一家，只是解决了建档立卡户的低收入人群。这个险种具体到魏县就水土不服了，全县人口106万，农村人口80万，我们建档立卡户占农业总人口的10%，就是8万人，要是每人交100元保金的话，就是800万，每人交200元保金就是1 600万，放在广东沿海城市这一千多万是个小数，但这些钱对于我们魏县这个30多年的国家级贫困县来说，是个无法承受的天文数字啊。退一步说，即便我们一咬牙一跺脚拿出这么多保金来，投入这么大，也只能给建档立卡户来享受，也不能及时惠及新增的贫困户啊。实际上呢，突然返贫的人群既有建档立卡的老贫困户，也有富裕家庭突然返贫的情况，这我们得管吧？"

　　县扶贫办的人也敲边鼓说："你们以前的保险产品仅仅保障贫困人口，首先是范围有局限，其次成本高不公平，还会造成新的社会矛盾，我看陶副书记的这个思路，才是具有前瞻性的。"

　　陶俊强接着分析说："我就是请大家考虑一下，不管是建档立卡户，还是非建档立卡户，只要返贫致贫了，我们都让他们享受同样政策待遇。普天之下莫非王土，率土之滨莫非王臣，老百姓图什么？图的就是一个公平嘛，谁是弱者同情谁，谁返贫了我们帮谁，做事公道才是硬道理。要知道，我们的老祖宗早说过了，不患寡而患不均。"

　　一家保险公司又抛出了一个疑问："按照陶副书记的设想，第二个难题又来了，魏县这么大的一个群体，而且返贫、致贫对象是动态的，很难固定，这保险怎么买，谁来买？"

　　陶俊强接话说："这正是我在思考的问题，我的想法就是在现有保障的基础上，再构建一张保障网，把我们通过大数据统计出来的'两非户'（'非高标准脱贫户'和'非贫低收入户'）一网打尽。也就是说，你们各个保险公司，能不能搞一种保险，保障对象不针对具体某个人，而是针对某一类人。我指的这一类人，就是特指返贫人群。如果有这么一种保险，就会最大限度地从源头筑起贫困发生的截流闸和拦水坝。"

　　各个保险公司经理都把脑袋摇得像拨浪鼓："没有！没有！人员不固定风险也难以评估，这个没法保。"

　　陶俊强笑着争辩说："你们有你们的规矩，但我们的想法是由魏县政府拿钱投保，让全县老百姓受益，这也不违背你们保险的大原则啊。"

　　一家保险公司的经理说："陶副书记您可真敢想，退一万步讲，就算能做这个项目了，您再算一下，魏县有 80 万农业人口，每家都可能返贫，如果都按照调查贫困户的方式一家一户建档立卡，工作量大，成本高，一时半会儿也搞不完啊。"

　　陶俊强又提出一个新思路："能不能考虑一个新办法，就是按照你事先框定、事后核定的思路，按照魏县的实际情况，框定出全县'两非'人员8万人，虽然具体是谁我们还不知道，也先不去管他。我们先按照8万人数买保险，谁出现因病、因灾、因学返贫骤贫，只要大数据监测到了，或者老百姓申报了，再入户调查核实，情况属实就可以享受这种保险政策，行不行？"

另外一家保险公司的经理接着说："您这么一说，问题又来了，怎么精准测定您说的这'两非'人员是否进入防贫圈子呢？"

陶俊强也挠头了："这倒是个问题，那我先带着有关人员去摸摸底。你们谁愿意跟我去？"

各位经理大眼瞪小眼，各自都低下头来，看样子都不愿意去。有个经理忍不住说："陶副书记啊，我们是企业不是政府，我们县一级的保险公司也就那么五六个人一两辆车，都跟您下乡了，我们正常的保险业务还做不做啊？对上也不好交差啊。"

"那行吧，你们有你们的实际困难，不去我也不勉强，等我摸清底数回来咱们再商议。"陶俊强嘴上说得这么通情达理，心里可真不痛快。你们拓展业务的时候政府帮你们了，政府遇到困难了，你们都一推四五六躲清静去了。到这时候，搁谁都不爽。

其实，各家保险公司也都有他们自己的难处。干保险的，谁不想跟当地政府搞好关系呢？可陶俊强提出的要求，要一级一级地从地区上报到省公司，再报到总部，总部设计出来保险品种，还要经过专业审批才能实施。

　　但在陶俊强的认识中，未贫先防是核心也是关键，现在不做，将来脱贫攻坚战完成之后再做更困难。所以这个工作不但要做，还要做好，做不好就对不起全县一百万父老乡亲。

　　针对致贫、返贫对象发生时间不固定，事前框定的标准、界限不易掌握等情况，陶俊强带领魏县扶贫办工作人员，走村

陶俊强深入农村调查贫困户生活状况

入户实地调研。陶俊强亲眼看到全县干部从书记、县长到基层工作人员,一年四季不分昼夜地奋战在扶贫第一线,有家的不能回,没家的回不去,父母去世不能守在床前尽孝,有的牺牲在工作岗位上,有的老婆提出离婚都没有时间去签字。脱贫攻坚就是一场只许成功不许失败的大决战,打仗哪能没有流血牺牲?哪有将领不心疼自己的兵的?心疼是心疼,但没有办法,扶贫防贫工作容不得半点松懈和虚假。

分管扶贫工作的陶俊强，何尝不是这样天天度过的呢，其中的酸甜苦辣只有他自己知道。

经过反复调研讨论，在集思广益的基础上，陶俊强把"先行收入核算框定"变为"后台数据预警监测"，也就是谁返贫了，不是用嘴巴说，而是用各种大数据就能监测到。嘴巴可以骗人，但大数据不会。

与此同时，陶俊强继续瞄准"两非户"重点群体不放。他要来扶贫、教育、人社、民政等有关部门全县农村人口最近三年在医疗、就学、灾情等方面支出费用的数据，又找来数十个具体案例的数据资料，让扶贫办召集相关人员一起坐下来分析研究，一项项进行累计，最终确定一个指数，作为魏县的"防贫保障线"。凡是花费超过这条线的"两非户"，都纳入防贫重点对象，由县扶贫办公室实施定向跟踪。

如何设立这条"防贫保障线"呢？陶俊强以国家现行农村扶贫标准的 1.5 倍为限，收入低于这条线的纳入防贫范围，经调查确认符合救助条件的，按照相关流程发放保险金。

有了"预警监测线"和"防贫保障线"这两条杠，就可以在精准扶贫的基础上，做到精准防贫了。也就是说，不管是从贫困泥潭里拉上来的，还是站在岸上的，只要滑进泥潭，政府就可以精准监测到，就可以对返贫户和致贫户展开救助了。

接下来的工作，就是召集各保险公司开会商讨项目的对接了。

然而，刚有点笑模样的陶俊强，却没想到一场本该阳光灿烂的金融扶贫会，竟然开得风雨飘摇。

"我们太保干"

2017 年 9 月 27 日，太平洋财产保险公司河北分公司邯郸中心支公司魏县支公司经理郭天保，突然接到魏县县委办公室秘书房志勇打来的电话，通知他 28 日上午 10 点，准时到县委小会议室开会。

接到电话郭天保心里一惊，他还是第一次被魏县县委、政府的人叫去开会，是什么会呢？郭天保想问问会议的内容，却又欲言又止。之前陶俊强叫了几家保险公司领导开会，也没叫郭天保，所以他有些摸不着头脑，况且，郭天保跟房秘书也不熟。不但跟房秘书不熟，就是县里大大小小的领导们，郭天保也都不熟。郭天保从小在部队大院长大，1985 年父亲转业回到老家魏县人民保险公司工作后，郭天保也跟着父母回了老家。本来父母给他起的名字叫郭天宝，取"物华天宝"的意思。但他上初中入学的时候，自作主张把郭天宝改为郭天保，他觉得爸爸是做保险的，他天生也应该是子承父业做保险。起初他自己改名父母并没注意，直到领取身份证的时候，爸爸才发现儿子身份证上的名字竟然是郭天保，爸爸哈哈一笑就过去了，但家里人依然大宝小宝地叫着。

跟部队大院长大的孩子胆大豪阔不同，郭天保平时寡言少语却细致入微，聪明内向，在别人看来就是个闷葫芦。郭天保子承父业做起了保险，后来机缘巧合认识了时任邯郸中支总经理的张进，并经张进面试审核后成为魏县支公司经理。为拓宽业务，郭天保也想着利用各种机会与关系，与县委县政府和有关职能部门加强联系，试图拿到更多的政府方面的保单。

　　但现实却令人无奈，一是中国太保产险在魏县才刚刚起步，二是上级领导虽然已安排了对接政府的各项工作，但是还未能真正找到突破口，所以魏县支公司虽然与当地政府有些农险方面的合作，但份额并不大。魏县有 21 个乡镇和一个街道办，地域比较广阔。在这之前，魏县支公司只做了 5 个乡镇的农险。无论郭天保怎么努力，还是没能进入当地政府部门的视线。郭天保倒也不急不躁，始终努力着，仿佛等待某个机会。

　　郭天保并不知道，驻魏县的各家保险公司也都接到了同样的开会通知。

　　第二天，距离开会还有一个多小时，有的保险公司领导就赶到县委会议室等候。这次应邀参加会议的有人保、平安、太保三家大保险公司，还有燕赵保险等本地的保险公司，而且都是一把手参加。同行是冤家，这些人生活中大都互相熟悉甚至是好朋友，但在业务上是竞争对手。大家见面寒暄几句，闲扯些当地的逸闻趣事打发时光，闭口不谈保险业务，都暗自铆足劲儿，想在这次会议上争取多分到些"蛋糕"。尽管各位都还不知道，这次政府端上来的是哪盘"菜"。

开会时间已到，陶俊强副书记带着房秘书 10 点钟准时走进会议室。嘈杂的会议室立刻安静下来。陶俊强在主位上坐定，扫了一眼会议室，一开口就直奔主题："今天把各位保险公司经理请来，是有件事情要大家帮忙，看看哪家公司能帮帮我们。"

"陶副书记，您太客气了，有什么指示您尽管吩咐。"某大保险公司经理说。

陶俊强继续说道："县里有个想法，想为全县 8 万临贫易贫人员购买保险，想听听各家的想法。"

陶俊强说话声音不高，但让在座的各位保险公司经理听来，这简直就是一块滴答着油花的肥肉啊！这突如其来的消息太振奋人心了！

8 万人要买保险？这可不是个小数目呀！各保险公司经理被这数字刺激得顿时兴奋不已，十多个人的小会议室里顿时热闹起来。

"我公司出价每人 200 元。"

"我们 150 元。"

"我们 250 元。"

"300 元。"

"我们100元就做！"

郭天保坐在角落里静静地听着，他没报价也没有吭声。因为他注意到，陶俊强没有吭声，而且脸色还不怎么好看。

终于轮到陶俊强发话了："每人出200块？8万人就1600万；300块就是2400万，好吓人的数字呀！县里要是能拿出这么多钱，还找你们保险公司干什么？各位大多数是魏县人，我们魏县可是几十年的贫困县啊！"

陶俊强一席话说得大家面面相觑，停顿片刻，陶俊强继续说："实话告诉你们底牌吧，县里顶多能拿出每人50元的保费来，你们做不做呀？"

一听这话，大家像泄了气的皮球一样没了精神。8万人每人50块钱保费，总数不过400万元，从数额上说，这块送到嘴边的肥肉顿时变成了鸡肋。

鸡肋也是肉啊，几位保险公司经理不想失去这个啃骨头的机会。但没想到陶俊强早把账目算计到了骨头缝里，这骨头实在下不去嘴了，因为陶俊强说："我知道你们传统的保险是具体到人，谁投保谁受益。上一次开会的时候你们的意思我也明白了，我的想法是，这次你们也搞搞创新，能不能设计一种险种，不针对具体的张三李四，而针对的是一类人群的那种。"

陶俊强边比划边解释："准确地说，我说的这个保险是针对因病、因灾、因学临贫易贫人员，政府设置一张保障安全网，给他们托底，防止他们返贫后掉地上，咱们这皇天后土能活人，不至于掉地上摔死，就这。"说完，他望一眼会场中的几位经理，目光中充满期待。

"天呐，这不就是保险领域的哥德巴赫猜想吗？"有人说。

"这题也忒难解了。"有人说。

有人开始嘟囔："我们公司做不了。"

有人嘀咕："这事我做不了主，得向上级公司请示。"

各位保险公司经理之所以不愿意接这个烫手山芋，是有原因的。其一，目前常规的保险要么保财产，要么保人身，各有各的边界。其二，传统的保险都是针对具体的某个人，要弄成针对一类人群的，听都没听过，一时间，大家脑子里都没有这方面的概念。其三，因病、因灾、因学是三类不同的险种，捏在一起来赔付，谁也搞不清楚怎么办，一个县级公司的经理，也不知道怎么去做啊。

郭天保的脑子快速地运转着，搜索着记忆中公司有没有陶俊强所说的类似险种，突然，他脑海中蹦出一个叫工程意外的险种，这个险种是以工程施工人员为标的，可以不具体到某个人。这个险种跟陶俊强说的意思，不是有点儿类似吗？跟上边说说，把工程变成扶贫防贫，变通一下应该不难吧？

见在座的各保险公司经理一点儿积极性都没有，有的还当即否决，有的打起退堂鼓，陶俊强很不高兴，他拍拍桌子说："这是政府探讨的一项防贫新措施，弄好了就能从源头防住贫困，斩断穷根！你们保险公司不要总盯着钱钱钱，也要讲政治，有担当有社会责任感，为政府分忧。"

说完，他凌厉的目光，缓缓掠过在座每个人表情各异的脸。

各位保险公司的经理也有自己的小九九：你一个县委副书记说得好听，我们是商业运作经营的保险公司，不是慈善机构，追求利益最大化也无可厚非，没有经济效益我们喝西北风去呀？讲政治有担当那是你们这些政府官员的事，跟我们保险公

陶俊强副书记（左一）带着查勘资料
入户核查返贫人员相关信息

司有什么关系？在座的保险公司经理，有人心里就是这么想的，只是没人敢当着陶俊强的面直接说出来而已。

但陶俊强从这些人的眼神中读出来了，他毫不客气地说："你们不是总找政府要项目合作吗？现在政府有了项目，需要你们的时候到了，看看你们，想打退堂鼓是不是？就你们这态度，以后政府还能指望你们吗？"

陶俊强环顾会场，有人悄悄收拾东西准备离开，坐着没挪窝的有的看着别处，有的在东张西望瞧热闹。

陶俊强有些失望，心里隐隐作痛，他黑着脸拿起桌上的一大堆文件，站起来准备离开。作为基层官员，都是别人来求他，现在自己是"提着猪头找不到庙门"。政府拿钱办事，这会都开了两次了，没人敢来接这个棒，令他尴尬难堪是小事，县里脱贫攻坚的宏伟蓝图、未贫先防的试点搞不成，那些返贫户走投无路，才是他最不想看到的结果。

"陶副书记，我们太保干！"就在陶俊强刚要迈出会议室的瞬间，坐在一隅的郭天保轻声说了一句。

此时此刻，郭天保这轻轻一句话，在陶俊强耳朵里是细雨春雷，在同行耳朵里是晴天炸雷。想走的不走了，坐在那里的都投来诧异的目光，那目光中有怀疑、讥笑、不屑，甚至还有幸灾乐祸看热闹的。

陶俊强回头坐了下来，他跟郭天保不熟，之前也就在一次会议上见过一面，他投来的目光也充满了疑虑："你们行吗？这可是政府的一把手工程呀！"

郭天保赶紧表态说："我们能行！陶副书记，您别忘了我们也是企业呀，我们愿意承担社会责任，为政府分忧。"

既然郭天保敢这么说，陶俊强就把郭天保和另外一家保险公司的经理留下，对他俩说："不管你们愿不愿意，这活儿我做主，就摊派给你们两家了。今天是9月28号，10月6号我要看到你们具体的实施方案。具体细节问题，你们找扶贫办去商量，就说我说的。"

说完，陶俊强起身离开会议室，忙他的工作去了。

第
二
章

责任担当

邯郸"阿庆嫂"

　　蔫人出豹子，郭天保突然脑子一热，抢了这么个活儿，也出乎他自己的意料。等人都走光了，他回忆刚才的一幕，这才感觉这事儿是不是办得有些唐突？他当时第一反应，只是敏锐地意识到这是一个重要的机会，做成了，他们在县里的话语权能得到提高，也会让县里的领导感受到他们服务政府、服务百姓的企业担当和责任感，这可是个利国利民的大好事呀！

离开县委小会议室回公司的路上，郭天保越想越没底，心里七上八下，感觉事情重大，必须马上向邯郸中心支公司张进总经理汇报。

郭天保回到公司后，坐下来稳了稳神儿，就迫不及待地掏出手机拨通了张进的电话："张进总啊，我是郭天保啊，有个紧急情况必须马上向您汇报。"

"你说。"张进言语果断。

郭天保迟疑地说："魏县政府想跟保险公司合作搞个项目，是市县的'一把手'工程，这个新项目是扶贫防贫的，做了可能不挣钱，还可能赔钱赚吃喝，我请示下能不能……"

"不用请示，像这样的政府项目，尤其是'一把手'工程，我这边会全力支持你！"没等郭天保说完，张进就快言快语打断说："天保啊，这事你不能空谈，也不能虎头蛇尾，马上抓落实，你大胆地去谈去做，要不惜一切代价拿下这个项目！有什么需要我配合的，邯郸中支这边会全力以赴帮助你，随时保持联系。"

郭天保知道张进以为活儿没谈成，他连忙补充说："张进总啊，这是一个新事物，都没有先例啊。另外，我没经过您同意，已经把活儿接下来了，但是国庆节之后魏县陶副书记一上班，就要看到咱们的方案，您得派人来支援啊。"

按照社会上通常的称呼，多是在姓氏后边加职位，比如张进是邯郸中心支公司的总经理，一般称呼是"张总"；但保险行业内部也许是叫什么总的人太多了，只用姓氏和职位，会有很多"张总"，为了更加明确，称呼都是在全名后边加个"总"，所以，张进的称呼就变成了"张进总"。

对于郭天保的求援，张进回答说："没问题，我马上让杨倩总与你对接，有什么困难，中支全力支持你们，你们就放开手脚干吧！"

郭天保听了连连说："谢谢张进总！"

撂下电话，郭天保悬着的心不但落了地，还豁然开朗起来。他怎么也没有想到，自己的顶头女上司张进连个磕巴都没打，就这么爽快地答应了，他再次被这位上任不到两年的女总经理敢作敢为的果断性格所折服。郭天保禁不住自言自语地说："都说她是'阿庆嫂'，原来还是'穆桂英'！女将出马，一个顶俩。"

郭天保向西遥望邯郸那边的天空，红彤彤一片火烧云，在他眼里，秋高气爽的太行山那边，飘过来的可是一片祥云，站在云端上的是救苦救难的菩萨。

郭天保哪里知道，他心目中救急的菩萨张进，既没阿庆嫂那么八面玲珑，也没穆桂英那么英姿飒爽，她只是河北省黄骅那片渤海湾畔盐碱滩上的一棵小草。张进是家里的第五个孩子，出生的时候家里已经穷得几乎揭不开锅，唯恐贫困的家庭养不活这孩子，差点把她送人。可没想到张进竟然像贫瘠的盐碱地上的蓬蓬草，耐得住苦寒，夏天的时候绿遍天涯，到了秋天又将盐碱滩染得红红火火。

由于从小在农村长大，张进深知贫穷的滋味，也养成了她坚忍不拔的性格。1996年9月张进到黄骅公司工作，从基层业务员干起，一步一个脚印从基层干到了邢台中心支公司副总经理。2015年元旦前，张进被任命为邯郸中心支公司总经理。

当时邯郸中支公司与政府接触不多，张进初来乍到，想到政府部门进行走访调研，了解政府的态度与需求，为参与经济建设，为政府解忧、办事，提供服务作充分的准备。

她问办公室主任："咱们跟政府哪个部门联系多一些？"

办公室主任回答说："咱们平常的业务都忙不过来呢，主动跟政府联系的话，不是给咱自己添事情吗？"

张进惊讶地问："咱们是企业不假，但也得跟政府打交道啊！"

办公室主任说："跟政府打交道事太多，净添事儿了。"

张进一听急了："什么叫添事儿啊？咱们学的是政治经济学，政治和经济密切相连，我们的工作要以经济建设为中心，不跟政府打交道怎么行呀？政府不支持咱们，公司能发展好吗？"

张进来到邯郸工作后，在邯郸既没同学也没有亲戚朋友，初来乍到两眼一抹黑，对邯郸中心支公司和各县支公司的情况也不熟悉。张进首要的任务就是到各县实地调研，尽快熟悉情况。但她所到之处，支公司的经理们都一个腔调：不跟政府打交道。

到了下边县里，张进好不容易与当地的一位县领导见了面，那位县领导就问："咱们县里有你们吗？"

张进回答说："有呀。"

县领导说："我怎么不知道县里还有你们公司啊？"

陪同拜访的支公司经理连忙说："那是我们跟咱政府汇报太少了，其实我们公司一直在为咱当地经济保驾护航，默默付出呀！"

县领导更奇怪了："刚成立的？"

支公司的经理如实回答说："在咱们县里都成立十年了！"

县领导怪罪起来："我都不知道有你们这家保险公司，错在你们不来汇报，这事怪不着我们啊。"

张进赶紧解释说："原先我们工作不到位，我检讨！今天我这不是来跟您汇报了嘛，希望今后多多支持关照我们呀！我们愿意成为政府管理的一员，今后政府需要我们尽社会责任，我

邯郸中心支公司总经理张进
带防贫保团队走访贫困户

们愿意提供服务。"

张进调研发现，区县一级的支公司经理普遍存在着畏难情绪，觉得保险公司是搞经济的，也谈不上什么行政级别，不是科级也不是股级，企业跟政府打交道级别上就不对等，有低人一等的感觉。时间久了，干脆就不与当地政府打交道了。

摸清了底数，张进再到县里调研，就主动提出拜访当地的县领导，有个支公司经理为难地说："您是不知道呀，我们这里跟其他地方不一样，有个不成文的规矩，我这个级别的只能见到科长、局长，绝对不能隔着锅台上炕擅自联系副县长、县长那么大的官儿，更不用说见面了。"

张进当即说："你能联系县政府办公室吧？就说咱们想拜访县长，麻烦人家帮咱通报下。"

这位支公司经理支支吾吾着不肯联系，在张进面前直打怵。在张进的一再坚持下，他才勉强去联系。没想到县政府办公室很快答复，县长同意见面。

张进带着这位支公司经理一起去拜见县长，双方谈得十分融洽。通过这次接触，这位支公司经理也转变了与政府接触的看法。

就这样，张进利用到各支公司调研的契机，亲自带着支公司的经理一起去拜访当地党委、政府领导，通过言传身教影响着各支公司的领导和员工，使邯郸市各支公司很快与当地政府建立了联系，提升了公司在当地的话语权和品牌影响力。

张进的这一做法，当初各机构经理还不全理解。当 2016 年河北分公司拿到全省农险牌照，2017 年在全市 16 个县全面开花的时候，他们才回过味来：这个女人不简单呀！

"阿庆嫂"的名号也就私下传开了，张进听了一笑而过。

在张进的不懈努力下，涉县在 2015 年签出了邯郸地区首单新农合意外险的政保业务，这在邯郸市保险行业中也是首创。

之后，大病、农险等所有涉及政府的项目，邯郸中支公司全都参与。因为从政府合作项目中尝到了甜头，郭天保来电话一说这是魏县的政府项目，张进就毫不犹豫地答应了。

郭天保和张进两人做梦也没有想到，一个自告奋勇，一个果断拍板，两人竟然为中国的脱贫攻坚战贡献了一个托底的良策，也在保险行业的历史上记下浓重的一笔。

2017 年 9 月 28 日下午，心里有底的郭天保给陶俊强打电话说："陶副书记，我们市中支公司的领导想来拜访您，您看您方便吗？"

郭天保动作这么快，也出乎陶俊强预料："好，好！我随时恭候！"

郭天保马上补充一句说："太好了，陶副书记，如果政府能在农险方面给我们太保支持，我们愿意在魏县扶贫方面提供免费服务。"

陶俊强回答说："免费服务？你这么一说，倒是激起了我的灵感。不过，你们毕竟是企业嘛，让你们白忙活也不合适。你的好意我领了，做事还是按规矩办，等见面再说吧。"

郭天保的意思是趁机多占点农险的份额，反正堤内损失堤外补。对于他这点小九九，陶俊强当然心知肚明，所以他没上郭天保这个当。他得先考验考验郭天保的人品，也考验考验魏县支公司的能力。

快刀斩乱麻

张进撂下郭天保的电话，就推门进了杨倩的办公室。杨倩是邯郸中心支公司负责非车险的副总经理，她与张进的办公室紧挨着。

张进说："明天你去趟魏县，郭天保有个新项目要与政府对接，是个新险种，还要核算服务费。你协助把这个项目争取来！具体的事情你联系郭天保吧。"

杨倩回答得干脆利落："好。"

两个女人的对话简洁明了，行动也是迅速快捷。张进立即建了个微信群，把河北分公司副总经理齐福义，河北分公司政保部总经理杨丽丽，还有杨倩、郭天保，魏县支公司副经理焦瑞红等人都拉入群内，有什么情况及时沟通协商。

此时，邯郸中心支公司班子成员是三位女同志，分别是总经理张进，副总经理王丽杰、杨倩，是河北分公司所属中支公司唯一全部由女同志担任班子成员的公司。而且三位女将都是高个美女，朝那里一站，亭亭玉立、惹人注目。

三个女人一台戏，邯郸中支公司这三位娘子军，将联手上演一场脱贫攻坚战中的好戏，从这天开始，序幕已经拉开。

张进刚到邯郸的时候，邯郸中支公司班子成员不全，为搭起班子她到处搜寻人才。经人介绍并考察，张进觉得当地有个女老板杨倩是个合适人选，但当时杨倩经营着一家自己的保险代理公司，生意顺风顺水，日子过得悠哉美哉！

不管怎么说，先聊聊再说。张进打电话把杨倩请到了自己的办公室，两人一见面，竟然深谈了整整两个小时。当时两人到底谈了些什么已经不重要，重要的是在这两个小时的时间里，杨倩从最初的拒绝，到中间的犹豫，到临分手时已经决定关掉自家公司投奔张进入伙了。

杨倩的保险代理公司的业务是以车险为主，对非车险等保险业务以前并没有接触过，尤其是张进想让她担任分管非车险的副总，是冒着很大风险的。非车险是个特殊领域，简单说就是财产保险除了车险之外，涵盖其他所有领域的保险种类。进入这个领域必须懂技术、懂专业，还要成为全能型的"万金油"。杨倩当时主要在邯郸做人寿险，这些条件都不太具备，但张进还是下决心重用了她，她看中的是杨倩的潜质和能力。

后来的实践证明了张进当初的判断是正确的，杨倩很快成为张进的左膀右臂。杨倩能打硬仗啃骨头，对于魏县这个突如其来的任务，张进第一个想到的就是让杨倩出马。这时候的杨倩不但是邯郸中支公司分管非车险的副总，而且是独当一面的"穆桂英"了，她上边熟悉河北分公司，下边熟悉各区县支公司，是邯郸中支的纽带和中枢。

领受任务后，杨倩第一时间全力投入到这个项目的运作上。

厚土中国一

054

2017 年 9 月 29 日一早，杨倩简单地收拾了行李，就驾车去了邯郸高铁站。今天她要接的这位客人是河北分公司政保业务部总经理杨丽丽。杨丽丽来邯郸的任务是来做面试考官的，按照分公司招聘程序，邯郸中支政保部进新人，需要上级的部门负责人亲自面试把关才能确定下来。

从石家庄方向开来的一班高铁 9 时准时到达邯郸东站，杨倩接上杨丽丽没有去市里，而是拐上了出城的高速公路。

"咱这是要去哪里？"杨丽丽发现杨倩的车子没走寻常路。

"丽总，先去魏县。"杨倩一边开车一边回答。

因为两人同姓杨，都是总，两人在一起时，同事为了加以区分，就喊杨丽丽为丽总或丽丽总，喊杨倩为倩总。

"今天不是面试中支新招的员工吗？"杨丽丽问。

"郭天保要请您吃魏县的特色小吃，大锅菜。"杨倩调皮地看杨丽丽一眼。

"魏县有事吧？"杨丽丽当即嗅出来了，杨倩那口气是临时抓差的味道，肯定不是大锅菜的味道。

"嗯，还是没逃过您的法眼。有件更重要更紧急的事情需要您把关定舵，面试的事只好往后放放。"杨倩就把她所知道的郭天保的事情详细地说了一遍。

杨丽丽一听，有些懵圈儿："这是大事，我也拿不准。"

杨倩说："这是昨天才发生的事，本来还想打电话请您呢，没想到关键时刻您亲自送上门来了，真是太好了！"

杨丽丽不信："有这么巧合的事情？"

杨倩打着哈哈说："是呀，在我眼里您丽总就是我们的及时雨。我们想啥来啥，哈哈哈。"

杨丽丽也被感染了："你别说，还真是呢。"

一路上，两人有说有笑，四十分钟后就到了魏县。魏县支公司经理郭天保、副经理焦瑞红早在支公司门前迎候了。两人接到杨倩和杨丽丽后，郭天保没有客套，开门见山地说："我跟县委陶副书记汇报了，说你们要来，请领导们碰个面，商量商量这事怎么弄，咱们现在就去县委找陶副书记吧，他正在办公室等着呢。有关情况，我在路上跟两位美女领导汇报。谈完正事儿，中午请你们吃魏县的特色菜大锅菜，一定要赏光呀。"

"先办事，吃什么不重要。"杨丽丽说。

四人赶到县委进了陶俊强办公室，郭天保把两位总经理介绍给陶副书记，杨倩补充说："陶副书记，我们河北分公司和中支公司领导对这事都十分重视，我们丽总一大早就从石家庄赶过来，专门为了这事。"

"重视就好，这事在我们魏县也是重中之重啊！"陶副书记连忙请大家落座。

陶俊强说："县里领导今天早上开碰头会刚刚定了下来，这个业务马上推开。名不正则言不顺，咱们得给这事起个好名呀。"

几个人你一言我一语地讨论起来："'扶贫保'怎么样？"

"或者叫'脱贫保'？"

"不对，以后脱贫了再叫不合适啊。"

最后，陶俊强问："叫'防贫保'怎样？"几个人附和着都说好。

"好，那我们就先叫'防贫保'吧。业务的名字有了，你们回去看看，怎么保，标准是啥，起赔线是啥，赔付比例是啥，流程是啥，你们赶紧弄弄报给我。这样吧，还是按照咱们说好的时间，国庆节上班后你们把方案给我。"陶俊强快刀斩乱麻做了决断，几个人见面不到半小时，事情就敲定了。

顾越的创新三要素

等走出陶俊强办公室，杨丽丽、杨倩都还有些懵圈儿的感觉，这事儿到底怎么做，两位女将心里也没底儿。

"马上跟县扶贫办的领导见面，具体商谈敲定有关细节。"杨丽丽是个急性子，说话语速快，工作起来也是风风火火。

"您一早从石家庄赶过来，连水都没喝一口呢，要不咱先吃饭，下午再跟扶贫办的人联系？"郭天保还想着尽地主之谊，请大家吃大锅菜呢。

"听丽总的，咱们这就直接去扶贫办吧。"杨倩说。

四人一起开车赶到县扶贫办。魏县扶贫办这些年忙得不可开交，无论什么时候来都有人在，这已经是这里的工作常态。郭天保把两位总经理介绍给县扶贫办的李治国："李主任，我们河北分公司和邯郸中支公司对这事很重视，丽总可是今天一大早特意从石家庄赶过来，这位是邯郸的杨倩总。"

李治国也很受感动："你们确实很重视，我也刚接到陶副书记电话。来吧，咱们一起研究研究看看咋个弄法。"

别看李治国只是县扶贫办办公室主任，一个副科级干部，却是魏县有名的大笔杆子，他熟知县委、县政府领导的扶贫工作思路，爱琢磨，思路广，点子多，熟悉农村情况又踏实能干，魏县脱贫方面的材料几乎全部出自他手。

几位工作狂马上进入工作状态。李治国始终战斗在脱贫防贫第一线，他将魏县扶贫的状况介绍之后，杨丽丽他们对防贫的重大意义认识更加深刻，双方可谓一拍即合。李治国了解政府的扶贫思路和魏县的扶贫现状，杨丽丽和杨倩是保险业务专家，双方由浅入深，一步步展开探讨。

到了中午，几个人没去吃魏县大锅菜，而是在食堂里一边吃饭一边商议着具体办法。下午几个人继续讨论办法，直到天已擦黑，双方才敲定方案的基本框架。

当晚，杨丽丽和杨倩也没顾得上去吃魏县的大锅菜。杨倩要急着回到邯郸跟张进汇报工作进展，而杨丽丽第二天面试完后，还要返回石家庄向河北分公司有关领导汇报。因为这事儿，不是她们两人做主就能做成的。

实际上，听完杨丽丽的情况介绍后，河北分公司总经理徐国夫也做不了主，在召集主要领导开会的时候徐国夫说："杨丽丽从邯郸带回来个情况，邯郸魏县那边遇到了这么个事儿，咱们研究一下怎么把好事办好。"

省公司的人对保险理论了解多，不断有人提出异议："下边的人什么都敢接，但从保险理论上讲，保险保的是不确定性风险，就是保未来可能的损失。保险保障的核心原理是对风险这个大数据进行预估预判。返贫必然存在，要是返贫人数多了，政府拿的保费不够用，我们补贴进去多少还不知道。现在这个思路要保的是确定性损失，也就是说签协议之前，我们已经把魏县返贫致贫的所有损失都要承担下来，咱没这么干过，风险太大！"

"因病、因灾、因学要捏在一起？因病是健康险领域，因灾是财产险领域，这三样都不是一个领域的，风马牛不相及，硬弄到一起这不等于拉郎配吗？"也有人摇头说魏县的想法是瞎胡闹。

还有的同事说："还有，当地政府把出险的交给保险公司了，不出险的不管了，哪有这么算计的？咱们保险公司又不是他们魏县开的。"

2017 年 9 月 30 日国庆前夜，大多数单位都放小长假去过黄金周了，位于河北省石家庄市长安区广安大街 36 号银泰国际大厦 A 座 22 楼的河北分公司的小会议室内，一直灯火通明，河北分公司决策层的几位老总和相关业务人员，正在进行一场突如其来的业务研讨。不，准确地说是争吵，而且争得面红耳赤。

杨丽丽从邯郸回来后，第一时间把魏县政府拟与他们合作防贫保的消息，汇报给了总经理徐国夫和分管副总齐福义。

徐国夫是河北分公司一把手，身兼党委书记、总经理之职。他一听是政府的扶贫项目，第一感觉就是这个项目有前景，能承载起企业的社会责任，而且从保险专业的角度来说，也是可以探讨的。

徐国夫上任前，到位于上海陆家嘴的公司总部，领导找他谈话时殷殷嘱托，希望河北分公司成为总公司新增长的动力源。徐国夫敏锐地感觉到，脱贫攻坚战 2020 年即将收官，之后长期的工作就是防止返贫，杨丽丽所说的魏县这个项目，有可能就是未来保险业新增长的动力源。如今不期而遇找上门来，这也许是冥冥之中的缘分！这样千载难逢的机遇打灯笼找不着呢，怎么会让它错过！深感天将降大任于斯人的徐国夫，听完杨丽丽的汇报竟有些莫名的兴奋。于是，他连夜召集分公司党委委员及相关业务人员召开研讨会。

徐国夫原名徐国福，名字是父亲起的，父亲希望儿子长大后福气多多幸福一生。上中学读到"天下兴亡，匹夫有责"这句话时，书生意气的徐国夫擅自把名字后面的"福"字改成了匹夫的"夫"，他觉得他应该为国家担当点什么。

徐国夫生于甘肃武威，武威就是唐诗《凉州词》里"春风不度玉门关"说的那个凉州，是河西走廊的一个重镇。徐国夫1993年从宁夏财经学院毕业后入职宁夏人保公司，十年间，他干过所有的基层岗位。2002年太保公司在宁夏组建分公司，他成为省公司的财务负责人。2008年，徐国夫到青海筹建分公司，并担任副总兼财务总监。2012年，徐国夫又被安排到四川分公司担任副总经理兼财务总监。

徐国夫像开路先锋一样，离开宁夏在外地工作了六年，赶上正读初中的学霸儿子处在青春期阶段，原本每次都考第一，进入青春期后学习成绩忽上忽下不稳定。也许是徐国夫不在身边的缘故，儿子只听徐国夫的话，2013年徐国夫向总公司申请，希望调回老家工作，这样既可以工作又能陪伴儿子成长。总公司考虑后，任命徐国夫为宁夏分公司总经理。

2016年8月，徐国夫的儿子以宁夏自治区全区理科第三名的成绩，如愿考入北京大学生命科学院。随后，总公司又要调徐国夫到别处任职，他当即应诺："服从组织分配。"

总公司组织部长一听就笑了："你都没问去哪里，就爽快地答应了？"

"不是去山东吗？"之前，徐国夫听到小道消息说，总公司打算让他去山东筹建营运中心。

组织部长回答说："你把宁夏公司做得小而精、精而强，总公司领导考虑让你去个更重要的岗位，去河北挑担子，你有什么想法？"

"不论去哪里，我都服从。"徐国夫的回答很实在。

组织部长说："你尽快来一趟上海，领导跟你谈完话后就可以走马上任了。"

来到上海后，徐国夫在小会议室里见到了温文尔雅的中国太保产险公司董事长顾越，顾越微笑着对徐国夫点明了这次谈话的主旨："在这个大变革时代，没有人会等你，唯有创新。"

擅长逻辑思维的徐国夫没想到顾越董事长没有寒暄客套，第一句话就直接点到了河北发展的要害，他谨慎地请教说："董事长，我这几天也在思考我们河北分公司下一步怎么走，请您指点迷津。"

顾越温和而又坚毅地说："我没法给你一个河北的解决方案，但我认为一个企业的文化中，创新才是前进的动力。创新需要什么呢？我认为有三点，就是判断力、意志力、策略性。

首先判断要准确，要有前瞻性，尤其是在产品创新上，产品创新是破局的关键。"

徐国夫说："河北分公司是家老公司，在这样有一个有很多传统习惯的公司里创新，难度很大，毕竟我一直在西北和西南地区工作，到华北地区工作，估计阻力很大。"

顾越不急不缓地说："这就是我说的第二条了，作为领导干部，一定要有强大的意志力。很多东西不是一朝一夕能做成的，中间有很多曲折，没有意志力很难坚持。比如说，我们产险公司在 2015 年之前的农险业务几乎是空白，但我们持续以技术创新、产品创新作为突破口，融合空间遥感、地理信息、人工智能、大数据、物联网等前沿最新科技的 e 农险，已经迭代创新了几个版本，农险已经成为我们未来业务增长的重要引擎，这就是创新和大数据带来的。"

谈到农险的开拓，这时候徐国夫听出顾越提倡创新的缘由了，产险业务在中国的市场上有三巨头，分别是中国人保、中国太保和中国平安，2014 年之前，中国太保产险业务遇到了经营管理的巨大瓶颈，一度被某著名专业媒体讽刺为"时代的弃儿"。2015 年顾越接任董事长后力倡创新，农险业务从此成为公司的新增长点，逐步扭转了公司经营管理上的被动局面。顾越提出创新，是希望徐国夫到河北之后，在燕赵大地上通过创新有所作为。

徐国夫连忙问："您说的第三要有策略性，这个核心点在哪儿呢？"

顾越满意地说："所谓策略性，就是不能跟着人家亦步亦趋，必须要有独立自主的创新。要做到快速有效，注重解决一线的痛点，带领团队一鼓作气攻城拔寨。一线工作人员扎根基层，了解情况，接地气，他们是创新的源泉，要不失时机地抓住任何一个可能突破的痛点，抓住了就可能是亮点，亮点多了，就是遍地星火，星火最终一定会成燎原之势。"

徐国夫后来想，上任前顾越的那场谈话，虽然话不多，却仿佛就是对防贫保的预言。

2017 年 3 月 8 日，徐国夫就任河北分公司党委书记、总经理。河北省包围着北京和天津两个直辖市，大城市对河北人才和资金的吸附效应大。加上河北虽然县多，但都是三五十万人的小县，县域经济差，贫困县多，在这个穷省里做财产保险业务，没点思想准备是不行的。

河北分公司是家老公司，老公司的特点是积累的历史问题较多，员工赚钱少思想就不够稳定。徐国夫到任之后抓了三件事：一是提出创造一个干事创业的良好环境；二是中国太保产险在河北占有市场份额并不高，总公司在全国同行业平均占有份额为 10% 左右，但他接棒河北分公司时在 6% 左右徘徊，河北分公司首要任务是扭转下滑态势；三是要迎头赶上必须在创新产品上下功夫，力求寻找新的增长源。这也是顾越跟他谈话时着重提出的要求。

徐国夫在宁夏的打法是小而精、精而强。河北是个大省，他的打法调整为大而强、强而精之后，在内力上下功夫。河北分公司在徐国夫的带领下，根据总公司整体战略的指引，近几年的步子迈得稳定扎实，业绩也在逐步攀升。

就是在这个背景下，河北分公司主动寻求河北省政府扶贫办公室支持，联手创新了金融扶贫模式"政银企户保"。在河北省扶贫办副主任王留根等领导的推动之下，河北省的金融扶贫创新在全国获得不少荣誉。但美中不足的是，"政银企户保"不是专属于他们独家的产品，其他保险公司也在河北省推广，几家大的保险公司在这个项目上形成了三足鼎立的局面。因为各家公司都不能专注推广，"政银企户保"项目在邻省结出了硕果。王留根之所以急吼吼跑到魏县兴师问罪，就是自家的花儿结了果让邻家摘走了。

王留根着急，徐国夫能不急吗？

河北分公司能不能搞出独家首创的产品，成了徐国夫寻找增长源的突破口。面对激烈的市场竞争，想在经营过程中实现这一目标，徐国夫面对着巨大的压力和困境。

夜深了，小会议室内的讨论还在继续，有人说："现有的专业条件，我们确实是无能为力，这个事情办不成。"

有人说："怎么办不成呀？无非是把这几个原理的东西，弄成基金式托管嘛。"

"你们大胆在魏县做试验，总公司那边我去做工作，干工作无非是逢山开路遇水修桥，无论如何也要把这个项目办成！以前，我们希望与政府沟通合作，现在政府自己找上门了，我们不能拒之门外，各位的任务就是来解这道题。"徐国夫铿锵浑厚的男中音，在小会议室内回荡着。

这个难题怎么解？这考验着河北分公司高管们的智慧才干和使命担当。徐国夫心里明白他面临的困境：魏县的这个项目如果做起来，一是突破了原有的传统保险的理念；二是魏县政府只有诉求没有专业的标准，赔付的标准线必须经过专业人士做出精准判断，算不好就是赔了夫人又折兵；三是保险公司是经营机构，要把项目做成基金式管理，等于把保险公司变成返贫户的保姆了，如果哪个孩子哭就得给哪个孩子奶吃，那么那些宁愿忍饥挨饿也默不作声的返贫户呢？这样说来，做成基金型也不够妥当。

徐国夫感觉这事能做，是有原因的：在他眼里，因学返贫是个小概率群体，因灾返贫也是偶发性因素，概率也不会太大，因病返贫人群才是贫困户的大概率群体。那么，因病是健康险领域、因灾是财产险领域，现在保险公司做的一些政保业务里，有商业式的也有托管式的，从这个逻辑上说，把这个项目做成综合托管式的险种，从逻辑上是完全可以行得通的，最大的难点就是如何把赔付标准制定出来。

也就是说，只要把逻辑上的理论变为可操作的具体方式，就可以一通百通了。

使命担当

虽然理论和方法都想通了，但这个项目做起来还会有很多未知的障碍。徐国夫之所以坚持要做，原因之一是从家国情怀上讲，扶贫防贫是习总书记提出的国家战略，徐国夫是党的干部，必须坚决服从于国家大局，讲政治，有担当，为党和政府分忧。扶贫防贫不是作秀喊口号，高大上的情怀要拿出实打实的行动。

徐国夫八岁之前在贺兰山脚下的农村长大，对生养他的那片乡土有感情、有乡愁。至今在梦里，他还会梦到春天山花烂漫，夏季蝉鸣悠扬，秋天稻谷飘香，冬季雪满高山，他对农村那种无忧无虑的生活十分留恋，也深知农村的清苦。现在他有机会有能力服务乡村百姓，既是职责所在，也是对大地的反哺。

研讨会开到了深夜，徐国夫最后拍板说："我们这次创新思路和办法都出来了，如果大家同意，就报总公司审批。"

新产品的顶层设计权限，在位于上海浦东陆家嘴的公司总部。河北分公司高层会议经过反复酝酿，最终同意上报，由总公司进行决策。

好在公司内部机构是畅通的，郭天保汇报到邯郸张进那里，张进捅到了河北分公司徐国夫那里，徐国夫就可以直接汇报到上海总公司了。

为了促成此事，徐国夫耍了个计谋。因为涉及扶贫，他先打电话找农险部总经理陈元良，陈元良听完汇报之后，当即表态说："这个业务范围应该是政保部的事情，建议你先找找政保部或者其他部门，如果其他部门做不了，我们农险部给你兜底，毕竟是国家扶贫大计，顾越董事长时刻提醒我们，在扶贫工作上要尽企业责任。"

徐国夫心里有底了，又拨通了总公司政保部总经理苏占伟的电话，介绍完来龙去脉后，徐国夫又提示说："我们传统的保险产品对应的是损失和风险，而之前的小额信贷以及'政银企户保'等保险类型，是把经营性的方式变成基金式管理、专业化服务。我们这个产品的最大核心是突破！"

苏占伟一听来了兴趣，连忙叮嘱徐国夫说："你们河北先拿出一个初步方案来，我这边再请我们的开发人员韩瑞，尽快帮你们设计出一套保险条款。另外给你透露一个消息，张毓华书记主管全公司的扶贫工作，你把这个情况也向他汇报一下，听听他的意见，我也帮你吹吹风，咱们一起促成此事。另外，我这边也向总公司分管非车险的孙海洋总汇报一下。"

两人聊完之后，徐国夫又把电话打给了总公司党委副书记兼纪委书记张毓华，张毓华当即表态说："我觉得你们在魏县的这个探索是个好事，此事可做，一定要做成，而且速度要快。扶贫防贫是国家大计，这个新产品也是创新方向。我之前在山东定陶县当过几年县委书记，那地方跟魏县有相同之处。一是两个县都是在黄河故道上，土地沙化严重，地力不足，老百姓人口多，收成少，扶贫难，返贫易，有了这个产品托底可解后顾之忧。二是两个县都是全省排名倒数的贫困县，我走遍了定陶县的村村寨寨，知道脱贫攻坚的难度有多大，啃这块硬骨头，唯有创新才是领先的基础，唯有皇天后土才是老百姓命之所系。现在地方政府需要，我们一定要做成具有特色的独创产品。你赶紧让业务部门进行对接，尽快拿出你们的初步方案，政保部苏占伟这边，我也会专门叮嘱他配合好你们。我认为你们应该重点围绕'为何防？为谁防？防什么？谁来防'四个问题开展探索。上海有什么需要我帮助协调的，直接给我打电话！"

张毓华撂下徐国夫的电话，就拨通了政保部总经理苏占伟的电话。苏占伟接到电话后当即表态说："我立即将您的意见报告孙海洋总，一定配合好河北的工作。"

接完张毓华的电话后，苏占伟当即给分管非车险业务的孙海洋打电话，此时孙海洋正在外地出差，正赶往机场准备登机，他对苏占伟说："我正在登机安检，大约晚上 12 点到家，你直接来我家详谈。"

苏占伟和孙海洋住在同一栋楼里，这是公司为外地干部准备的宿舍楼。孙海洋到楼下恰好深夜 12 点，他刚进屋，苏占伟就敲门进来。

"这么着急？看来不是小事儿啊。"孙海洋放下行李，随口问。

苏占伟说："项目复杂，时间紧迫，这个项目要协调各方，所以必须抓紧向您汇报，为后续整体推进提前做好安排，也争取时间。"

孙海洋边收拾行李，边烧上开水，边听苏占伟在旁边介绍着业务的来龙去脉。以孙海洋多年的专业经验，马上清楚这个产品的急迫性和重要性。现在这个业务机会，和他见惯的其他项目不一样，如果能做成，是一件保险行业，尤其是非车条线运用保险专业，向社会提供有效供给的好事。

孙海洋早年从军，离开部队后从基层保险业务员干起，一步步成长为常熟中支总经理，在他任内，当地保险业务超越老牌国企人保，引起不小轰动。45 岁那年，他先后被提拔到苏州和江苏，成为执掌两家大机构的分公司总经理。50 岁时，他升任总公司销售总监，后分管非车险业务，并兼任信用险合资公司董事长。在风云激荡的保险市场闯荡 30 余年，他从常熟到苏州再到江苏，每到一地，公司业务就在当地市场名列前茅。他因此荣获"全国十大保险之星"、"中华百位杰出创业人才"，集团"二十年·20 人"等称号，是公认的保险销售专家。

两人喝着茶，孙海洋听完情况汇报后对苏占伟说："我们的专业业务，本来就与脱贫攻坚非常契合，我们要通过河北的这个项目，充分利用这个良好契机，为脱贫攻坚战提供一个更加全面的保险保障方案。在广大农村贫富不均，贫困地区的老百姓难免因为重大疾病、自然灾害、意外事故造成的贫困，陷入万劫不复的境地。我们与政府合作提供这样一个兜底的保险，可以对这些潜在和未知的风险，提供一个很好的解决方案。"

苏占伟介绍防贫保产品开发设计思路

苏占伟从专业的角度分析说："我们通过这次创新开发一个全新产品，努力做到降低投保门槛、简化产品结构、精简操作环节，帮助地方政府积极稳妥地完成脱贫攻坚任务。从这个角度说，这个产品前途远大！"

孙海洋提醒说："在财产保险业务领域，我们既拥有大数据资源，又有你们这样的顶级专业技术人员，我坚信你们的产品能为地方政府提供快速准确的服务。我们既要开拓保险业务领域，沿着'一带一路'走向世界，更要让保险在中国农村的广大土地上深深扎下根！中国的农村是我们的根基所在，我最近也正在思考，下一步我们将为中国的基层乡村提供更全面、更广泛、更深层的全链条综合保险服务。做好这个产品，对下一步全面业务的推开，是一个很好的探索和尝试，而且这个尝试一定要有必胜的把握。"

苏占伟说："顾越董事长也多次要求我们，政保部要加强与地方政府保险业务的全面合作，共同助推脱贫攻坚和乡村产业振兴战略。"

孙海洋点点头说："这个产品的开发，既要体现我们企业助推打赢脱贫攻坚战的决心，同时还要站在为脱贫攻坚保驾护航的政治高度。我们之前配合脱贫攻坚开发了很多产品，产生了不错的社会效益。这次以防贫为核心的创新产品，我的要求只有一个，把这个产品做成脱贫攻坚的拳头产品！"

随后，两人又对项目推进的方案做了初步估算，等苏占伟起身离开孙海洋的宿舍，一看手表，已经凌晨两点。

第三章
厉兵秣马

黄金周

徐国夫这下心里有底了，他叫来杨丽丽说："这个黄金周，你恐怕不能全部休假了，我知道你孩子正面临着高考，但公司的事更是火烧眉毛。邯郸那边你必须在国庆节上班前拿出方案来，一是给魏县，二是给总公司那边报一下。总公司那边已经联系好了，有什么问题随时联系总公司政保部的韩瑞。"

杨丽丽回答得干脆利落："反正我也没空照顾孩子，孩子本来就在正定那边的学校住校呢。"

在上海，苏占伟也找到政保部副总经理韩瑞，说了与徐国夫同样的话。

在邯郸，张进和杨倩把银保部经理黄超喊过来，当面交代任务："黄金周你别休息了，魏县要搞一个防贫项目，是市委高书记提出来的，魏县要把这个防贫机制落地。根据咱公司的实际情况，你抓紧写个方案出来。"

三级联动的起点就这样落在了黄超身上，但接受任务后黄超一头雾水，这时候他仅仅知道邯郸高书记提出的"未贫先防"四个字，具体包含什么内容他却一无所知。

见黄超犹豫，杨倩把事情的来龙去脉又说了一遍，接着提醒说："你要把咱们公司的企业担当和具备的优势什么的，都在这个方案中体现出来，让政府一看，这个活儿非咱们太保干不可，目的就达到了，不求准，只求快。"

黄超是位"80后"，身高 1.81 米，体重 100 公斤，戴一副近视眼镜，爱笑。别看他长得五大三粗，却心思缜密，做事滴水不漏，加上文字功底不错，邯郸中支公司从招标书到讲话稿，重要的文字材料多是出自黄超之手。黄超对公司的情况了如指掌，写类似的方案，他是最佳人选。

黄超分管银保，跟写方案没有半毛钱的关系，这是额外的活儿，没有考核指标更没有加班费之说。但在邯郸中支有条不成文的规矩，凡是公司有重大任务或活动，需要哪个部门哪个人，只要领导一声令下，即便是赴汤蹈火也在所不惜毫无怨言！

第二天中午吃饭前，黄超加了一个通宵外加一个上午的班，就把"承保方案"的初稿拿出来了。

杨倩拿着黄超拟写的"承保方案"，对黄超说："辛苦了！但你还不能休息，下午就得带着方案跟我去趟魏县。"

"去魏县？你没看我眼圈都黑了吗？我只想好好睡一觉。"黄超听了嘴巴一咧，差点哭了。

杨倩也不客气："到魏县跟政府扶贫办的人具体对接下，不合适的地方还要修改，谁让你主笔的，这事儿非你莫属。"

这是赖上甩不掉了，黄超连忙改口说："我来公司十多年了，去魏县的次数还真不多，那边大锅菜不错，我正馋着呢。"

杨倩提醒说："今后魏县大锅菜管够，你得有思想准备。"

黄超爽快地说："没关系，那咱现在就走？"

果不其然，在之后的两个月，黄超每周至少在魏县待三四天，他像一只笨拙的肥鸟一样不停地往返于邯郸与魏县之间，不但没跑瘦，反而又胖了不少。

来到魏县后，杨倩领着黄超、郭天保、焦瑞红三人，带着"承保方案"初稿与县扶贫办负责人李治国对接。

"承保方案"好比一栋高楼，黄超先把这栋楼的地基和框架搭建起来，但每层用什么样的材质、门窗的搭配、线路的走向等细枝末节，都要各个不同的机构和人员填充搭配好，才能成为一栋大厦。

细节决定成败，黄超设计这样的承保方案属于大姑娘坐轿头一回，做出来的只是个框架。来到魏县后，他们与李治国等几个人坐下来，逐字逐句地斟酌推敲。如何定保险责任，如何赔付等具体的细节，渐渐在讨论中清晰起来。

在石家庄，杨丽丽把项目所需相关保险条款传递到魏县，让杨倩他们结合魏县政府的具体需求，拟定保险责任和实施流程。一稿不行，就二稿三稿，经过三天三夜的加班加点，"承保方案"已经在他们手里磨了五稿。

三天后，杨倩把方案带回邯郸，与张进详细研究修改后，报给了身在石家庄的杨丽丽。杨丽丽逐条逐句研究修改后，报给主管领导层审批和提出修改意见后，再发回邯郸和魏县。

这毕竟是个新鲜事物，时间又这么仓促，最初的方案难免有这样那样不尽如人意的地方。为让"承保方案"更完善更准确，魏县支公司副经理焦瑞红与县扶贫办李治国随时保持微信联系，有了新想法马上沟通。

黄超在黄金周连夜加班设计防贫保最初方案

　　"乙方可在每个保险期间结束 60 日内，根据理赔情况和政策变化等因素提出下一个保险期间保费调整的建议。敢问这句话怎么理解？"这是 2017 年 10 月 3 日 23 点，李治国发给焦瑞红的微信。

　　"时间太紧，具体的方案还需要咱们商议后决定。"这是一分钟后焦瑞红回复的微信。

　　李治国回复说："嗯，好！"

　　焦瑞红又叮嘱说："里面的具体数据和专业用语，还需要你给完善一下。"

李治国立即回复说："经查勘后，符合赔偿范围的，乙方应及时将赔款金额转到被保险人提供的银行账户上。建议'范围'前加上'条件和'。"

焦瑞红回复："辛苦了！"

李治国顾不上打字，就语音留言说："我没事，都习惯了，麻烦您了，早些休息吧。"

刚发完语音，李治国又留言："又有小改动。"

焦瑞红回复说："好的，您也早休息，不能经常熬夜啊，身体好才能工作好。"

"谢谢关心！您也是。"李治国留言后，又加上了一个带笑脸的图标。

这边焦瑞红和李治国联系修改条款，而郭天保和黄超在一起商量着，仅有"承保方案"还不行，还得有具体的操作流程。两人又拟制出"防贫救助流程图"。按照这个流程，政府交办任务后，太保先进行核查，确定是否建议纳入保险范围，再返回县扶贫办，扶贫办认定后，再分解到乡镇、村屯，由村里进行评议、公示。利用太保的精算和理赔的方法，加上政府和村民委员会的监督，这样就真正做到确实需要救助的返贫户能够拿到救助金，没拿到救助金的村民也服气。这样设计流程的目的在于公开、透明、公正。

"协议基本上没什么问题了，流程咱们也弄出来了，现在就是具体的险种和保险责任咱们再敲定下。"这是焦瑞红发给李治国的微信，时间是 2017 年 10 月 5 日凌晨 1 点 20 分。

李治国回复说："收到，方案和流程的前言部分您还得修改下。"

焦瑞红回复说："我正在完善中，改完发您。"

李治国又发来微信："还有，传统的保险理赔叫赔付。这个产品政府是以基金形式出现的，尽管是有保险公司提供服务，保险的理赔上还叫赔付不合适吧？"

焦瑞红回复："是不太合适，想想叫什么更准确些，不叫赔付叫救助呢？"

李治国回复说："就是它了。"

……

在这个黄金周里，最有感触的是黄超，他几乎天天连轴转，本来指望熬夜能减减肥呢，没想到不但没瘦，反而又胖了几斤，都是熬夜吃泡面和大锅菜吃的，这令他哭笑不得。

2017 年国庆黄金周，别人都在这个小长假享受生活，而河北分公司、邯郸中支公司、魏县支公司三级联动，张进、杨丽丽、杨倩、黄超、郭天保、焦瑞红等人，却整整忙活了七天七夜。

保险设计师

红脸蛋、大眼睛的河北分公司政保部总经理杨丽丽，听起来是个不小的官儿，实际上只是一个光杆儿司令。整个政保部当时负责健康险业务的，满打满算就她一个人，临时任务都要借调其他部门的人员。现在到了关键时刻，她如果不顶上去，也没别人可以托付。

杨丽丽的爷爷当年跟随八路军转战太行山区打鬼子，1949年后在煤炭部任职，"文革"期间被下放到石家庄井陉矿务局，杨丽丽的爸爸跟着爷爷来到当年战斗过的地方继续奋斗。杨丽丽在井陉煤矿出生长大，1996年从河北经贸大学金融专业毕业后进入太保工作，先是做出纳后做会计。

干了半年后，一位常年跑业务的领导跟她闲聊的时候随口说："想在保险公司真正成长起来，必须懂基础业务，那些大学一毕业就坐办公室的，不了解基层没出息，就跟绣花枕头没啥两样。"

这句话深深刺激了杨丽丽，她当即回应道："那我下基层，去跑业务。"

领导一愣："你这不是吃饱了撑的吗？一个女孩子当会计坐

办公室不是挺好吗？为啥非要累死累活地去跑业务？"

杨丽丽说："没别的，就是不想让你们看我像个绣花枕头！"

领导被赖着给她换了岗位，但换岗归换岗，刚毕业那会儿，杨丽丽还没谈恋爱，也不善言辞，见到陌生男子还没开口说话就脸红，更不用说厚着脸皮跟人家推销保险了。但是，说出去的话泼出去的水，杨丽丽硬着头皮上路了。

杨丽丽每次拜访客户的时候，到人家办公室之前她都很紧张，先站在楼梯口想清楚，被拒绝后该怎么办？如果对方让介绍产品又该如何应答？如果人家说已经有别的保险公司来过又该说些什么？她会事先准备好多套说词，背熟后再去见客户。因为事先做好了各种准备，每次说事情都是竹筒倒豆子一样侃侃而谈，几年工夫下来，她凭着专业能力和执着的工作干劲，促成了很多业务。

杨丽丽在基层打拼多年，2017 年凭借着自己的才干晋升为河北分公司政保部总经理。2017 年 9 月 29 日，按照原定计划杨丽丽是去邯郸中支公司面试新招员工的，一下车却被拉去了魏县。此后三年的时间里，杨丽丽就与魏县结下了不解之缘，并让她在筹备初期就开始寝食难安。

实际上，魏县政府找保险公司合作防贫项目时，产品怎么设计，防贫的人群有哪些，具体怎么操作都没谱儿。这个谱儿需要上上下下一条线穿起来，杨丽丽就是穿针引线的那个针眼儿。

在这条线上，以杨丽丽为中间点，下面连接着邯郸的张进、魏县的郭天保，上面连接着河北分公司分管副总齐福义、总经理徐国夫，再往上连接着总公司政保部总经理苏占伟、副总经理韩瑞，更高层面上推进的是分管扶贫工作的党委副书记张毓华和主管全局工作的董事长顾越。

而在防贫保设计的环节上，关键中的关键是杨丽丽与韩瑞。

如果说河北的魏县大地是肥沃的厚土，那么韩瑞和杨丽丽就是种子专家，这颗防贫的种子能不能在这片土地上萌芽，就看他们在国庆期间能不能尽快把良种研发出来。

从政保部总经理苏占伟那里领受任务后，因为防贫保涉及最大的群体是因病返贫群体，韩瑞首先找到负责健康险业务的政保部资深经理鲍卫东。因为韩瑞走的是产品设计线路，而鲍卫东负责的是产品的推广和销售线路，一个产品能不能在全国推开之后大受欢迎，既要有推广的力度，更需要产品设计上的精准。

两人对河北方面提出的诉求进行评估、拆分、解构之后，韩瑞才发现这个创新产品没那么简单，既要符合保险原理，又要管用、实用、受欢迎。

况且，这个产品前所未有地受到各级的重视，苏占伟向韩瑞交代任务时说："这个创新产品要推向全国，不仅仅考虑魏县和河北，还要考虑全国的情况。"

而河北分公司总经理徐国夫给杨丽丽下达的任务，是全力配合韩瑞在最短时间内设计出产品。

接下来，韩瑞与杨丽丽就产品的具体细节，开始了对接、商讨、磨合、推敲。在将邯郸报过来的完善方案给韩瑞发过去之后，杨丽丽又补发了一条微信说："韩瑞总，我还有个问题想请教。"

"请讲。"韩瑞的回复简洁明了。

"我感觉产品还有些缺陷。"杨丽丽说。

"能说具体些吗？"韩瑞问。

杨丽丽举例说："我在魏县遇到过这样一个案例，一家姓李的农户家里盖有二层小楼，跟当地其他村民比起来，日子过得还不错。但天有不测风云，这人突患心脏病，在北京做手术先后花掉 30 多万，一下子穷了下来。尽管有楼，但农村楼房不值多少钱，家里欠了外债 20 多万。像他这样的骤贫户，我们最初设计产品的时候没有考虑到，只考虑了临近贫困线的群体，对这种突然掉到贫困线以下的情况，是不是应该考虑进去？具体设计条款的时候，您多给想一想。"

"这是个问题，不在基层一线接地气，是不会了解这么清楚的，为你点赞！"韩瑞留言说。

杨丽丽回复说："谢谢！这种情况在实际工作中确实遇到了好多。如果把这类人群纳入进来，让更多掉到贫困线以下的人也能享受到这个政策，让所有返贫户从中受益岂不更好。"

韩瑞说："这也是当地政府的初衷吧，我觉得应该囊括其中，看来要在产品的包容性和宽泛性上，拓展一下边界。"

"谢谢，辛苦了！"杨丽丽在微信里道一声辛苦。

"您更辛苦。顺祝国庆节快乐！"韩瑞也客套了一下。

"同乐，同乐！"杨丽丽打完文字，又发了几张庆祝国庆的图片。

整个国庆黄金周，身在上海的韩瑞和身在石家庄的杨丽丽都没有休息，始终就防贫保"承保方案"中的产品设计关键环节和具体细节，通过微信进行频繁密切的探讨沟通。

实战检验

2017年10月6日上午8时，魏县县委副书记陶俊强准时来到县委一楼的办公室。他前脚刚走进办公室，后脚郭天保就捧着装订得整整齐齐的一本资料跟进来，没等陶俊强发话，他就把资料放到了办公桌上。

陶俊强望一眼资料，疑惑地问："这是什么？"

郭天宝黑着眼圈儿："陶副书记，这是我们的方案。"

"方案？什么方案？"陶俊强疑惑地问。

郭天保连忙提醒说："节前，您交代说，让我们和别的保险公司，各自拿出一个防贫方面的'承保方案'。您不是说，节后上班就要看到吗？我给您拿来了。"

"方案搞出来了？"陶俊强边问边吃惊地翻看着方案内容。

"总部那边搞出来的。"郭天保如实回答。

"'十一'没休息？"陶俊强关切地问。

"可不，从我们邯郸中支公司到河北分公司，再到上海总公司，'十一'都没放假，加班加点才赶出来。"郭天保口吻中有炫耀，也有辛苦，还有一点儿要求表扬的意思。

陶俊强目光中立即充满了赞许，但口气依然并不宽松："辛苦了！放到这儿吧，我看看再说。"

陶俊强很少表扬别人，郭天保心里清楚，这已经是陶俊强很高的赞许了。

县委、县政府的第一次面试，郭天保交出了一份合格的答卷，而且是唯一的答卷，因为别的保险公司要么不感兴趣，要么没做方案，反正陶俊强一直没有等到第二份答卷。

时间不等人，2017 年 10 月 9 日上午，陶俊强把郭天保叫到自己的办公室，一锤定音说："这项目就给你们了，明天下午就可以签协议。"

第二天中午吃饭前，郭天保刚从扶贫办拿来魏县拟订的协议草稿，陶俊强的电话接着追了过来："你们下午一上班，就得把协议给我，要修改的地方赶紧修改。"

"这么着急，这不是催命吗？"放下电话，郭天保又拨通张进电话的时候，还自言自语地嘟囔着。

"催命也得给！我让黄超中午把午饭戒了，也给你把协议修改出来！"张进回答说。

刚赶上饭点的黄超只好急急忙忙地加班，在下午上班前保质保量地完成了协议的补充工作。当然，黄超的这顿午饭是真省下了，反正他整天嚷着要减肥。

郭天保准时在 10 月 10 日下午把协议送到陶俊强手里，但他哪里想到，陶俊强没急着签合同，而是突然把一本花名册递给郭天保，交代任务的时候还意味深长地说："是骡子是马，你得把你的队伍拉出来遛遛我看看。"

郭天保摸不着头脑："啥任务这么艰巨啊？"

陶俊强说："这是政府选出来的 992 户临贫人员名单，你们保险公司不是核查方面很专业吗？我给你一周时间，你们要完成入户核查，而且必须准确无误，能不能完成？"

郭天保当即表态："能呀！这不是个事儿！"

郭天保嘴上说能，心里却叫苦不迭，他在心里想：我的天哪，这 992 户人家分散在魏县各个乡镇，要一一入户核查，查什么？怎么查呀？

郭天保心里可是一点儿数都没有，但陶俊强说得再清楚不过，这活儿再不成也得硬着头皮干成啊！这叫明知山有虎，也要向虎山行！

从防贫保项目启动之后，公司上上下下的人都惊动了，这个活儿不能就这么黄了，眼看合同马上就要签订了，豁出去了！

公司在魏县的工作人员满打满算也就十几个人，一周时间内要核查完 992 户临贫人员，单凭魏县的力量，门儿都没有。郭天保马上打电话找张进求援。

"举邯郸中支公司全员之力，也要按时保质保量完成任务！"张进立即吹响了集结的号角。邯郸中支公司及各县区抽调的查勘人员，连夜紧急向魏县集中。

当晚，黄超驾车赶往魏县与双眉紧锁的郭天保会合。愁归愁，但活儿必须干好。当夜郭天保与黄超两人一边琢磨一边将思路：入户调查总不能拿张白纸去吧？入户后得拍些住户、房屋等照片吧？政府对公司的查勘结果，各个证据链条是要与县里掌握的各种大数据相互验证的。入户登记什么，查勘员具体问些什么内容，拍照片拍什么内容等得统一标准，两人草拟了

张入户核查指南，准备提供给查勘员人手一份。

两人碰了一夜，思路就出来了。第二天一早，两人就把连夜赶制出来的三份核查凭证，紧急快印出来了。

核查凭证还热乎着，邯郸中支公司调来的十名查勘员和五辆查勘车，就从周围几个县赶来魏县支公司报到了。第二天一早，十人分乘五台车在魏县支公司门口的大街上一字排开。郭天保出门一看这阵势，鼻子一酸，泪水差一点就让秋风吹了出来。

郭天保揉揉鼻子，站在队列前作战前动员说："同志们，这是魏县政府赋予我们的神圣使命，魏县人民要享受到优越的扶贫惠民政策，靠谁？靠我们公司的同志们！考验我们的时候到了，这是关系到荣誉的一场战斗。打好了，我们脸上有光。完不成，丢人现眼是小事，咱的招牌可就砸在魏县了！能不能干好这活儿？大家有没有信心？"

"有！"大家异口同声地喊道。

一个跟郭天保熟悉的查勘员说："郭经理，你就等着瞧吧！"

如果说"十一"期间陶俊强要"承保方案"是对公司领导层的一次试探，那么，这次入户查勘则是对队伍素质的一次阅兵。说穿了，这时候当地政府和陶俊强本人对保险公司能否干成此事，心里并不托底，所以他让郭天保把人马"拉出来遛遛"。

郭天保也没想到，第一天就出师不利。早晨开动员会的时候，个个都热血沸腾，等晚上回来汇总工作的时候，个个垂头丧气，一早一晚竟有如此大的反差。

"郭经理，咱们这样干不行呀，不改变工作方式肯定完不成。今天就是失败的，我们组走得最多，跑了一天才 13 户。"邯郸中支公司来支援魏县的查勘员张凯首先发言，他说出这番话是发自内心的。

"我们组才走了 7 户。"老查勘员史彬彬说。

大家你一言我一语，情绪低落到了极点。郭天保跟大家坐在会议室一项一项分析，到底是什么原因耽搁了时间呢？

"路线没有设计好，有的舍近求远，每组应该就近就便划分任务区。"说话的是永年县支公司的副经理王太志。

有的查勘员说："还有，咱道路不熟悉，到哪个村到谁家，都得一个个去问，误了不少工夫。开导航吧，进了村还经常给导偏了，又多走了不少冤枉路。得想个办法，这样干太耽误时间。"

有的查勘员说："咱一说保险公司的，人家以为是推销保险的，立马就把电话撂了，再打就不接了。是不是应该把入户名单先给乡镇的扶贫干部看看，能带咱们去最好，不能带提供线路也能节省不少时间。"

"这办法中。"

"进村入户咱不说保险公司的，就说是扶贫办的。"

"这招中。"

大家七嘴八舌地议论着。三个臭皮匠顶个诸葛亮，当晚的诸葛会，开得有声有色。

第二天，五组人按照诸葛会商定的方法实施，这些应急想出来的土办法还真奏效，第一组入户调查达到了 30 户，大家都认为，这些实践出来的路数才是对的。

从 10 月 11 日起，东方刚露出鱼肚白的时候，查勘员就从县城出发，每天干到晚上 10 点收工返回。核查员入户走访核查的时候，该户如果达到了救助标准，核查人员就会在登记表上标注：建议将该户纳入防贫救助范围。

查勘员当晚回来后，每人都要把查勘入户的资料图片整理好，导进电脑录入到数据库内，打印出来摆好归档。公司电脑少不够用，查勘员们还得排班使用，等弄利索已到了次日凌晨的两三点钟。有人实在困得不行，就趴在桌上打个盹儿。有人把面泡上，等面泡好，人早趴在桌子上睡着了。

郭天保带着一组入户查勘，由于连续劳累过度，早晨起来秋风一吹，就感冒发高烧得了肺炎。郭天保咳嗽不止，入户查勘只好戴上口罩。跟他一组的是磁县支公司来的刘斌，见他老是这么咳嗽，有时候咳得都直不起腰来，就把他手里的本子和笔抢过来："郭经理，你去车里休息吧，我自己来。"

郭天保硬撑着说："我能行。"

刘斌心疼地白他一眼："那就我问，你记。你总这么咳可不中，你得去住院。"

郭天保苦笑着说："这么忙，哪有工夫住院呀。"

大名县来的小李见郭天保咳得这么难受，从车里拿出纸杯向农户家要来一杯开水端给他："郭经理，喝口开水压压吧。"

郭天保端着杯子，一股暖流传遍全身，他嘴上没说，心里挺感动，这些各县来的兄弟真够哥们儿。

从各地来支援的查勘员接到通知来魏县的时候，并不知道要工作几天，来了之后才知道要干一周，走得匆忙的哥几个，连换洗的衣物都没有带，晚上回来洗衣服又怕晒不干。连续几天下来，几个人的衣服都有馊味了。郭天保虽然感冒了，鼻子还挺好使，他闻到味道后立即上街买了几件内衣给他们换上。

为节省时间，每天早晨出发前，郭天保都备好面包、牛奶、矿泉水等食物，作为大家的午饭。秋天的早晚已经很凉了，中午吃的时候，水和面包都是凉的。他们累了就在车里休息片刻，然后继续工作。

这些点点滴滴，郭天保看在眼里疼在心里。晚上查勘回来后，郭天保想请大家去县里最好的酒店吃顿饭，被大家谢绝了："咱用不着去那贵的地方，你找家简单的饭馆，能喝点热乎汤就中。"

这话感动得郭天保眼泪汪汪，他从包里掏出两瓶酒："这是我家里存的好酒，今天咱们简单喝点，等完成任务后，咱们再喝庆功酒，一醉方休。"

郭天保给大家满上酒，主动端起杯子一仰脖子干了。几杯酒下肚，气氛就热闹起来。之前，大家彼此并不熟悉，通过几天进村入户，大家感慨颇多。而且这次跟以往的入户查勘性质不一样，原来是去伸手要保费，这次是准备给人家救助。大家一边喝酒一边感慨："真没想到，你们魏县还有这么多穷人需要救助！"

"能让这些人得到救助，也算是积德行善了。"

"通过这次查勘，感到国家搞脱贫防贫意义真是远大，我们能参与其中，荣幸！"

"越来越觉得这项工作重要了，很神圣，苦点累点也值！"

"跟这些需要救助的人比，我们多幸福呀，可过去不觉得。这次是触动我心灵深处了，今后要好好工作，珍惜生活。"

这天晚上，查勘员朱飞博开着车往回返，车子不小心陷进了泥里，排气管子也进了泥，车怎么也打不着火。当时是 22 时许，前不着村后不着店，他只好打电话告诉郭天保派车来拖。当晚秋风劲吹，朱飞博穿的衣服不多，冻得他在路边一直小步跑着取暖，尽管这样，他还是冻感冒了。等郭天保派来的车把他的车拖出来，他脸上身上溅得全是黄泥。

回到魏县支公司已经是凌晨了，朱飞博没顾上洗脸就被郭天保拉到会议室里，会议室桌子上摆着两盘菜。郭天保端给朱飞博一杯白酒说："赶紧喝了暖暖。"

朱飞博端起酒杯一口饮了半杯。郭天保又递给他一支烟，他边抽边嘿嘿地笑。朱飞博脸上身上全是泥巴，狼狈不堪却十分乐观。这场景被一旁的女内勤李楠看到，触景生情，心疼地哭了。

朱飞博还乐呵呵地问李楠："咋了，小妹妹，你咋哭了？"

建碉堡插红旗

又是一周过去了。

2017 年 10 月 18 日上午 8 点，郭天保抱着一摞档案资料走进了陶俊强副书记的办公室，他把材料整整齐齐码好后站在一旁说："陶副书记，这是您交办的 992 户防贫入户调查资料，一份不少，我们已经按时完成，目前确认救助对象 147 个。这些材料中有一张综合情况表，您一看就一目了然了。我拿来的是部分人员的入户登记档案，全部的档案材料在我们公司档案库里，什么时候需要，我随时给您搬来。"

陶副书记一边看综合登记表，一边询问："992户选出了147户，这么多都够救助条件？"

"是。"郭天保说。

"精准吗？"陶俊强问。

"我敢以人格担保，精准率达百分之百，请陶副书记和扶贫办领导核查。"郭天保胸有成竹。

陶俊强倒是很听郭天保的话，他果然带人去了几户人家实地核实，又让县扶贫办派人在992户中抽样核查，都没有发现任何问题，这下陶俊强心里踏实了。

2017年10月20日，邯郸中心支公司与魏县扶贫和农业开发办公室签署《魏县精准防贫保险框架协议书》，正式与魏县政府合作签约防贫保险项目。

10月27日，魏县支公司协同魏县扶贫办、民政局、卫生局、人社局、教育局多家单位，在魏县双井镇政府举行魏县防贫保险救助启动仪式，郭天保向首批147个返贫户发放了95.2万元救助金。邯郸电台以《精准防贫展风采，美丽魏县赢未来》为题进行了跟踪报道。

魏县防贫保的第一例保单，已经被中国国家博物馆收藏。

按照魏县扶贫办的估计，如果安排政府工作人员完成992

户防贫入户调查任务，至少要三个月，而魏县支公司仅用了七天。参与这次入户查勘的工作人员有郭天保、王太志、刘浩、张凯、刘建波、苗双林、史彬彬、朱飞博等。

历史典籍当然不会记住他们的名字，但被救助的老百姓，记住了这些基层工作人员的每一张面孔。

防贫保在魏县落地后，徐国夫又把目标对准了省政府扶贫办，他先让杨丽丽给河北省扶贫办副主任王留根送去一份"承保方案"。几天之后，他接到王留根的邀请电话，徐国夫来到王留根办公室："王主任，您看过这方案了？"

王留根兴奋地说："看了，不错。"

徐国夫趁热打铁说："您得帮帮我们，这事咱们争取在全省推开，而且速度要快！"

王留根笑着说："没问题，扶贫防贫我们责无旁贷。"

徐国夫不放心地补充一句说："现在我们把这个事情做成了，我们可是原创啊。"

王留根欣然答应说："你们赶紧推开吧，我看这事别人也不会跟你们抢买卖吧？"

徐国夫不无担忧地说："难说啊，'政银企户保'本来是我们公司的金字招牌，现在不但被别人抢走，还开了现场会推广。

防贫保现在算是新生事物，只要推开就没法保密，也不可能有独家知识产权。没准儿别人闻着味儿，又下山来摘桃子，到时候省里不保护，我们怎么办啊？"

王留根答复了一句："市场竞争是好事啊。"

王留根之所以说了这么一句话，是因为他也很清楚，防贫保在邯郸魏县一炮走红，同行的其他公司就会马上意识到防贫保是块香饽饽，很快就会蜂拥而至，与太保抢占市场。所以他不能打这个包票，而且他乐于看见几家公司竞争起来。鹬蚌相争渔翁得利的道理，谁都懂。

徐国夫提出与省扶贫办合作开展全省的防贫保业务，王留根答应帮忙推广。但徐国夫想签署一份战略合作协议，目的是想独占河北市场，这就超出了王留根这个副主任的权限，他只好跟徐国夫打起了哈哈。

两人各有各的心思，也都各自明白对方的心思。徐国夫也清楚王留根的无奈，但防贫保作为一种保险产品，又无法申请专利，上次太保的"政银企户保"，不就是在河北开花却在邻省结了果吗？

王留根还有一层心思，保险公司毕竟是企业，不能让他们一家独大把防贫保搞成垄断式的经营，最后尾大不掉谁也管不了。如果有其他公司参与竞争，也会逼着他们把产品做得越来越好，只要几家斗起来，地方政府和老百姓才能更受益，所以他乐得坐山观虎斗。

说实话，正常的竞争徐国夫还真不担心，但他最怕的是，有些同行公司为了分一杯羹而搞恶性竞争，毕竟谁都清楚，防贫保这个项目虽然赚不到什么经济效益，但赚的是社会效益，这些效益有时候远远大于经济效益。

果然不出徐国夫所料，防贫保在魏县推广之后，一家保险公司换了个名字，内容几乎跟防贫保一模一样，为了占领市场，该公司在几个地区推广时竟然把服务费标注为一分钱。显然，这不但是赔本赚吆喝，而且还亏损不少。这不是来扶贫，而是来扰乱正常的市场秩序了。

还有一家保险公司更是放出话来高额悬赏，谁把太保在魏县的防贫保项目抢过来，立即给予数十万元的现金奖励。虽然魏县是防贫保发源地，但太保与魏县的合同毕竟只签订了一年。

这已经不是摘果子，而是打到自己根据地来掏老窝了。

面对强敌环伺，徐国夫只能主动出击，他几次找到某保险公司河北分公司总经理谈这个问题，跟对方摊牌说："如果你们非要搞一分钱中标或者零管理费，我赞成，这是利国利民的大好事嘛。但你与政府签协议，至少不应该少于三年吧？你们可别签一年协议，第二年再修改协议，坑人家地方政府不懂保险业务，这种做法害人害己，不能长期维持下去。我们还是在服务上多下点功夫，这才是正道啊。如果像你们这么搞，让政府怎么看我们这些保险公司啊？"

可人家听了就回答一句话："你说你的，我干我的，赢者通吃。"

徐国夫被噎得说不出话来，但在同行面前既不能发脾气，又不能用和对方同样的招数予以还击，那样恶性竞争下去对谁都不利。回到公司之后，徐国夫对杨丽丽说："咱管不了别人，就只能做好自己，我们必须在产品升级上做文章，在战略战术上做文章。要学习八路军百团大战的做法，建碉堡、插红旗、连成片，最终在全河北创建防贫保的根据地。"

与徐国夫把红旗插遍河北的打法不同，张进只喜欢自扫门前雪，她更关心防贫保在邯郸地区的全面开花。魏县防贫保成功之后，张进立刻布局在邯郸全面推开防贫保业务。她主动到市扶贫办汇报工作，带领一线业务人员披荆斩棘，一个县一个县地跑，最终与邯郸市扶贫办签署战略合作协议，使防贫保这一品牌迅速在邯郸市范围内遍地开花。

张进用自己的泼辣和担当，为防贫保的推广留下了浓墨重彩的一笔！

邯郸防贫保推广的成功与否，也引起了总公司高层的关注，对于落地情况如何，负责扶贫的张毓华副书记心里也不托底儿，他对政保部总经理苏占伟说："辛苦你去一趟邯郸，实地调研一下防贫保实施的情况，看看根据地的建设牢靠不牢靠。"

苏占伟立即赶赴河北邯郸，一头扎到了魏县。

与此同时，防贫保在魏县开展试点之后，国务院扶贫办政策法规司副司长王光才也来到魏县调研。

两条战线的两个高层同为一个事情而来，而且之前互相没有交集，这让张进发现了难得的机会。如果把两位领导捏到一起，共同促进防贫保的推广，岂不是好事一桩？

张进急忙找到陶俊强："我们总公司有两位领导从上海来魏县调研，听说国务院扶贫办下午在县里开会，我们想参加下午的会议，麻烦您给安排下。机会难得，我们就想见见王司长，想听听他对防贫保及其发展方向的意见建议。"

陶俊强一口否决："不行，不能进！一个萝卜一个坑，坑都满了。"

"必须进！我们总公司的领导来魏县是给魏县争光，既然国扶办领导来了，我们必须要见见！"张进的犟脾气也上来了，她是"阿庆嫂"啊，她伶牙俐齿地据理力争。

"不行，不能进！这么高规格的会议，是国务院扶贫办组织的，我说了不算，你找省里领导吧。"陶俊强瞪了张进一眼，扭头走了。

这时候张进并不认识省里陪同来的领导，让她去找省里领导，也没啥门路，临时抱佛脚也来不及啊。张进知道陶俊强确实很为难，但她不想失去这个机会。她安排郭天保继续在县委办公楼门口盯着陶俊强这边的一举一动，并叮咛郭天保说："不管你用什么办法，一定要让咱们的人参加会议！"

徐国夫向国务院扶贫办政策法规司
副司长王光才介绍防贫保在魏县的
推广状况

随后，张进来到县委办公楼对面的县政府招待所，先安排苏占伟等人吃午饭。这边饭菜刚端上桌，郭天保就打来电话叫苦说："我去求陶副书记了，就差磕头作揖了，可是他还是不同意呀！咋办？"

张进一听把筷子一撂，饭也不吃了，立刻返回县委院里找到房秘书。

"我有急事找陶副书记！"张进态度坚决。

"领导在休息呢。"秘书下达了逐客令。

张进倔起来一般人受不了，她站在那里等待。房秘书无奈地摇摇头，叹口气，犹豫再三朝陶俊强房间走去。一会儿工夫，陶俊强揉着红肿的眼睛走出来，边走边说："张总啊，你们不能进去。参加会议的人都超了，我说了不算啊。"

张进也不客气："陶副书记，这次会议我们应该有一席之地的！我们是为魏县服务的，我们总公司的领导都来了，想听一听国扶办领导对这件事情的态度和对未来方向的建议。至少给我们两个座位，让总公司的领导参会！"

陶俊强见张进态度如此坚决，无奈地摇摇头说："行，就按你说的，只给两个座位呀，你不能进去。"

这是张进跟陶俊强第一次面对面"交锋"，都给对方留下了很深的印象。俗语说得好，不打不相识。两人都是直来直去的性格，工作作风雷厉风行，可谓棋逢对手。后来接触多了，交锋就变成了合作上的愉快默契。

正是这次交锋，促成了国务院扶贫办领导与总公司高层的会晤，也开启了防贫保在全国推广的新征程。苏占伟的这次魏县之行，也催生了2018年6月4日总公司扶贫工作现场会和防贫保推广会的召开。这是后话，且按下不表。

第四章

为天地立心

魏县模式

2017 年 10 月 27 日，魏县首批防贫保救助金顺利发放完后，社会效果不错，陶俊强就有个想法，想把防贫保从开始运作到核查，从公示到发放再到救助后的社会效果等整个防贫保发展环节流程，用图文并茂的形式展示出来。说直白点，上级要组织有关人员来现场观摩学习，陶俊强就是想搞个精准防贫的展览大厅，既促进扶贫防贫工作，又展示了魏县的成绩。

陶俊强做事从来都是雷厉风行，他把郭天保、秘书房志勇和县扶贫办的李治国三人喊到自己的办公室，把筹建精准防贫展览大厅的设想和盘托出："过几天，市委高宏志书记要来检查咱们防贫保开展的情况，咱让领导看什么呀？我想，把咱们这个产品如何策划、孕育、实施的过程，既要言简意赅一目了然，又要具体形象地展示出来，应该效果不错。我琢磨了一下，咱们就搞个精准防贫的展览大厅吧。地点就选在县扶贫办的一楼大厅，做几个展板，其他的工程你们不用管，你们三人就专门负责展板的设计、文字的撰写、图片的筛选。整个工程必须在四天内全部完成。"

陶俊强说得绘声绘色，三人听得懵圈儿。

啥？四天？

正常情况下，陶俊强所说的这个规模的展厅，工期少说也得半月时间，现在要在四天内完成，而且还要保质保量，这不是要人命吗？

可三个人都知道，陶俊强从来都是军令如山！头拱地也要完成！

三个人也不敢讨价还价，连夜请来邯郸市一家广告公司的老板颜校刚，工作地点就设在魏县支公司郭天保的办公室。他们有了会战经验，找人买来几箱方便面、矿泉水和两斤茶叶，窗帘一拉，不分昼夜地投入到紧张的设计制作中。

李治国负责文字撰写，郭天保和房志勇负责从海量的照片中筛选图片，颜校刚负责设计。

他们整个白天都没出屋，饿了就吃碗泡面，渴了就喝瓶矿泉水。弄到凌晨一点多的时候，几个人都有些熬不住了，眼皮直打架，喝浓茶也不顶用。

第二天一大早，郭天保提议："我说，咱们别弄了，现在脑袋都不转了，全是糊糊。我开车拉你仨出去转转，看看风景，喝碗羊汤，或许能有点灵感。"

李治国说："要不，咱们去展厅看看进展情况吧。"四人去展厅转悠了一圈，回来后继续干。困了，小颜老板就趴在电脑桌上睡，李治国、房志勇两人挤在郭天保办公室一张临时休息的折叠床上，郭天保没地方去，只好趴在茶几上眯一会儿。

郭天保和房志勇的家就在县城，李治国在县城也有宿舍，但干不完活儿他们都不能回家住。四天四夜没有人脱过鞋脱过衣服，内衣也没顾上换，没人睡过一个囫囵觉，困了就找地方一躺，醒了就继续干活。三人谁有了想法和思路，就立马告诉一直坐在电脑前的颜校刚。颜校刚就把他们的想法和意图，用图案的形式表现出来，还得有创意、有艺术性。

颜校刚搜肠刮肚绞尽脑汁，还时常满足不了三人的要求。一遍不行就来两遍，两遍还不满意，那就三遍五遍，一直改到满意为止。坐得时间长了，颜校刚两腿都麻木了，傻呆呆地坐在电脑前不知所措。

就这样，四个人在那间不足 20 平方米的办公室里，整整折腾了四天四夜。

颜校刚年龄不大，车轮战把他折腾得已经处于半迷糊状态，他去洗手间用凉水洗把脸想让自己精神精神，洗着洗着突然哭了起来。

郭天保看到情况忙走过去，关切地问："咋啦，累的？"

"没咋，以后再也不揽你们的活儿了，这是把人当驴使啊！"颜校刚说。

郭天保开玩笑说："看你说的，驴累死了还能做驴肉火烧，你累死了，能干啥？做火烧啊？"

颜校刚这才正经八百地说："以前吧，我总认为俺们这些做小生意的为了挣钱拼命，感觉你们这些吃公家饭的天天都在混日子，没想到你们为了扶贫也这么拼命，你们这些当官的，为了啥俺心里清楚，俺这是感动的啊。"

郭天保自我解嘲地说："颜老板啊，咱兄弟们各有各的难处，理解万岁吧！"

"理解万岁！"颜校刚说着笑了，一脸的灿烂。而此时，郭天保的眼角却湿了。

颜校刚走过来拍拍郭天保的肩膀，眼睛往办公室里瞅了一眼，郭天保马上冷静下来："小点声儿，让那哥俩多睡会儿。"

两人回到电脑前继续干活。而另外一组由县扶贫办陈瑞学带队，负责焊接架子、吊顶、装修的也在昼夜加班，同步进行着。

第五天上午一大早，几个人把设计好的展板小样放到了陶俊强的办公桌上，陶俊强一页一页认真地审看着。四人站立在一旁，大气都不敢出，怀里揣着小兔子一般，生怕陶副书记不满意甚至给否了。

时间一分一秒过去了，只不过五六分钟的样子，他们却都有度日如年的感觉。陶俊强翻到最后一页，说了两个字："不错。"

站在一旁的四个人仿佛一下子解放了，如果不是在陶副书记的办公室，他们非欢呼跳跃一番不可。刚走出陶俊强的办公室，郭天保就按捺不住激动的心情说："我请你们喝顿大酒，谁也不叫，就咱们四个，找魏县最好的酒店，请大家喝茅台！"

"算了吧，你这个经理也不富裕，别喝这么贵的酒了，衡水老白干就中。"李治国说。

"中，那就老白干。"郭天保乐得就坡下驴，因为他是自掏腰包。

当晚，四人两瓶衡水老白干喝得东倒西歪，郭天保深有感触地说："哥几个，虽然以前咱们不是同学，也没一起当过兵，但咱们的情分比扛过枪、同过窗的兄弟，差不到哪里去！"

四人一直喝到深夜，踉踉跄跄出门的时候，空空荡荡的大街上飘起了零星雪花，2018年元旦就要到了。

2017年11月底，占地面积500平方米的魏县精准扶贫防贫中心正式开馆，到2020年1月，已累计接待全国县级以

邯郸魏县精准扶贫防贫中心内景

上领导带队的参观学习团 280 余批次，其中包括 3 位省部级领导干部。接待全国高等院校师生、科研机构专家 30 多次，最多时，一天接待 6 个参观学习团。

陶俊强之所以建这个精准扶贫防贫中心，起因最早要追溯到 2017 年 4 月，邯郸市委书记高宏志在邯郸市"两会"期间参加魏县代表团分组讨论时指出，要高度关注已经脱贫后又返贫的人群，要有针对性地制定措施，将精准防贫提升到与精准扶贫同等重要的位置，确保如期完成脱贫攻坚任务。

这是高宏志书记第一次明确提出"未贫先防"的工作要求。在会上，魏县的县委书记和县长主动提出把试点设在魏县。

2017 年 6 月 30 日，邯郸市扶贫开发领导小组下发《关于开展精准防贫试点工作的实施意见》，决定在国家扶贫开发重点县魏县和省扶贫开发重点县馆陶县，开展精准防贫试点工作。

起初，两个县进行试点的时候，许多人倾向于"馆陶模式"，馆陶的做法是由政府机构管理防贫款，以免肥水流到外人田，也防止中间的"跑冒滴漏"和可能存在的腐败。而陶俊强在魏县的做法，是委托第三方的保险公司去做，这其中不但要支付一定比例的服务费，而且保险公司也不是政府的人，很多人担心，保险公司这些外人能做好吗？

实践是检验真理的唯一标准。两县试点开展半年后，高宏志书记决定亲自到试点地区进行实地调研。张进也在第一时间得到了高宏志书记要到馆陶、魏县两个试点县实地考察调研的消息，经市委办公室邀请，她全程陪同调研。

高书记带领调研团队深入馆陶、魏县进村入户实地查看了解，召集县、乡镇、村、扶贫户等人员座谈，掌握了大量第一手资料。调研团队认为，"馆陶模式"是政府在防贫中既是运动员又是裁判员，并没有达到高书记所期待的效果。而"魏县模式"中，政府作为第三方只担任裁判员角色，保险公司是运动员，组织专业团队具体运作。两个试点的效果一比较，谁优谁劣一目了然。

高书记带领团队经过实地调研得出结论：魏县试点是专业人干专业事，更专业、更公平；馆陶试点中，政府没有这么多的人力，机关工作人员开展核查工作不专业，还存在廉政风险。最终，高书记和调研团队都认可了"魏县模式"并决定在全市推广以防贫保为核心的"魏县模式"。

缺了情怀真不行

在"魏县模式"得到邯郸市委高书记认可、张进正将防贫保如火如荼地在邯郸地区推广的同时，杨丽丽按照徐国夫的指示，在全省范围内布局，全面推动防贫保项目。

防贫保经过魏县的实践验证后，多数人都认为是个好办法。但怎么让政府部门认可，让社会认可，让公众认可，如何从魏县一个点扩充发展到全省各地市呢？这一重任就落到了杨丽丽的肩头。当时，河北分公司政保部负责健康险业务的就杨丽丽一个光杆司令，她既是副总经理又是兵，每天的工作量就可想而知了。

防贫保毕竟是个新生事物，当杨丽丽把有关防贫保的汇报材料送到政府有关职能部门时，遇到方方面面的阻力是可想而知的。

"防贫保是个什么新玩意儿？从来没听过啊。"很多人拿到材料连看都不看。

杨丽丽只好解释说："这是我们公司和魏县政府新创的一种防贫救助模式。材料上有，方便的时候麻烦您看看，提提意见。"

"防贫救助模式？行吗？"听完杨丽丽的解释，有人不屑，有人持怀疑态度，有人不认可。

终于找到一个说话好听的部门，一位领导听完后说："你们这个思路很好，站位也挺高，但你们这东西有些超前啊。我们现在首要任务是 2020 年前脱贫，现在脱贫任务还没有完成呢，你们都已经开始防贫了，不太符合当前的中心工作。你这个产品三五年之后，或许很有前景。"

这已经是最好的回应了，杨丽丽并不气馁，做业务这些年，她练就了一套特殊的本领，越挫越勇，越挫越有韧劲，她依然利用各种机会跟政府有关职能部门汇报防贫保。

在业务推广的层面上，推进起来也是疙疙瘩瘩十分艰难。

魏县防贫保是 2017 年 10 月 20 日签的第一单，各地市政府的官员感觉这东西好是好，但大家都在观望。原因主要是防贫保还是个新生事物，具体是干什么的以前没有听说过，也不知道这新玩意儿在扶贫方面的效果好不好，而且其他的地市没有像邯郸这样的有利环境，对"未贫先防"的认识还不够统一，所以推广起来十分艰难。

杨丽丽去给各地市领导汇报要做课件，给各地政府介绍这个产品在扶贫防贫方面能帮助政府具体解决什么问题，分析这个产品的优势是什么，政府为什么要找保险公司做，这些关键点都要梳理出来，而且要精准地展示出来，人家才能信服。

河北省有 11 个地市，各地市之间跨度大，半年之内杨丽丽整整跑了一遍。每到一处，她滔滔不绝地介绍防贫保是如何为政府防贫发挥难以替代的作用，把嗓子都讲哑了，讲得激情澎湃绘声绘色。但台下的人几乎无动于衷，她还没讲完，好多人拍拍屁股就走人了。她讲的这些东西，人家左耳朵进右耳朵出，根本没过脑子。

一次，杨丽丽讲得嗓子都快冒烟了，不停地咳嗽，但现场反应冷淡。当她把电脑收拾好准备离开时，一位领导干部走过来说："杨女士，我感觉你说的这个防贫保是个好东西，我们也想做，但没有预算资金呀。你知道的，扶贫专项资金一分都不能动，尤其是贫困县财政上又没钱，要做也要等年底做预算，最快也要等明年才行。"

尽管对方没马上答应做，但有这句话她就知足了，她连声说："谢谢领导的支持！明年做也不晚，要做就来找我们呀，我们是原创，又是专业团队。"

跑了一圈儿下来，客户没拉到几个，但各地对此事不积极的核心原因倒是找到了。主要有两个：一是没有领导的指示和上级文件；二是各地政府没有预算资金。

当然杨丽丽的嘴皮子也没有白磨，2018 年初，邢台市威县政府签署防贫保合作项目。这是除邯郸市之外，河北省落地的第一单防贫保协议。

头三脚踢开了，后边的事情也就开始顺了起来，之后陆续有其他地市也开始签订防贫保项目。

随着各地防贫保的推开，最让杨丽丽担心的同业竞争也开始出现了。杨丽丽在一个地市，先后跟当地政府谈判了五轮，各种问题都解决了，但在签订合同的时候，对方又摇摆不定了。杨丽丽最后打听明白了，一家保险公司的人知道她来做防贫保，竟然横插一杠子，跟当地政府提出零运营成本也要接下这个项目。杨丽丽得知后据理力争，当仁不让，一遍遍晓之以理动之以情，最后当地政府的人也看懂了，同业公司之所以恶性竞争，是把防贫当生意来做，而杨丽丽是用情怀来做。在与政府的第六轮谈判中，杨丽丽最终胜出！

杨丽丽有股百折不挠的韧劲，不达目的决不收兵！跟全省各地市的谈判、招标、标书的撰写制作、协议签订、合作推动工作，最初全是杨丽丽一人来应对，忙得昏天黑地。整整半年的时间，杨丽丽半夜十二点之前几乎没有回过家。

连续高强度地加班加点，没有考核指标，没有奖金，也没有拿过一分钱的加班费，但她做得心甘情愿。老公既埋怨又心疼她："哎呀，你天天比国家主席都忙！累垮了身体我和孩子可咋办？你到底图什么呢？"

杨丽丽淡淡地回答："情怀。"

丈夫没听明白啥意思，又问了一句："啥情怀？"

杨丽丽说："往大了说，是对国家和百姓的情怀。往小了说，我到魏县看到那些返贫家庭过得太惨了，不帮帮他们我心里这个坎儿过不去。不光我有这个情怀，你也有悲悯之心，这下你明白了吧？"

丈夫迟疑着问："一个企业，靠情怀能发展壮大吗？"

杨丽丽说："光靠情怀当然不行，但要想做大，企业文化中缺了家国情怀，还真不行。"

丈夫半是理解半是心疼："老婆大人辛苦了！以后还是得悠着点，我和孩子可都指望你呢！"

从小在矿区长大，杨丽丽目睹过矿难发生后家破人亡的惨状，一家老小撕心裂肺的场景，深深铭刻在她幼小的心灵里。参与魏县防贫工作后，杨丽丽一次次去贫困户家走访，仿佛又看到当年矿难时的情景，一次次刺痛她的心。如果自己的工作能帮助到那些需要帮助的人，自己苦些累些也算不了什么。所以她经常用全国道德模范郭明义的一句话来鼓励自己：帮助别人，快乐自己。

辛苦的耕耘终于换来沉甸甸的收获，2018 年河北省有 25 个市县与公司合作开展防贫保业务，到 2019 年底，已发展到 65 个市县。

2018 年 6 月 4 日，总公司在邯郸召开 2018 年脱贫攻坚工作会议暨防贫保现场推广会，就防贫保模式向全国推广进行部署。这个时间节点对负责会议保障的杨丽丽来说，也是个特殊的日子，因为她的儿子 6 月 7 日要参加高考。

孩子高考是家里最大的事情，举家出动来考场外为孩子加油助威早已司空见惯。杨丽丽儿子临进考场前，多么希望自己的家长，尤其是妈妈能来到现场，母亲祝福的眼神，哪怕看上一眼他都满足了。他在考场外踮起脚朝四周望望，并没看到母亲熟悉的身影。孩子理解妈妈工作忙，高考前两个多月就没有见过她了，忙得连个微信都不回，孩子已经习惯了，他调皮地耸耸肩，自信地朝考场走去。

6 月 8 日下午，儿子考完最后一科走出考场，杨丽丽刚刚完成工作任务从魏县直奔考场，终于赶在儿子走出考场前几分钟，到达孩子高考地点的正定中学。

在夕阳的映衬下，儿子朝她走来，身上仿佛镀有一层金色

第四章 为天地立心

轮廓。儿子越走越近，比儿子矮一头的杨丽丽突然感到，儿子长大了，恍惚间不知道该跟儿子说什么，儿子却微笑着走到她面前说："妈，我考完了。"

此时此刻，杨丽丽突然有恍如隔世的感觉。她很愧疚，人生的关键时刻却把儿子一个人丢在考场上，酸甜苦辣一下子涌到杨丽丽心头，顿时泪水像断线的珍珠般一串串滚落下来。

丈夫也刚刚从石家庄赶来，一家三口终于赶到正定中学的大门口相聚。杨丽丽有些亏欠地问："儿子，想吃什么？妈好好犒劳犒劳你！"

"当然吃顿好的啊。"儿子开朗地说。

一家三口在正定中学附近找家小酒馆，吃了顿团圆饭。

杨丽丽关切地问儿子："考得咋样？"

儿子自信满满地说："211，'双一流'差不多。"

杨丽丽逗孩子说："真的？吹吧？"

"咱真不是吹，谁让咱有个优秀的老妈呢。放心，你儿子也差不到哪儿去。"儿子调皮地说道。

席间，杨丽丽不好意思地对儿子说："明天妈单位还有事，陪不了你，你想去哪里玩就告诉妈妈，妈出钱。"

厚土中国

儿子懂事地说："妈，你忙你的，不用管我，你儿子现在是大人了，甭惦记。"

高考揭榜后，杨丽丽的儿子果然考取了一流名校。

加速推广

魏县的防贫保模式取得了成功，引发了方方面面的关注。2018 年 5 月 19 日，邯郸市精准扶贫防贫工作现场会在魏县隆重召开。邯郸市委书记高宏志、市长王立彤、市委副书记师振军等市委、市政府领导，以及邯郸市 16 个区县的党政一把手和扶贫办主任悉数到达现场参会，邯郸市属委、办、局的领导班子成员一律参加视频会。

魏县县委书记卢健以《坚决打好精准扶贫防贫攻坚战》为题，详细介绍了防贫保在魏县取得的经验。

现场会刚结束，就有几个县长找到张进洽谈合作事宜。这个现场会成了邯郸防贫保业务的签约会，此后防贫保业务在整个邯郸市全面推开。

在这个会议开始之前的 2017 年 11 月 28 日，邯郸中心支公司与邯郸市扶贫办签署了《精准防贫保险战略合作协议》。

当初，张进支持郭天保在魏县做防贫保的初衷，只是站在邯郸市一个地区的高度上，想提高公司在当地的话语权和品牌影响力，能为当地政府做点贡献就行了，她起初并没有更大的野心。

但后来的事情就超出了张进的掌控范围。随着媒体的报道和国务院扶贫办领导的到来，防贫保的战略地位和影响力不断地被推高攀升，最后影响扩散到全国，甚至后来防贫保获颁第一届"全球减贫案例征集活动"最佳减贫案例，并被收录进南南合作减贫知识分享网站——中外减贫案例库及在线分享平台，为全球减贫治理输出中国经验，这是张进始料未及的。

防贫保在魏县的成功，引发了国内权威媒体《人民日报》、新华社、中央电视台的关注。新华社记者采写的以防贫保为内容的《河北省邯郸市引入市场机制建立精准防贫保险》，在《国内动态清样》2846 期刊发。国务院扶贫办领导作出肯定性批示。河北省委书记王东峰、省长许勤、副书记赵一德、副省长时清霜，也作出肯定性批示。

2018 年 3 月 23 日，在张毓华和孙海洋的安排下，非车险业务总监王飚、政保业务部总经理苏占伟赶赴魏县，对防贫保险、机构建设等工作进行实地调研。

在项目落地后续的铺开中，孙海洋在百场万人宣讲中，特别要求政保业务部副总经理韩瑞开发专题课程，讲授防贫保的业务模式。防贫保这个创新产品不仅在公司内部做深做实，而且在市场上引来了相继的模仿者，各地的需求不断涌现，也为公司创造出了服务贫困人口的业务新模式。

邯郸市委书记高宏志（左二）走访防贫保救助户

2018 年 3 月 24 日，国务院扶贫办政策法规司副司长王光才到邯郸市魏县调研防贫保项目后指出："你们的工作是落实习近平总书记指示精神的具体体现，你们的探索为国家制定 2020 年后相关政策提供了途径，做法很好，值得肯定。"

2018 年 4 月，河北分公司所属石家庄、张家口、邢台等多家中支机构，到魏县学习推广防贫保业务。防贫保在"魏县模式"的基础上拓展为"可根据各地经济情况、人口数量、财政预算、政府需求定制"的产品，加速了在河北省的推广。

2018 年 8 月 3 日，河北分公司与邯郸市人民政府签署《战略合作协议》。邯郸市市长王立彤出席签约仪式，邯郸市副市长高建强代表邯郸市人民政府与河北分公司共同签署了战略合作协议。

邯郸市人民政府与河北分公司签署《战略合作协议》

四大优势

2018 年 5 月 7 日，总公司党委副书记、纪委书记、脱贫攻坚领导小组副组长张毓华到魏县调研防贫保项目。

提到张毓华的名字，估计很多人感到陌生。但如果告诉你，他就是 2015 年山东省菏泽市辞职的那个副市长，读者就应该不会陌生了。当年，张毓华辞职的消息曾在全国引起广泛关注，并引发了山东官场辞职的多米诺骨牌效应，在他之后山东有六名厅级干部辞职。

2015 年 6 月 4 日，山东《菏泽日报》刊登了一则当地人大常委会的公告，称接受张毓华辞去菏泽市人民政府副市长职务的请求，报菏泽市第十八届人民代表大会第五次会议备案。

张毓华在市委常委、副市长位置上辞职的新闻，引起轩然大波，山东媒体称之为"山东党政厅官辞职第一人"。而在这之前，张毓华以市委常委的身份担任菏泽市定陶县的县委书记，后担任副市长。

2011 年，张毓华作为中组部第二批交流干部到山东任职时，他已经在国务院港澳办担任副司长五年多，从副司长转任厅级实职，完成了从"吏"到"官"的转换，在别人眼里是前途不可限量的"政坛明星"。

张毓华是安徽南陵县人，毕业于解放军蚌埠坦克学院军事指挥专业，在解放军装甲兵工程学院历任连长、营长等职务。1999年转业到国务院港澳办工作之后，在七年时间里从普通主任科员升任副司长，并获得外交学院国际法专业法学硕士学位。鲜为人知的是，张毓华还被公派香港大学，学习了一年公共政策管理（MPA）。

2011年8月，张毓华担任菏泽市委常委、定陶县委书记时，就令人大惑不解。定陶县是菏泽市的一座千年古县，虽然号称是"越大夫范蠡经商故地，汉高祖刘邦登基圣地"，但这里是黄河故道上的贫困县，平沙漠漠一望无际，在山东100多个县里排名总是倒数前三。

张毓华来到这个贫困县之后，引发了很多媒体的报道，"县委书记进京卖山药"推广特色农产品、"定陶在省城济南设山药专卖店"等新闻，令人津津乐道，张毓华也因此荣获人民网2012年度最受关注的地方领导。

还有一个媒体没报道过的情节，张毓华刚到菏泽任职，就引起了县委大院的人一番议论。

人吃五谷杂粮，县委书记要吃饭也要解手啊，到定陶的第一天早上，张毓华去方便的时候才发现到处找不到厕所，赶紧找人来问，他们就把张毓华引到了县委院子一个角落里的旱厕所。

一进厕所，成群的苍蝇蚊子，臭气熏天，脚底下还要垫上几块砖头才能走到便坑。看来这在当地已经是几十年的习惯了，本来张毓华可以随大流，无非就是捂着鼻子上厕所嘛。但是，没想到张毓华这个县委书记上任之后，却拿着这种事儿踢开头三脚。

县委常委会都是研究全县大事儿的，张毓华却在会上提出来说："古人说，一屋不扫何以扫天下，我们要建设新定陶，我看应该先把县委院子里的厕所建设好，我们就从旱厕改成冲水式厕所开始。各位不要以为我仅仅为图方便，改厕所不仅仅是一个观念改变问题，也是做事方法问题，要从一点一滴做起，一个地方的建设要久久为功，坚持下去才会有大改观。"

蹲茅坑很多年，各位县委领导也都习惯了，没人在这个问题上动心思。但既然县委书记发话要改厕所，这件事阻力并不大，在很多人的观望之下，厕所很快建了起来，等大家用上冲水式厕所，才发现这跟露天旱厕脏乱差相比，简直就是一个天上一个地下。洁白的瓷砖、良好的通风、冲水式陶瓷便器……看着改造完成的厕所，县委大院里的人们享受到了便利，改变了生活习惯，到后来也就慢慢改变了观念。

接下来，张毓华下决心要把坐落在县城北部上风口全县纳税排名第二的一个化工厂迁出县城，这必然牵扯方方面面的利益，也有来自不同渠道的阻力，但化工厂最后还是在张毓华坚持下被迁走了，当县城的老百姓出门再也闻不到刺鼻的气味，头顶再也落不下灰白的尘埃，才知道天朗气清是什么感觉。定陶县城各方面环境好了，各种投资也都来了，经济建设也就迈

第四章

为天地立心

123

开了新步子。

到定陶任职之后，张毓华没有大拆大建，而是以春风化雨的方式润泽着这片黄土地，逢山开路遇水搭桥，解决当地民生问题和进行经济建设，在潜移默化中影响着当地官员和百姓，引导他们向着"美好定陶"的方向迈进。

张毓华曾在自己名为"定陶张毓华"的微博里这样写道：清廉的干部要"三敬五畏"——敬党、敬民、敬业，畏权、畏私、畏独、畏言、畏友。做到政治硬、业务精、作风正、工作勤、生活俭、实绩好。

张毓华微博的简介是：君子至德，嘿然而喻，未施而亲，不怒而威。这句话是先哲荀子说的，翻译过来的大致意思是：君子有了极高的德行，虽沉默不言，人们也都明白；没有施舍，人们却亲近他；不用发怒，就很威严。

在定陶的两年时间里，张毓华几乎每一天都在田间地头、项目现场、施工工地，与当地干部和老百姓一起谋划思路，探索实践，推进幸福定陶的建设。张毓华定下了"富裕定陶、宜居定陶、文化定陶、平安定陶、和谐定陶"的发展定位，提出了"一年一个样，三年大变样，五年建成新定陶"的奋斗目标。经过两年多的艰苦奋斗，定陶建设有了初步的改观。

正当张毓华感到非常充实、干劲十足的时候，2013 年 7月，张毓华被一纸调令调任菏泽市副市长，在清一色一口菏泽话的市领导中，张毓华是三名说普通话的领导之一。令人感到

张毓华（左三）到魏县调研防贫保项目

意外的是，两年后的 2015 年 5 月，张毓华辞职，就任中国太保产险深圳分公司党委书记。

能从官位上辞职下海的，大多都是有想法或者不甘寂寞之人。在互联网上，除了在贫困的菏泽市工作之外，关于张毓华与扶贫有关的消息，来自一篇名为《四川保险业创新扶贫之路》的新闻特写，此时张毓华已经调任中国太保产险四川分公司总经理。

这个新闻特写中写道，自 2016 年 9 月开始，中国太保产险四川分公司总经理张毓华就多了一个"身份"：中国太保产险四川分公司精准扶贫领导小组组长。他在四川分公司全辖区扶贫工作视频会上，要求全员高度重视、充分参与，并首次提出了"四个一"的工作方向。即各机构要在年内拜访一次政府扶贫主管部门、走访一次贫困村、探望一户贫困户、形成一份有效可行的扶贫方案，确保脱贫攻坚事业层层深入推进。

从国务院机关到山东担任县委书记，再进入保险行业，张毓华在工作中注意到，保险已成为社会的"稳定器"，与其他金融产品相比，保险在扶贫工作中的作用更直接，能起到雪中送炭的功效。

在张毓华眼里，保险就像定陶的那片漫无边际的黄土地，虽然不能让所有人奔向富裕的康庄大道，但从贫困线上跌落下来，摔在黄土地上顶多摔得鼻青脸肿，有松软的土地托着，起码不至于要命。这总比摔在冰冷的石板上强一些，摔在石板上可是生死难料呀。

2018年5月，张毓华带队到达魏县调研的时候，与菏泽景象非常相似的黄河故道，让张毓华又想起了他工作过的贫困县定陶，联想起防贫保的相关内容，他脑海中冒出了四个字：黄天厚土。

张毓华来到魏县后，参观了魏县精准扶贫防贫服务中心，听取了防贫保险项目的情况汇报，围绕防贫保项目的深入开展与重大意义进行了探讨。

经过几天的调研，张毓华站在总公司的高度，对魏县防贫保模式进一步提炼，总结出魏县以商业保险方式开展防贫工作具有的四大优势：

一是节省政府人力成本，提高工作效率。基层政府部门在编人员少，难以满足短时间内完成大量入户调查的需要。保险公司借助专业调查人员与网络技术提供的第三方专业服务，在短短七天内即完成魏县 992 户的入户调查任务，确定 147 个救助对象，并按照既定保险方案规范开展各项工作，有效破解了政府人力不足的难题，提高了财政资金的利用效率，保证防贫款项专款专用。

二是政府、险企各司其职，建立标准化操作流程。防贫保项目由政府主管部门牵头，根据当地防贫工作标准，制定防贫扶助政策，确定"预警监测线"和"防贫保障线"。保险公司作为承保和服务主体，以对历史致贫返贫数据的回溯分析为基础设计保险方案，经政府部门审核同意后，为辖内居民提供保障；开展业务回溯分析，并向政府部门提出优化方案，逐步实现防贫保的托底功能，达到保险期间内当地无新增贫困人口和返贫人口的目标。保险期间内，人社、教育、民政及居民个人各方负责采集并向保险公司提供损失信息，由保险公司调查人员按照当地防贫救助标准进行标准化核查，确定符合政策的扶助群体，并支付防贫赔款。

三是化解群众矛盾，体现保险效能。在建档立卡识别贫困人口时，一些在贫困边缘的农村低收入户被排除在外，他们虽然与贫困户家境相差不大，但无法享受到扶贫政策。政府直接向建档立卡贫困户发放扶贫款项时，不少未获得款项的低收入群众会产生消极看法。而市场化防贫机制的建立，将徘徊在贫困线以上的人群纳入救助范围，确保他们在生活困难时得到救助，有效促进了社会公平，提升了脱贫质量。

四是甄别道德风险，精准落实保障。保险公司按照保险合同规定开展赔付，建立了"四看一算一核查一评议"的规范化保险服务。"四看"即看住房、看大件、看劳力、看负担；"一算"即算收入；"一核查"即核查名下房产及车辆情况；"一评议"即在村、镇两级进行公示和评议。通过公开、公正、公平的市场化操作，提高了扶贫资金发放的准确性，也杜绝了过去可能出现的中间环节资金被截留等情况。

通过进一步的梳理，张毓华更加认定防贫保在国家脱贫防贫工作中所蕴含的巨大作用。因为脱贫攻坚工作迫在眉睫，作为分管扶贫工作的负责人，他认为在公司力推这一新鲜事物，并在全国复制推广，必然会发挥保险企业在防贫工作中的优势和作用。

回到上海后，张毓华立刻向顾越汇报他在魏县调研的情况，并建议在邯郸市召开全国防贫保推广会，通过总公司的努力把防贫保推向全国。

邯郸现场会

拥有 EMBA 学位的顾越比张毓华大两岁，是中国金融行业的资深金融专家。

当张毓华将魏县防贫保的开展情况介绍完之后，顾越兴致勃勃地说："你说的防贫保出现得太及时了，这毫无疑问是有前途的创新产品。但有一个问题不能回避：脱贫需要什么？需要致富，需要有赚钱的方法和途径。我们金融扶贫一方面要为贫困人群提供致富的办法、资金和思路，另一方面，我们也要看到，保险产品或制度不能直接让老百姓致富，换句话说，保险不能保证贫困户会变富，但可以保证不变穷。如果把贫困比喻成一种疾病，那么防贫的目标就是保证治好一个出院一个，还要保证病情不反复，同时做好免疫力低下人群的疾病预防工作，所以，我认为防贫保完全符合保险兜底保障的机制原理。"

厚土中国

张毓华说："这句话点明了防贫保的精髓，保险不能保证贫困户会变富，但可以保证不返贫，体现了防贫保托底的功能。我们在这几年的扶贫工作中，虽然没有像河北魏县这样明确提出防贫问题，但保险行业在脱贫攻坚中防止返贫的作用一直都在发挥着。只是，我在调研中感觉到，防贫保的作用在2020年脱贫攻坚战完成后，在守住脱贫成果的阶段，可能会有更大的发挥空间。这是个持久战，我们应该早筹划，早布局，做出顶层设计。"

顾越和张毓华在这次交流后，拍板决定立即在河北邯郸召开现场会。

邯郸魏县的防贫保有个分界点，时间就是2018年6月4日。总公司专门组织全司各分公司在邯郸召开"防贫保"现场推广会，将防贫保模式在全系统大力推广。如果说之前防贫保属于邯郸市的，那么从这天开始就属于全中国了。这个时间节点，对防贫保来说，意义非同寻常！

在公司从上到下都重视防贫保的同时，地方政府也尝到了防贫保的甜头，国家有关机构的高层也注意到了防贫保。

2018年5月7日，国务院国资委主任、党委副书记肖亚庆一行到魏县精准扶贫防贫服务中心调研，听取魏县精准扶贫、精准防贫等工作汇报。

2018年5月12日，河北省委副书记赵一德一行到魏县精准扶贫防贫服务中心调研防贫保项目。

2018 年 6 月 3 日，邯郸市委书记高宏志会见了前来开会的顾越董事长一行，高宏志十分期盼这种政保合作的防贫模式，走出邯郸，走向全国。

　　2018 年 6 月 4 日，总公司在邯郸召开 2018 年脱贫攻坚工作会议暨防贫保现场推广会，就防贫保模式向全国推广进行部署。

邯郸市银保监局的领导应邀参加了防贫保推广会，市银保监局的领导感慨道："我在邯郸工作了十几年，包括银行在内，总公司在地市级召开全国性会议的，你们还是第一个！在全市金融行业尚属首次。"

防贫保从此走向全国，并由一个保险产品跃升为全国的一个扶贫品牌，一张亮丽的名片！

顾越（右一）、张毓华（右二）在邯郸防贫保全国推广会上

顾越实地调研魏县扶贫微工厂

第五章

奔腾向海洋

相框里的妈妈

　　在一首著名的军歌《人民军队忠于党》里，有这样的歌词：万里长江水，奔腾向海洋。在长江奔流万里的征程中，有三峡的阻挡，也有洞庭湖的温柔。可以说，没有每一滴水奔腾向海洋的沸腾理想，就没有前进的动力。正是理想、情怀与追求，让涓涓细流汇入大海，汇成无边无际的太平洋。

太平洋虽大，但都是由一点一滴的水组成……

2018年6月4日，总公司在邯郸召开脱贫攻坚工作会议暨防贫保现场推广会，就防贫保在全国范围内推广进行部署。由于试点获得巨大成功，截至2019年底，共150多批次党政观摩团先后到河北考察学习，防贫保精准防贫模式在全国迅速铺开。

邯郸会议结束后，河北分公司随即召开全省防贫保专项推动会议，徐国夫在会上说："防贫保已经成为彰显公司品牌和保险行业助力脱贫攻坚的一面旗帜，盛名之下必有重担，我们河北分公司更要有所作为，在全省推广过程中，要做到态度最坚决、行动最迅速、区域最大化覆盖。"

徐国夫号召整个河北产险系统，都到邯郸去找张进和杨倩取经，因为她们既有成功的经验，也有失败的教训。

自2017年底魏县推行防贫保取得成功之后，2018年3月邯郸市扶贫办下发文件在全市推广防贫保。张进和杨倩带领工作人员，一个县一个县地跑，马不停蹄地与各县县委、县政府、县扶贫办领导商谈对接。

这时候杨倩又遇到一个新问题，有的县里领导提出，能不能将服务费比魏县降低一些。杨倩对县领导诉苦说："您的这个要求，搁在别的业务上是可以考虑的，但防贫保原创在隔壁的魏县，我们跟魏县政府合作十分密切，服务费也是入不敷出，等于是赔本赚吆喝，毕竟我们跟魏县的合作等于一起生了这个孩子，说是亲生的不为过吧？咱们怎么也要讲个先来后到吧，如果我们不能一碗水端平，魏县那边知道了，怎么想我们啊？对你来说，是得了好处了，可我们这样做，对人家魏县来说就有些不仁义了。"

正当杨倩想着用什么办法跟这个县签约的时候，一家保险公司以极低的服务费撬走了这项业务。尽管其中一个县后来又被杨倩夺了回来，但还有一个县在别家保险公司手里，这让杨倩一直耿耿于怀。

在张进和杨倩带领团队的努力打拼下，邯郸市有 13 个区县的防贫保业务与中国太保产险进行了合作。这本来是件可喜可贺的事情，可张进和杨倩却愁得眉头紧锁。

为什么呢？因为新的难题接踵而至。合同签订之后，几个县都来学魏县的经验，要求保险公司入户摸底调查，一时间各县查勘任务太重，人员和车辆都成了问题。

张进只做了一桌菜，却来了三桌客人。时间紧，来求援的都是着急活，关键是张进和杨倩手里可调配的人员有限，这就有些难以招架。

"县里给俺们下达了 346 人的查勘任务，让两天完成，人手不够呀，请您支持！"

"县里下达了 400 人的查勘任务，限期四天完成，麻烦您派人来帮忙。"

第五章 奔腾向海洋

"政府给了 270 人的查勘活，没那么多人呀。"

一天之内，张进和杨倩先后接到永年、成安、肥乡三个支公司的求援电话。杨倩分身乏术，但很快计上心来，因为她还分管着农险，健康险业务这边也有人手可用。她立刻抽调农险和健康险的查勘员，亲自带队奔向永年，接着再去临漳，俨然成了救援队队长，忽东忽西、忽南忽北地出现在需要的地方。那段日子，杨倩简直像部队打仗时冲锋一样，担任着敢死队的角色。

杨倩忙得正酣，家里打来紧急电话，母亲腿脚麻木、面瘫，情况很严重。

杨倩在家排行老大，下面有弟弟妹妹。平日母亲跟杨倩住在一起。她工作忙，没时间领母亲去医院做检查，妹夫就带母亲去医院，一检查发现老人脑部长了个瘤子，已经压迫神经。妹妹就打来电话埋怨她："姐呀，娘住你家，老人得了这么大的病，你还在外边跑，怎么也不关心一下啊。"

杨倩听了心里刀扎般难受，她连忙陪着母亲去北京天坛医院做手术。母亲早上 7 点进的手术室，到了傍晚 5 点多才下手术台，人直接被送进了监护室。监护室不让进，杨倩就坐在门外的条凳上守候了一宿，第二天又坐早晨 6 点的高铁返回邯郸。因为上午 9 点，公司有个防贫保的推进会议，她既是班子成员还是主抓防贫保的副总，不能不参加会议。

弟弟妹妹不理解，埋怨说："姐，这时候还有比咱娘的病重要的事？"

杨倩说："我问医生了，娘的手术很成功，过会儿就醒了。我有事先走，有你们守着我放心。"

弟弟妹妹急了："娘睁开眼唯独没见到你，这算咋回事？你可是老大呀！"

杨倩听了阵阵心疼，自古忠孝难两全。杨倩含泪离开时对妹妹说："娘醒了给我打电话。"

除了对不起母亲，杨倩还对不起刚刚会说话的儿子。在推广防贫保的那些日子，每天早晨孩子还在熟睡的时候，杨倩就离开了家，等晚上回来孩子又睡了。孩子刚开始学会喊"妈妈"，但见不到她，怎么也不肯当面喊她"妈妈"。杨倩把儿子搂在怀里哄着："我是妈妈，喊妈妈。"

儿子看她一眼，用稚嫩的声音地喊："阿姨。"

杨倩指指一旁的保姆："她是阿姨，我是妈妈。"

儿子却把头扭过去，指着墙上相框里杨倩的照片，喊了声"妈妈"。

"儿子，我才是妈妈！"杨倩进一步强调着。

儿子仍然指着墙上的照片喊"妈妈"。

杨倩心酸，眼里噙满了泪。后来她才知道，儿子咿呀学语时，保姆总是指着墙上杨倩的照片，引导着喊"妈妈"，一来二去，儿子心目中的妈妈不是面前的大活人，而是墙上的照片。

童言无忌，杨倩知道不能怪刚会说话的小儿子，但13岁的大女儿却主动怪起了杨倩。这天晚上，杨倩回到家中，女儿就一直斜眼看她，见杨倩没啥反应就忍不住说："妈妈，你没看到我有啥不一样？"

杨倩看看女儿，没发现有啥不一样呀。

女儿提醒道："你看看我的腿。"

杨倩一瞅，见女儿膝盖上涂有红药水，忙问："你腿咋了？"

女儿委屈地说："摔的。"

"啥时候摔的，疼不疼？"她赶紧过去查看伤口安慰女儿。

"还不是上辅导班时摔的。"

"你咋不吭声呀，咋不给我打电话呢？"

女儿撅着小嘴："打电话管用吗？你能回来吗？"

面对女儿的责问，她哑口无言。杨倩自知作为母亲，她亏欠孩子很多。从那之后，凡是能抽出时间，她都会多陪陪两个孩子。

家人朋友对此也不理解她，埋怨她说："自己当老板多滋润，那时候挣得多还自由，现在可好，挣得少不说，天天累得半死，你图啥呀？"

是呀，她曾扪心自问，自己这么拼，图什么呢？想来想去，她自己总结了三条：一是做事要对得起太保这个品牌和平台，再好的演员没有舞台也会失去观众，所以要努力对得起自己所在的平台。二是要对得起张进的知遇之恩，士为知己者死，要用实际行动做好分内之事，所以她愿意做一个马前卒。三是要对得起自己，杨倩经常说："一个人活在世上，总要干点对社会有价值、对他人有意义的事情吧。"

第五章　奔腾向海洋

张进的眼光没错，杨倩负责的非车险，从她上任副总时在整个河北省排名末位，到上任三年后，已跃居全省第一。邯郸中支公司的非车险业务也由 2015 年她刚来时的 800 万元家底，翻着番儿几何级增长，到 2019 年底已经突破了两亿元。

2019 年 10 月 17 日，是个令杨倩和所有参与防贫保的人终生难忘的日子，这天中央电视台综合频道播出《攻坚的力量：2019 年全国脱贫攻坚奖特别节目》，对获得 2019 年全国脱贫攻坚奖的单位和个人进行颁奖典礼现场直播。凭借"防贫保"项目，公司荣获"2019 年全国脱贫攻坚奖·组织创新奖"。

杨倩坐在电视机前，看完颁奖盛况后激动万分，推广防贫保的一个个画面在她眼前历历在目，防贫保就像自己的亲生孩子一样，一天天呵护着长大，酸甜苦辣一起涌上心头，平日不会写诗的她竟诗兴大发，眼含热泪作诗一首——《观颁奖典礼有感》。

写完后，杨倩把诗作发到河北分公司群里，瞬间赢得不少的点赞。

防贫保的"保"

2019 年 10 月的上海，秋高气爽，气候宜人，正是上海最好的时节。10 月 23 日，总公司在上海召开"脱贫攻坚表彰暨'防贫保'工作经验交流会"，表彰在脱贫攻坚中表现突出，做出重大贡献的集体和个人。昔日名不见经传的河北邯郸中心支公司非车险理赔部经理李霞，荣获总公司授予的"防贫保"项目先进个人荣誉称号。

小巧玲珑的李霞能赢得这一殊荣，还得从防贫保说起。与魏县政府签署防贫保协议之后，随之而来的后期最大的任务就是在理赔服务上。李霞是非车险理赔部经理，这正是她的活儿。

理赔和服务紧密结合才能促进业务发展，但谁也没预料到防贫保业务量短时间内剧增，后期理赔服务工作量也随之剧增，一时让李霞应接不暇。公司查勘人员和车辆有限，李霞面临着调配人力、车辆，以及对查勘人员如何培训、培训什么内容等亟待解决的问题。

初期查勘的人和车都是借来的，从各分支机构经理那里借，从新农合项目上借，从中支各部门借。这些人光借来还不行，还需要进行培训。参与核查的人来自公司的各个岗位，如何在短时间内培训到位？

没有现成的经验可以借鉴，只能摸着石头过河，边实践边总结。李霞就好像从未摸过车的新手，被人推着艰难地驾驶着车，边操作边学开车，很快就上路了。

比如在查勘过程中，临时打工人员的收入不固定，挣的钱也不入工资卡，确实不好统计，是个难点。

比如，查勘人员问返贫户："一天挣多少？"

返贫户头一天回答："100 吧。"

第二天再问："一天到底能挣多少钱？"

第二天回答说："150。"

查勘员问的是同一个人，今天和明天回答的都不一样。看起来一天相差 50 元，但一年算下来差距可就大了。李霞最后总结出一个小办法，查勘全年的收入，家里人患病之后问近期的收入。能问多细致就问多细致，尽量接近实际。这些土办法，都是在实践中根据实际情况总结出来的。

一次，李霞到魏县入户查勘，有家户主姓王，50 多岁，患有严重肾病。她踏进王家就被眼前所看到的一切惊呆了：这家有三间房，窗户上没玻璃，是用报纸和塑料布糊起来的。进屋后，有台按键的老电视，地上放着一台电风扇，还有一个用铁丝缠着快要散架的铁炉子。30 多平方米的房子里只有一张床，床上胡乱地堆着衣服和被子。这就是王家的全部家当，用家徒四壁来形容恰如其分。

一天转下来，像这种状况的人家，这个村里共有三户。李霞走下来心情特别沉重，政府有这样的好政策，至少可以兜住这些人的底吧，早一天拿到这个钱就能解决他们不少的问题。有时候这钱不仅仅是用来治病，可能是用来救命！

李霞心急如焚，她告诉查勘员："咱们宁愿不睡觉，多辛苦些，也要尽快查勘完，让返贫户早一点拿到钱！"

魏县棘针寨乡义井村李明臣因病领取到全国第一笔精准防贫保险补偿金 6 208 元，从查勘入户到拿到救助金仅仅用了 26 天，堪称神速。

　　防贫保开展起来的时候，李霞这个部门只有她和张凯两个人，张凯被抽调到魏县帮助工作后，就她一个人顶着，其工作量可想而知。

　　李霞的丈夫在邯郸市属一个机关单位工作，没开展防贫保之前夫妻恩爱。可是自从防贫保推开之后，李霞每天加班到晚上九十点钟才能回家，丈夫每天下班回到家里冷冷清清的，这哪像居家过日子呀。时间一长，引起了丈夫的警觉和不满。

　　"你哪有那么多事呀，非要天天加班？"丈夫有些怨气。

　　"业务上的事。"李霞说。

　　"啥业务这么忙，非得晚上加班？"丈夫不理解。

　　"防贫保啊，这都还干不完呢。"李霞解释。

　　"啥叫防贫保啊？"丈夫追问。

　　"一个险种，说了你也不懂。"李霞懒得解释。

　　"啥不懂呀，你明明是不想回家吧。"丈夫的怨气变成了火气。

李霞见丈夫不相信自己，也懒得再跟他多说："随你怎么想，我累了要睡了。"

李霞长得活泼可爱，是个人见人爱的小美女，作为丈夫放心不下情有可原。第二天晚上，丈夫以接李霞下班为名，突然出现在她的办公室想看个究竟，其真实目的是来查岗的。丈夫不看不知道，一看吓一跳，妻子正埋头在一堆材料中算账呢。

丈夫由怀疑变为理解和心疼，转而想办法帮老婆减轻压力。从那之后，每天晚上下班后，丈夫主动来公司陪着李霞加班，帮她干些力所能及的活，这一陪就是三年。2016 年，李霞跟丈夫结婚时已 31 岁，婚后又迟迟怀不上孩子，家人和小两口都着急，着急就去看医生。两人先后跑遍邯郸市里的大小医院，做了很多检查医生都说没问题，夫妻两人药没少吃，但一直没见动静。

时间很快到了 2018 年 7 月，河北分公司分给邯郸中支几个到外省培训学习的指标，中支公司领导决定把指标分给李霞一个，行程、机票都已定好，李霞就接到了武安市政府下达的入户核查任务，足足 200 多家。就在这时候，李霞的妈妈告诉她，外县有个老中医，调理身体有绝招，好不容易托人排到了号，催着女儿赶紧去瞧瞧。三件事赶在了一起，可李霞没有犹豫，她婉拒了妈妈，放弃了难得的培训机会，毅然决然地选择到武安市进行 200 多户的入户核查任务。第二日清晨六点，李霞就带领理赔核查人员出发，七点半赶到武安市，八点半完成了全员的入户核查培训，并安排部署理赔人员奔赴各乡镇开展核查工作。

其实这几天李霞就感觉浑身不太舒服，早晨出门时是勉强才爬起来的。此时她感到恶心无力，头上冒虚汗，实在没力气跟大家同去，李霞就跟大家说要赶回邯郸休息一下。

开车往邯郸返回的时候，天上突然下起了大雨，雨越下越大，路面也打起滑来。走到一半路程，李霞感觉胸闷气短，忙把车停在路旁歇息。就这么走走停停，好不容易回到市里，李霞给丈夫打电话，让丈夫陪着她去医院看看。

两人赶到医院后，医生抽血化验检查后告诉李霞："恭喜你，你已经怀孕了，不过你身体很虚弱，我给你开点保胎的药，赶紧回家休息保胎吧。"

夫妻二人兴高采烈地回家，李霞也请假回家保胎，但是一周后再检查却是生化妊娠，胎儿没有保住。

所谓生化妊娠就是受精卵没有在卵巢内着床，未能成功怀孕。这意外的消息让李霞夫妇空欢喜一场，李霞的泪水一下子涌了出来："老公，孩子没了！"

老公听完之后，赶紧安慰说："只要你好好的，比什么都好。"

李霞是邯郸中支公司非车险理赔部经理，每月每季度的工作考核指标都是考核非车险理赔的。防贫保横空出世之后，占去了她这个部门绝大多数时间和精力。防贫保作为一个新创的险种却未纳入考核指标中，也就是说，公司对李霞的部门和个人的绩效考核，是不与防贫保挂钩的。对于李霞个人来说，防贫保业务没有任何的经济收入，当月绩效不好直接要减免绩效金额的 30%，等于干活越多拿的钱越少。

而跟各县政府签单后，政府给的查勘任务，是一次性给半年甚至一年的，但为了尽快完成任务，她给员工的原则就是越快越好，因此加班加点成了常态。周六周日加班都是常事儿，但她的团队中从没有人提出过家里有事请假的，这些人也都是没有任何报酬的。在脱贫防贫攻坚战中大家毫无怨言。李霞感谢她团队里每一位成员，是他们默默的付出才铸就了她今天的辉煌。

李霞说："如果是一个人独行，恐怕也走不到今天。是大家彼此搀扶着才走过来的，一路走过来，值！"

很多刚入职的新员工，会有挣多少钱干多少活的想法，但作为一个工作 12 年的老员工来说，李霞的想法只有两个字：情怀。

由于李霞领导的团队高效优质精准细腻的服务，她负责的业务没有收到一个投诉，却收到锦旗一百多面。金杯银杯不如百姓的口碑，每面锦旗的背后都是一个感人的故事。李霞带领着她的敢打硬拼的团队，为邯郸中支公司赢来了好口碑！

2019 年 10 月，李霞喜获荣誉，荣誉证书上写到：李霞同志，为表彰和感谢您在防贫保项目中的突出贡献，特授予您"防贫保"项目先进个人称号。

李霞说："这个荣誉尽管是颁发给我的，但这个荣誉应该属于单位和家人，如果没有单位领导的信任和家人的支持，我不可能获得这个奖项。"

李霞（左一）、焦瑞红（右一）接受
当地村主任带领贫困人员送来的锦旗

　　李霞说的是真话，说这话的时候她喉咙里突然涌上一股酸水，想吐却吐不出来。第二天，李霞连忙跑到医院检查，得知自己怀孕了，她欣喜若狂地给老公打电话，语无伦次地说："老公，我有了，不管是男是女，咱孩子都叫小保，好吗？"

　　"咱的娃儿当然是宝贝！"老公听了兴高采烈。

　　李霞赶紧说："不是宝贝的'宝'，是保险的'保'！防贫保的'保'！"

网红查勘员

网络信息时代，谁都有可能一夜成为"网红"。就说刘志立吧，他自己能成为"网红"，是以前想都不敢想的事情。

"90后"的帅小伙刘志立身高 1.83 米，腼腆得连说话都是低声细语。刘志立从河北政法职业学院毕业，在乡镇上过班，还在上海打过工，2018 年 3 月入职魏县支公司当防贫查勘员。这时候正好是防贫保项目在魏县大规模启动阶段，查勘任务十分艰巨。刘志立到公司不满一个月，魏县政府一次下达了四个月的入户核查任务。刘志立投入到紧张的查勘中，而等待他们的却是一个个难关。

那个时期，他没有各村干部的联系方式，乡镇虽然有专职扶贫干部，刘志立也没有他们的联系方式。他和另外一名查勘员，直接下到村里打听张三李四家。刘志立一看这样效率太低，就找县扶贫办要来全县所有乡镇主管扶贫干部的联系方式，第二天再去时，先到乡镇找扶贫干部，把要查勘的名单给他们，让他们帮忙给相关的村干部打招呼，告诉村干部保险公司的人要入户查勘让他们配合。

扶贫干部说："中，没问题。"

刘志立天真地认为乡镇扶贫干部给村干部打过电话，再去村里就好办了，等他再给各村干部打电话的时候还是吃了闭门羹。

"你好李书记，我是保险公司的……"刘志立刚说到这里，对方就问："干吗的？我不买保险！"一下就给挂断了。

刘志立再打："李书记，我不是卖保险的，我们是查精准防贫的。"

"啥叫精准防贫？不知道！"对方又把电话撂了。

再打对方手机，不是占线就是关机。刘志立就给包村的干部打电话，人家也不理解："啥叫精准防贫呀？"

他就给人家解释，有时候还解释不明白，干脆就说："就是扶贫，跟扶贫办的工作性质一样。"

包村干部听明白了："中，领你去。"

来到农户家，农户也不理解，问："你干啥来了？"

刘志立说："我们是搞精准防贫的，来问问前段时间你家病人是不是住过院，我们了解下看看你家情况符不符合救助对象。"

农户一听给钱的，就问："真的假的？"

"真的。"刘志立用肯定的语言回答。

"你哪里的？"

第五章　奔腾向海洋

"保险公司的。"

"我没投保呀，你还给我钱？保险公司还干这事？"

"这不是你买的，是政府拿的钱给买的。"

"每个人都有？"

"不是每个人都有，是针对一类人的。"

"哪一类人？"

刘志立就跟农户一遍遍地解释。最初，查勘员不仅要做乡镇、村干部的工作，还要做群众的工作，每到一处都要进行防贫保解释宣传工作。甚至救助金发放到手里了，农户还纳闷地问："我没有买保险呀，咋给我钱呢？"

运行了一段时间后，有的群众还在议论说，保险公司有大病救助了。

刘志立和同伴就给人家解释，苦口婆心地跟人家说："这是防贫救助，跟大病救助完全是两码事……"

当时，魏县陶俊强副书记特别强调入户查勘要"四看、一算、一评"，核实验证家庭人口、收入、重大开支、致贫返贫风险等情况。"四看"，即看住房、看家用、看大件、看儿女；"一算"，即算收入；"一评"，即评估家庭整体情况。

运行一段时间后，邯郸中支公司的黄超就跟郭天保建议，仅仅看完之后还不够，还应该由政府相关职能部门去给予认证。比如由县国土、市场监管、交警等部门逐户进行房产、经营实体、车辆等信息比对，就更完善了。县里领导采纳了这个意见，把原来的"四看、一算、一评"变为"四看、一算、一核、一评"。

新困难接踵而至。刘志立他们到国土、市场监管、交警、银行部门展开协查。

"领导，我是保险公司的，这是协查人员名单，我想查查这些人有没有车辆登记。"刘志立来到县公安局交警队，把县扶贫办的红头文件和协查人员名单，递过去给值班的民警看。值班民警翻翻文件和名单问："查车辆？你谁呀，干啥的，说查就查了？"

刘志立赶紧解释："这是县里的文件，文件规定是由你们负责来核查的。"

"查不了。"民警回答说。

刘志立就在那里磨叽说好话，磨叽了半天，人家说："查可以，找领导签字去。"

回到单位刘志立跟经理汇报，经理找县扶贫办领导再找县领导签字，刘志立再拿着县领导签字的公函，回到交警队。

见到公函，人家说："这是你们保险公司的活儿，我们忙没时间查，要查你自己查吧。"人家把电脑打开，让刘志立自己查。查验结果打印出来后需要盖上交警队的红印章，管章的人说："你在外面等一会儿。"

刘志立在门外等了一个多小时，见屋里没有其他人了，他进屋小心地打招呼："领导！"

那人问："你啥事？"

刘志立赶紧把查验名单递上："盖章。"

那人说："这章可不是随便盖的，盖了要负法律责任。你写个保证书吧。"

刘志立："啥保证书？"

那人说："你写，查询的这些人员出现一切问题，跟我们没有任何关系。"

刘志立说："这个我没法写。县里规定核查由各相关单位来做，你们不给查，我用你们的电脑查的，最后还让我写保证书？这个不行。"

"不写保证书就不给盖章。"一缕阳光斜照进屋，刘志立根本看不清那人的脸色。

没办法，刘志立只好带着协查单回来跟公司领导汇报。公司领导找县领导，县里为此专门召开有相关部门参加的协调会。会上，陶俊强下了死命令："扶贫办牵头协调相关部门进行协查！"

从那以后，刘志立只需把协查名单打印出来送给扶贫办，等协查结果就可以了。

在实践过程中，漏洞处处存在。刘志立他们发现，光通过大数据查相关内容还不够，好多隐形的东西查不出来，最好能连存款一起查，这就更全面了。意见反馈到县里，县里领导就把保险公司、银行、扶贫办等相关部门的领导召集起来开协调会。县领导一说，一个银行行长马上表态："不能查！"

"咋不能查？"县领导问。

"有规定，存款属于个人隐私，保密。"银行行长说得实在。

领导也不客气："如果能正常查，我找你来干啥？看看有啥文件，通过啥途径合法合规地去查，不行请律师咨询。"

"省民政厅有文件，属于低保、五保等社会救助类的都要核查银行存款。"有人说。

"防贫保险属于啥？是保险还是救助？"

"防贫救助，当然属于救助类了。"

"适不适合省民政厅这个文件呢？"

"找律师咨询。"

找到律师后，律师解释说："可以，但必须是农户自愿委托协查，这样就没问题。"

法律问题解决了，接下来就去各家银行查。魏县有 10 家银行，等刘志立拿着协查单去找银行的时候，小银行还都配合，但大银行还是不动。

刘志立问人家："咋样，结果出来了吗？"

银行的人问："啥结果？"

"请你们协查存款的结果呀。"

"噢，查不了。"

情况反映到县里，县领导又找银行行长："为啥不查？"

"我们有规定。"

"我这里也有规定，必须查！"

对方这才慢腾腾地去查。

刘志立入户查勘的大都是因大病致穷的贫困户，他们眼神中露出的绝望让刘志立心疼，防贫保能帮这些人一把是在做积德行善的好事，自己受点委屈辛苦些也值得。见到他入户查勘过的户主得到防贫保救助，被救助者感动得热泪盈眶，真诚地说出"感谢共产党！感谢政府！"的时候，刘志立欣慰地笑了，所有的委屈烟消云散。

几个月下来，刘志立成了全县的"村村通"、"活地图"，村名能倒背如流，全县561个村子，他不用导航全都能准确无误地开车找到，对返贫户的概况也基本掌握。

人心换人心，八两换半斤。刘志立的辛勤付出得到了广大农户的赞许，村民用最质朴的方式向他表达着谢意，受救助的老张给刘志立打电话："刘经理，自家产的梨下来了，去单位给你送也不方便，给你留着呢，方便的时候来吃呀。"

"好，谢谢！"刘志立答应着，但始终没空去吃梨。

一次，刘志立查勘回来经过一个种蔬菜的村子，一位老哥拦住他的车，把两捆新鲜的菠菜硬塞进车里说："自家种的纯绿色，拿去尝尝，这不犯纪律。"

2018年12月中旬的一天，中央电视台《焦点访谈》栏目组的记者来魏县采访防贫保。刘志立最熟悉情况，公司领导就派他带着记者去实地入户采访。记者入户采访需要了解农户的相关情况，刘志立不用打草稿就给记者讲，这家是什么情况那家是啥困境，防贫保是怎么操作的。他如数家珍的这些镜头，都被一旁扛摄像机的记者给录下来了。

2018 年 12 月 31 日，中央电视台《焦点访谈》栏目以《精准扶贫 攻坚克难》为题，聚焦 2018 年脱贫攻坚进展和 2019 年面临的挑战，播出了魏县防贫保，也播出了刘志立访贫的镜头。中央电视台播出后，在邯郸市和魏县都引起很大的轰动。该节目在魏县微信圈迅速传播开来，刘志立很多同学朋友纷纷在微信圈里点赞发留言，有的干脆打电话："上《焦点访谈》了，请客呀！"

"兄弟，上央视了，牛呀！"

"行呀，志立，都成'网红'了！"

刘志立听了心里美滋滋的。

以前，刘志立的老婆不理解他，也曾埋怨："你天天不着家，在外面干啥？"老婆看了《焦点访谈》后，刘志立在老婆眼里成了"网红"，老婆言语中洋溢着自豪："老公不赖呀，你干个保险，还干成了'网红'了！"

摘帽泪

魏县防贫保推广之前，35 岁的王太志在邯郸市永年县支公司当副经理，魏县第一批入户查勘时他是被借来帮忙的。2018年 1 月，郭天保从魏县调往邯山支公司任职，王太志调到魏县支公司接替郭天保担任经理。这个节骨眼上来魏县当经理，王太志感到心有余而力不足，有赶着鸭子上架的感觉。

上任伊始王太志就接到个棘手的大单，魏县领导要把防贫保做大，把查勘的范围再次扩大，陶俊强的口气没有商量的余地："1 688 户，七天内查勘完。能不能干？不能干就直说。"

宁愿累死也不能让人熊死呀，王太志一挺腰杆："领导放心，保证完成任务！"

王太志嘴上这么说，但心里却没底，回到公司马上向中支公司张进总经理汇报，张进马上派杨倩副总经理调来 10 辆车、20 名人员集中魏县打歼灭战。七天七夜，王太志白天带人下去查勘，晚上回来整理资料，上传查勘照片，登记查勘台账，每天晚上都要熬到半夜。张进总经理给查勘员买来泡面、面包、牛奶、咖啡、火腿肠等夜宵。查勘员天天都是吃泡面喝咖啡，因为咖啡喝了不犯困。每次中支公司非车险理赔部李霞经理来魏县就跟慰问似的，搬来成箱的泡面、火腿肠、咖啡。这七天怎么熬过来的王太志已经记不清，但他按时完成了县里交给的查勘任务。

折腾完刚想睡个好觉，手机又响了："王经理，县政府召开调度会，在扶贫办，赶紧过来参加。"

王太志一看时间，妈呀，凌晨两点。爬起来迷迷糊糊赶紧开车朝县扶贫办奔去。开完会天色已微亮，新的一天又开始了。

那段时间，县里经常半夜召开调度会议，弄得王太志疲惫不堪。上任一个半月，王太志体重从 180 斤减到 160 斤。他苦笑着自嘲："干工作还有减肥的副作用，省下减肥药钱了。"

贫困县分为省级和国家级两类，要想摘掉贫困县的帽子，省级的要经过省级的严格检查验收，像魏县这样的国家级贫困县必须要同时经过省级、国家级检查验收达标才行。省级、国家级检查验收简称为省检、国检，好比学生面临的中考、高考，每一步都决定着贫困县的前途命运。王太志上任后，魏县脱贫攻坚已到了决战的关键时刻。

在上级检查验收的那段时间里，魏县支公司每天晚上 10 点前都不敢下班，王太志要留下一半员工在公司集结待命。因为不知道什么时候县里的核查名单出来，所以一律不能外出走动。有的睡在公司办公室里，有的睡在车上，有的睡在会议室的桌子上。到了晚上，趴桌子上的，躺板凳上的、沙发上都是人。

有时候到凌晨四五点钟，核查名单出来了，大家立刻起来投入战斗，涉及防贫的，外勤人员连夜下乡入户与乡镇村里对接，内勤在公司整理数据，有多少户是涉及防贫的，有几户是赔付的，多少户是未赔付的，未赔付的原因是什么，把表做好后发给外勤。太保外勤人员接到表后，是哪个村的就直接奔去找村支书对接，哪几户是赔付的，哪几户是不纳入的，不纳入原因都交代清楚。

村支书也闹不明白："张家的人得的是大病，住院花费了12万，纳入防贫救济。李家治病住院费花了15万，为什么他家一分钱都没拿到啊？怎么回事？"

王太志与魏县扶贫办主任陈瑞学签署《魏县精准防贫保险框架协议书》

王太志立马就得解释："李家和张家都住院，虽然也都花那么多钱，经我们协查发现他们李家有20万的银行存款，这就不符合防贫救助条件。"王太志边解释，还得边把李家有银行存款的证明递给检查组的领导，这叫有理有据。

"好，理由充分。"检查组只认证据。

发现问题，需要扶贫办解释的，扶贫办出来解释，需要保险公司解释的，王太志出来解释。每次迎接上级的脱贫检查验收，每个乡镇的书记、镇长都害怕有一个漏贫返贫的。王太志夜里经常在村里遇上县委卢健书记、樊中青县长、陶俊强副书记。大考之前，领导们不放心，挨个村转一圈儿，唯恐漏掉一户。

县委书记、县长的脚步走遍魏县 561 个村庄，像这样战斗在扶贫一线的书记、县长，在全国还有很多很多。

书记、县长尚且如此，王太志怎敢怠慢？人手不够用，逼急了的王太志一句"活着的全部上"，恨不得员工的家属子女齐上阵。上级检查验收的那段时间，王太志就这么提心吊胆死守着，确保各方面绝对不能出现任何的瑕疵和疏漏。

迎接完省检，再迎接国检，最后再迎接第三方验收。一个战役接着一个战役，一个战役比一个战役艰难。魏县支公司在魏县脱贫攻坚战中与当地政府一起并肩战斗，出色地完成了各项任务，经受住了考验。

防贫保像颗新明星，似乎是一夜之间就火了，名气越来越大，难免遭到同行业的妒忌。有些保险公司除了抢防贫保，还想挖人。有个保险公司经理许诺，凡是在防贫保中有功人员全要，一般员工月薪一万，去了就给部门经理。给王太志开出的条件更优厚，王太志当即回绝："你们这是逼我背主投敌当叛徒啊，你们就死了这份心吧！我可不是吕布，当三姓家奴没什么好下场。"

王太志的态度令对方始料不及，也就打消了挖他的念头。当然，面对高薪诱惑有人难免动心，也有人被挖走了，但等到了那家公司后，人家并没有兑现原来的承诺。几人找到王太志，想再回来干，被王太志断然拒绝。这时候，他们才知道，平时挺和善的王太志，竟然是个性分明的人。

脱贫摘帽国家考核验收组经过实地检查考核，最后给魏县的评语是：魏县脱贫工作好，问题少，亮点多。

2018 年 9 月，魏县正式摘掉戴了 30 多年的国家级贫困县帽子。那天，魏县县委、政府在魏县广场召开数万人参加的干部群众大会，县委书记卢健传达了上级的文件，嘶哑着嗓子宣布："魏县从现在起，30 多年的贫困县帽子正式甩掉了！"

现场哽咽声一片，坐在前排的王太志泪水奔流。男儿有泪不轻弹，这泪是喜悦的泪，高兴的泪，该流还得流！

梁暴峰们的坚守

2019 年 1 月，张进调任河北分公司担任总经理助理，原副总经理梁暴峰接替张进担任邯郸中支的一把手。

梁暴峰在邯郸中支公司担任副总经理的时候，魏县还没有开展防贫保业务，她被总公司抽调去做其他项目，接着又到河北分公司农险部担任副总。当她转了一圈回到邯郸的时候，防贫保在张进和杨倩她们的经营下已达到高峰。梁暴峰正好把防贫保最红火的那段岁月错过，这让她留下不少遗憾。

梁暴峰是从邯郸走的，家也在邯郸，回邯郸接下张进的接力棒时，她就明白，打天下不容易，守天下更难。梁暴峰接任邯郸中支公司总经理面对的最大压力，就是防贫保火了之后，有些同行公司通过各种关系向各地县委县政府领导施压，来抢夺胜利果实。有的竞争对手公开明码标价，在邯郸市范围内，谁能撬来某个县的防贫保业务，将立刻奖励 20 万元现金。

甚至还有同行打魏县的主意，梁暴峰得到的小道消息说，谁拿下魏县的防贫保项目，悬赏的价格是一百万元。

魏县可是根据地啊。什么地方丢了，魏县也不能丢。

防贫保这个险种没有什么秘密可保，一家保险公司能做，其他公司也能做。

面对这些情况，梁暴峰要求各县支公司的经理：一要看好自己的阵地，守土有责，寸土不能丢；二要勤向政府请示汇报，取得支持，做到每个村都有联系人，每个村都要张贴防贫保宣传单；三要与政府探讨打造防贫保升级版，在提高精准服务水平上下功夫。

2019 年 12 月 31 日，邯郸中心支公司与魏县人民政府签署战略合作协议，魏县副县长胡延峰，魏县扶贫办、财政局、民政局、教育局、农业农村局、人社局、交通局、医保局、住建局、卫健局等有关单位主要负责同志出席。邯郸中支总经理梁暴峰、副总经理杨倩、总经理助理郭天保应邀参加。梁暴峰总经理代表公司与魏县副县长胡延峰共同签署战略合作协议。

根据协议，魏县支持保险公司扩大保险服务领域，开展保险业务和服务创新，参与和协助地方政府推进经济社会发展和社会保障体系建设。保险公司将发挥风险管理的专业和技术优势，在农业、大病、重大项目、责任保险，以及精准防贫保险项目等领域开展合作，积极创新金融扶贫模式，助力魏县扶贫工作开展。这标志着继防贫保项目后，双方合作进入一个更深入、更广泛的层面，为进一步完善魏县扶贫防贫机制，促进扶贫工作创新融合发展打下坚实基础。

梁暴峰喜欢笑，是无拘束的那种大笑，每天她爽朗的笑声成了公司员工最喜欢听的乐曲。梁暴峰之所以喜欢开心地笑，除了天生爱笑，还因为在她麾下，有一批能征善战的"战士"。

邯郸中支非车险理赔部防贫核查员闫鹏飞给人的第一印象，就是坐如磐石站如青松，眉宇间透着坚韧。内行人一眼就能瞧出，他是当过兵的人。

闫鹏飞曾在陆军服役八年，当过侦察兵班长。他在保险公司的职业生涯是从防贫保开始的，核查工作是一项需要长期细致耐心而又持之以恒的工作，稍有怠慢就会发生偏差。防贫保项目运行初始，核查任务繁重，他经常需要下到各个县域开展核查，通宵达旦是家常便饭，一次次遇到惊心动魄的险情，却是他始料不及的。

2018 年 7 月，魏县迎接国家级脱贫验收的时候，闫鹏飞就在现场。闫鹏飞和小王两人一组一台车。这天凌晨四点多钟两人刚核查完两户，又接到通知去两公里外的邻村核查新增加的一户，而且当天上午检查组首先要看这户人家，情况十分紧急。

　　平时两公里的路程一脚油门就到，可这天的情况却有些特殊。魏县的雾霾天气本来就十分严重，此时雾霾像口巨大的锅盖一样笼罩着天地，能见度不足两米，有伸手不见五指的压抑感，人站在那里根本找不到北。闫鹏飞上车打开导航，小王却磨蹭着不愿意上车。

　　"小王，上车。"闫鹏飞一连喊了几声，小王才不情愿地上车，上车后立刻扎上保险带，双手把着车窗上端的把手，担心地问："闫哥，雾这么大，中不中？"

闫鹏飞（右一）配合魏县接受国检脱贫摘帽工作考核

厚土中国

"这算啥？没事。"闫鹏飞说着启动了车。

乡间的道路狭窄而曲折，两侧有沟壑树木，这样的天气驾车，一不小心就会撞到路旁的树上或掉进沟里。闫鹏飞打着双闪两眼直勾勾地盯着前方，小心驾驶着。

雾霾能见度似乎越来越低，车头撞上物件都很难发现。一路下来，闫鹏飞大汗淋漓像水洗过。车子忽左忽右，吓得车内的小王发出阵阵惊叫。两公里的路程足足走了 40 多分钟。

"差不多到了。"闫鹏飞停车开门，呲溜一脚踩进了泥里，他骂一句"什么破导航！"拔出脚来到车前查看，闫鹏飞大惊失色！前轮胎不到半米处就是一处水塘，再晚点停车，连人带车就会掉进水塘里。

闫鹏飞无暇顾及这些，急忙把车倒了回来，拉着还在浑身发抖的小王找村支书对接情况去了。

邯郸中支公司非车险理赔部有个叫何亚的小伙子，他知道部门车辆配备不多，冬季下乡查勘的时候就自己骑着电动车去。天寒地冻，何亚戴上平日不戴的狗皮帽子，把自己裹得像个粽子似的，弄得眉毛胡子结了层厚霜，路人见了跟看怪物一样。工作了一天后，何亚感觉骑电动车太冷有些受不了，第二天就换成了骑自行车。

何亚在工作群里报工作量的时候，顺手把骑车自拍的照片也发到了群里。李霞经理看到后很受感动，心疼地微信留言给他："你怎么不吱一声呀，大冷天的给你派辆车呀。"

何亚回微信："不用不用，冻冻对身体更好。"

这话说得李霞心里酸酸的，车也就没换成。几天后，何亚骑车下乡不小心滑倒，脖子疼得不轻，但他没请假也没跟领导说。还是细心的李霞发现何亚脖子怪怪的，觉得有些不对劲，一问才知道摔伤了，李霞赶紧催他去医院检查，拍完片子一看，竟然是锁骨骨折了。

杨露露是个小巧玲珑的女孩，魏县精准扶贫防贫中心开馆的时候，魏县支公司找不到合适的解说员，就把杨露露借了过来，并在当地给她租了一间小房子居住。正值寒冬，小房子里没暖气，实在冷得受不了，她就在小屋里一边跑步一边背解说词。

背了一周解说词，杨露露就上岗讲解了。来魏县精准扶贫防贫中心参观取经的领导，无论是省部级、地市级还是普通参观者，都由杨露露担任解说。随着全国各地到魏县精准扶贫防贫中心参观人数的日益剧增，不知道是谁给杨露露起了个绰号"防贫宝贝"，杨露露的名气随着绰号不胫而走。

在邯郸中支公司，正是像梁暴峰、王太志、焦瑞红、闫鹏飞、刘立志、何亚、杨露露、谷叶等这样一群忠于职守的人，在默默无闻地坚守着，以点点滴滴的溪流汇聚成奔涌的江河，最终凝聚成浩瀚的太平洋。

而在陶俊强他们眼里，这些基层的工作人员更像冀南平原上的一粒粒黄沙，共同为返贫的老百姓构建起一片坚实的厚土！

第六章

燕赵新歌

吉祥鸟

　　河北省通常被称作燕赵大地，所谓燕赵，指的是战国时期的燕国和赵国。燕国的都城在今天的北京，而赵国的都城就在今天的邯郸。而与"燕赵"相连接的后缀词，除了"大地"之外，还有"悲歌"这两个字。

这段历史大致是这样的：大约在公元前284年，秦、魏、韩、赵四国，以乐毅为上将军挥兵伐齐，乐毅引燕军五年内连克齐城七十余座，但没想到燕惠王听信谗言削去乐毅的军权。名将乐毅当然没想到，千年以后一个名叫陈子昂的唐朝人登上了遗址在今天北京市的蓟北楼，这座楼又名幽州台，他在这里写下了千古绝唱："前不见古人，后不见来者。念天地之悠悠，独怆然而涕下。"

陈子昂这首《登幽州台歌》，就被称作"燕赵悲歌"。

到了1984年，蒋子龙在《人民文学》第7期发表小说《燕赵悲歌》。他写的内容是在华北东部平原上，方圆百里流传着这样一句话："宁吃三年糠，有女不嫁大赵庄。"他笔下虚构的大赵庄的一个"穷"字，把农民们折腾得怨气冲天。

小说《燕赵悲歌》中的武耕新，既有古来燕赵志士的热肠，又有共产党人的崇高责任感。每当想到这些年来乡亲们受穷的时候，他灵魂中总有一种羞愧感在烧灼，恨不得"当场一头撞死"。武耕新"思想上出一身透汗"，把大赵庄"前前后后的曲折和灾难想透"了，把农村多年的积弊看清了，也把新时期党的农村方针政策看准了。他思路清晰，慧眼识人，冲破陈规陋见，量才用人，开拓革新，建功立业，让大赵庄脱离了贫穷。

小说中的燕赵悲歌，也就变成了燕赵新歌。魏县是赵国故地，新时期的魏县通过防贫保摘掉了贫困帽子，谱写了一曲时代新歌。

魏县东代固镇因盛产闻名天下的大鸭梨，获得了"梨花小镇"的美誉。每逢春季，村子周围大片梨花盛放，白茫茫一片煞是壮观好看。梨树间的空地一律种的是油菜，梨花绽放的时节，黄灿灿的油菜花也正是鼎盛期，菜花黄，梨花白，错落有致、交相辉映，乡村美景次第在冀南平原上展开。

60岁的张友全就生活在这画一般的村子里，他也曾有过画一般的美好生活。张友全育有两儿一女，20世纪90年代初他家盖的大瓦房在村里数一数二，儿女渐渐长大后，他更憧憬着未来美好的生活。那时候他在村里走路腰杆子坚挺自信，春暖花开的时节也喜欢去自己梨树地里转转看看风景。他没有多少文化，没有诗人作家的浪漫情怀，更不会吟诗作赋。心情好的时候，张友全就在梨树林里扯开嗓子唱几句京剧，这是他表达愉悦的一种方式。

最近这几年，张友全是什么时候没了欣赏风景的心情？他有些记不起来了，是他的母亲五六年前患心脏病的时候？那时候张友全着急上火是真的，但还没有那么急切，绝非他不孝顺，人吃五谷杂粮孰能无病？何况年纪大的老人。这个还能理解，但接下来发生的事情，就让他有些挖心挖肝地疼。

2016年，在外打工的长子突然托人传来消息，病倒了，得的是绝症，正在医院抢救。还没等他凑够钱送过去，长子竟不治身亡。

接下来的灾祸似乎故意跟张家过不去似的，一个接着一个，张友全有被打入地狱般的感觉。2017年在外打工的次子回来过年，张友全看儿子明显消瘦浑身没劲儿，就带着儿子到县城医院做检查。一检查，才知道二儿子得了癌症。张友全听医生说完后顿感天旋地转，差一点当场摔倒在医生跟前。他立即拿出所有积蓄，让孩子去北京肿瘤医院动手术。手术做完了，但还要继续化疗放疗，还要常年服药打针。二儿子治病把全家的积蓄全部花光了，张友全还欠下几万元的外债。

两个儿子一个去世一个癌症，花光了老张的家底，但总算暂时保住了二儿子的一条命。

张友全刚想喘口气，2018 年 1 月自己突然腰又不行了。到医院一查，老张这次是真晕了过去，这次癌症轮到他身上了。张友全因患肾盂恶性肿瘤入住邯郸市中心医院，截止到 2018 年 11 月，张友全住院总费用 13 万余元，新农合报销后他个人需要自费 8 万余元。

面对家里一连串的致命打击，张友全没有趴下，从医院出来之后他想通了，反正痛苦也是一天，快乐也是一天，为啥不快乐地活着呢？虽然遇到这么多变故，但家里还有老母亲，有老婆儿女，自己是家里的顶梁柱，只要有一口气就不能趴下，只要活着就有希望。

但张友全动完手术之后，重活累活已经干不了，家里的两亩梨树再怎么结果，年收入也就四五千元，妻子患有骨质增生，一年四季还要花钱买药，女儿在当地打零工，年收入也就一两万块钱。这么算下来，全家的这些收入维持生活还行，不至于饿肚子，但想继续治病就没钱了，欠下的几万元外债就更还不上了。白天像个没事人一样的张友全，每到夜深人静的时候，瞅着天花板唉声叹气无法入睡。

2018 年 12 月底的一天早晨，张友全院里的枣树上飞来一对喜鹊，叽叽喳喳叫个不停。在农村有喜鹊叫喳喳，喜事到我家的讲究，张友全纳闷，日子都惨成这样了，我家能有啥喜事啊。

张友全正嘟囔着，家里突然来了两位自称是保险公司的人，胖些的是魏县支公司经理王太志，高个子是查勘员刘志立。

"俺家都这样了，哪有钱买保险？"一见面张友全就下逐客令。

"俺们不是卖保险的，是防贫核查。"王太志说。

"啥叫防贫核查？"张友全从没听说过这词。

"就是看看你家符不符合防贫救助条件，够条件政府就给你发防贫救助钱，好事儿。"王太志笑呵呵地说。

"啥防贫救助钱？我都没买保险，咋也给我发？"张友全疑虑重重，心里就把这两人当成了骗子。

"不是你买的，是政府买的，够条件就给。"刘志立在一旁解释。

"政府买的，还有这好事？那不是天上掉馅饼吗？"张友全应对着。

"还是能吃的馅饼。"王太志说。

"那中，你们想了解啥？"张友全见他们是村干部带来的，反正家里也没什么可骗的，就是上当受骗也得弄明白到底是咋回事。

张友全把王太志、刘志立让到屋子落座，就把家里这些年的不幸遭遇一五一十地讲了一遍。张友全还是第一次把家里的窘况告诉陌生人，说完后心里敞亮了不少。至于这些人能不能帮自己，他当时并没什么指望。

王太志、刘志立听完后，开始按照查勘规则着手进行调查。经核查，张友全家住的平瓦房是20多年前盖的，室内极其简陋，也没有装修过，零零散散的两三件家具看起来年代久远，有一台老旧电视机，木质的单人床，洋灰地面。他们一一记录拍照，最后还给张友全全部家庭成员拍了照。

接下来的程序是协查印证、乡镇村两级公示评议、扶贫办审批，这一切张友全并不知道，他知道的是20天后，接到了刘志立的电话："张叔，我是保险公司的刘志立，政府发的救助款已经打到你银行卡上，你去银行查查吧。大约有四万多一点儿。"

张友全听了有点不相信："四万多救济金，给我的？"

刘志立显然早遇到过这样的事儿，连忙说："对，已经到账了，你赶紧去银行查查吧，查不到给我电话，查到了就不用打电话了。"

等张友全查完账，确实有 40 325.41 元进账，他激动地给刘志立打电话："非常感谢领导，把俺家从火坑里救出来，要不俺砸锅卖铁也看不起病呀！这社会好呀，感谢共产党！"

张友全做梦也没有想到，这天上真掉馅饼了，而且是真能吃的馅饼！

张友全不知道怎么表达感谢，就向别人打听，人家给他出了个主意，送锦旗又便宜又好看。张友全就跑到县城找了个小店，特意制作了一面锦旗送到王太志手上，还额外带了一箱鸭梨。

锦旗上写着"帮贫扶困，一心为民"八个金字。王太志经理对张友全说："这做锦旗的冤枉钱你已经花了，退不了啦，我们留下。这鸭梨俺们不能收，你还是拿回去吧。"

张友全只好抱着鸭梨回了家，刚推开自家院门，他一下子愣住了，一只美丽的小鸟站立在屋子门前张望，见到人后并没飞走，而是朝屋里探看。张友全忙上前把门敞开，小鸟竟大大方方地径直跟着张友全走进屋里。

张友全不认识这是什么鸟儿，问遍全村，也没有人家养鸟。他就提着那不知名的鸟到魏县的鸟市上去打听，明白人告诉他，这鸟儿叫海南鹦鹉。张友全费了挺大劲也没有想明白，海南距

第六章　燕赵新歌

张友全为他的吉祥鸟喂食

离魏县这么老远，怎么就偏偏来到自己家里呢？

有人对张友全说："这鹦鹉训练好了会说话，哪怕一两句，就能值好几千。你多少钱能卖？"

张友全当时就说："给多少钱都不卖！"

鸟儿从海南飞了好几千里飞到魏县来，偏偏就在自己家住下不走了，这不是缘分是什么呀？他心想：这是俺家的吉祥鸟，会给俺家带来好运的！

从此，这只美丽的鹦鹉就住在了张友全家。张友全开始教鹦鹉说话，每天都说"防贫保，谢谢！"

张友全想着，等哪天鸟儿会说话了，他就带着这只鹦鹉到保险公司去，让鹦鹉学舌说一句："防贫保，谢谢！"

飞翔的翅膀

魏县东代固镇张友全家里飞来了吉祥鸟，而在魏县魏城镇有个叫郝嘉翔的少年，虽然志在翱翔，但他的翅膀却被贫困的苦水打湿了。这只小小鸟儿想要飞，却不知道怎么才能飞得更高。

郝嘉翔家中有爷爷奶奶、父母亲和一个读小学的妹妹。爷爷奶奶身体不好，爷爷患有胃病、高血压等慢性病，奶奶常年腿疼，2017 年还做过一次手术。父亲患有眩晕症，在县城做抹灰工，母亲在村中摆摊卖熟食。这样的家庭维持现有的家庭生活没问题，但一旦有大的开支，家里就捉襟见肘入不敷出了。

郝嘉翔从小喜欢书法，学书法是个费钱的爱好，宣纸、毛笔以及墨汁等耗材，对于农村孩子来说是一笔不小的费用。穷人的孩子早当家，见父母每天辛勤地劳作来维持这个家，郝嘉翔也十分懂事，买来便宜毛笔和毛边纸却舍不得用，他先捡根树枝当毛笔在地上练习，感觉练习差不多才用毛笔蘸墨在毛边纸上写，从蝇头小楷到大楷再到草书，一张毛边纸正反面都被他写得密密麻麻。

自从郝嘉翔学习书法后，家里过年用的对联和福字再不用花钱买，郝嘉翔的字贴在门上也像模像样。邻居亲朋得知后都跑来跟郝嘉翔要对联、福字，自然也少不了夸郝嘉翔有出息。

望子成龙的父母听了脸上绽开欢喜的笑容。乡亲们求写字归求写字，但没有人会给钱，郝嘉翔还得搭上墨汁，有时候还要搭上写对联的红纸。

2018 年高考之前，父亲专门跟郝嘉翔谈话说："要不出去打工吧，考上大学还得花不少钱，家里拿不起啊。"

寒窗苦读十年，郝嘉翔非常憧憬大学生活，他的态度很坚定："不，我要考大学。"

父亲退一步说："那就考医学院，毕业了当医生挣钱多。或者考师范，我听说上师范不要学费。"

郝嘉翔说："我要考艺术学院，我喜欢书法。"

父亲不高兴了："写写画画那些东西，平日玩玩还中，又当不了饭吃，弄个爱好就中。"

郝嘉翔咬着嘴唇说："不，我想考书法专业。"

"考艺术那玩意儿学费贵，咱这家庭供不起！"父亲拿眼睛瞪着儿子。

"贵也想学。"郝嘉翔的声音越来越小，他低着头不敢看父亲的眼神，他怕看了父亲的眼神，自己的志向也会改变。

"听话，只许考医学院呀！"父亲丢下这句话走了。父亲觉得从小郝嘉翔就是个听话的孩子，还没有违背过长辈。但父亲没想到在前途命运的问题上，郝嘉翔最终瞒着父亲报考了艺术院校。

2018 年 8 月，艺术学院书法专业的录取通知书到了，接到录取通知书的那一瞬间，郝嘉翔高兴地蹦了起来，但他在地上站稳之后，看到要缴纳学费 12 000 元、住宿费 1 350 元、教材费 500 元，共计 13 850 元时，心里立刻凉了，一开学就要拿一万多出去，这还不算伙食费，家里上哪儿凑这个钱啊。

父母已经把自己养大成年，自己不但没有回报家里，家里还要花钱供自己读书，他真想随了父亲的愿，学不上了，干脆打工挣钱去。但慢慢想想，自己又想明白了，像自己这样的家庭，读书或许是他改变命运的一个机会，如果放弃上大学，连改变命运的路都堵死了。可学费怎么解决呢？按照郝嘉翔的分数，去个小地方读个医学专科没问题，这是父亲所希望的，而学书法需要各种材料都要花钱，到底花多少他也没有数。

在学书法还是学医专的问题上，郝嘉翔徘徊不定。郝嘉翔的老师懂得学生的心理，特意找他谈话说："凡事都要服从自己的内心。无论面临多大困难，咬咬牙就能挺过去，学费不够可以申请贷款。有句话叫办法总比困难多，明白吗？"

郝嘉翔没想到什么办法，但老师说的让他服从自己的内心，他还是听明白了，也想明白了。他告诉父亲和家人说："我要学书法，这是我自己选的路，学费的事儿我自己想办法，你们不用管了。"

第六章 燕赵新歌

177

既然孩子自己选择了，父母也只好默许。上学前，郝嘉翔在县教育局申请了 8 000 元助学贷款，家里又外借 5 000 元，郝嘉翔这才顺利登上南下的列车，去实现他的艺术梦想。

　　郝嘉翔申请助学贷款的信息，通过大数据平台传递到了魏县扶贫办。扶贫办把郝嘉翔的信息提供给中国太保产险魏县支公司核查。刘志立带人来到郝嘉翔家调查取证后，按照魏县划定的标准，建议将郝嘉翔家纳入防贫保救助，后经协查印证、公示评议等一系列流程，根据防贫保因学返贫的救助标准，于 2019 年 1 月 10 日将 5 110 元的救助金，汇到了郝嘉翔的银行卡号上。

　　刘志立第一时间把这一消息电话告知了郝嘉翔的母亲。

　　刚下课的郝嘉翔突然接到母亲打来的电话："儿啊，救助款发下来了，说是打到你银行卡了，你快去瞅瞅。"

　　"啥救助款？"郝嘉翔听了，纳闷了好一会儿才问。

　　"保险公司的。"母亲说。

　　"保险公司？你买保险了？"郝嘉翔疑惑地问。

　　"没买，是政府给咱买的。"母亲说。

　　"政府买的？"郝嘉翔将信将疑，忙打开手机短信一看，短信提示银行卡里收到"防贫保救助款 5 110 元"。

郝嘉翔怕家里人被诈骗，也想闹清楚到底是怎么回事儿，随后加上邯郸中心支公司非车险理赔部防贫核查员闫鹏飞的微信，经过一番刨根问底，才搞明白啥叫防贫保。

郝嘉翔说："咱们国家对我们这些贫困学生重视，对教育重视，而且数额这么大，对我来说简直是莫大的帮助！其实那笔钱用在我额外的学习开支里，一直到现在都存着没有用完。我真心感谢政府！"

2019年12月8日，刘志立带着河北分公司政保部的桑志鹏、邯郸中支公司的闫鹏飞来郝嘉翔家里走访。郝嘉翔妈妈一见是保险公司的人，两人名字中又带着"鹏"字，跟儿子郝嘉翔的名字竟然有不谋而合的关系，她像见到亲人一般热情，捧出郝嘉翔在家时练习的毛笔字给他们看。

临行前，喜欢书法的桑志鹏放下100元钱，取走了一幅郝嘉翔的书法作品作为纪念。

2020年1月21日，时值庚子春节将至，河北分公司收到了一份特别的新春礼物，这份礼物是一副对联：斩穷根手绘前程圆绮梦，施大爱肩担使命证初心。

这副对仗工整的对联就是郝嘉翔所写，内行人一看字迹就知道郝嘉翔在米芾书体上已经很有修为。

原来，正在艺术学院书法专业读大二的郝嘉翔，念念不忘保险公司对他家雪中送炭般的救助，在新年来临之际，通过最

太保大爱

斩窮根手绘前程圆续梦

2020 年 1 月 21 日，防贫保救助对象郝嘉翔向保险公司赠送新春对联

为擅长的方式表达了自己的感激之情，书写了这份独特的礼物。郝嘉翔表示，一定会好好利用这笔扶贫救助资金完成学业，做一名优秀的大学生，将来更好地回报社会。

花钱买教训

2017 年 9 月 26 日早上，魏县大辛庄乡张新伟一家像往常一样，坐在一起吃早饭。张新伟刚端起碗筷，就闻到一股呛人的烧焦味道，他自言自语地说了一声："啥味？哪里着火了吧！"

说话间砰的一声响动，伴随着一股黑烟从内屋窜出一股火舌，还没等他反应过来，整个屋内已经火光冲天！张新伟拽着家人就往外窜，万幸的是家人都及时跑出来，并无人员受伤。

水火无情，这场突如其来的大火造成张新伟家四间堂屋毁坏，屋内的冰箱、衣柜、缝纫机、电脑、电视、电动三轮车、床等全部化为灰烬，损失总额两万元左右。

灾情发生后，当地民政救助张新伟家 1 000 元，剩余损失的 19 000 元由他自己承担。张新伟这时候才后悔，当初为什么没有购买保险呢。

破家值万贯说的是有钱人，普通老百姓的家当全烧了，也就什么都没有了，火灾的发生让原本并不富裕的家庭变得雪上加霜。张新伟家有五口人，他在本村做建筑小工，年收入也就两万左右，妻子张永霞在家务农，长子在双井五中读初三，长女读初一，小儿子还在上幼儿园。家里的两亩耕地年收入也就两千多块钱，这么算下来，全部家庭年收入也就两万多，这把火等于烧掉了他们家全年的收入。

魏县支公司接到魏县扶贫办委托后，马上安排查勘员入户了解张新伟的家庭情况。张新伟把家中四间堂屋受灾照片拿出来让查勘员核实，并找出了消防队的出警记录，上面详细说明火灾发生的原因以及受灾的物品。

查勘员调查回来后整理好所需材料，提交给扶贫办，后经各协查单位协查印证、乡镇村两级公示评议、扶贫办审批，太保及时给张新伟发放防贫救助金 3 600 元。虽然钱不多，但对张新伟的家庭来说，就已经是雪中送炭了。

无独有偶，邻村 43 岁的魏平安，外出打工挣了八万多块钱，回村盖了三个鸡棚，买了四万多只雏鸡饲养。他起早贪黑地在臭气熏天的鸡舍内小心翼翼地伺候着这些雏鸡，心里憧憬着收获时的喜悦。

几个月后，四万多只肉鸡已经长成，大部分已经预订出去，只等客户来运走，大把的票子就到手了。

天有不测风云。2017 年 12 月的一天，睡到半夜的魏平安猛听到鸡舍方向有动静，他骨碌一下爬起来，披件棉衣就往外跑。天哪，三个鸡棚已经火光冲天，魏平安急得束手无策，蹲在地上干嚎起来："我的鸡呀！"

　　他的哭号声在寂静的夜晚传得很远，老天让他遭灾，谁能帮得了啊。第二天一看，三个鸡棚全部烧毁，四万多只肉鸡被烧死，损失总额达十三万元左右。除了自有的八万元投入，还有外债好几万，这十几万元一把火就烧没了。魏平安一夜之间，头发花白了不少。

　　查勘员来到魏平安家中实地查勘后，初步评估，魏平安符合防贫保救助条件。走完相关程序后，公司向魏平安发放保险救助金三万元。魏平安拿到钱的第一件事就是问："你们就是俺的财神啊！我能不能拿这个钱给我的鸡上保险啊？"

得到理赔人员肯定的回答后，魏平安不好意思地说："花你们的钱给我买个教训，真不好意思，谢谢您了。"

　　理赔人员说："这不是我们的钱，要感谢你得先感谢国家！"

第七章

国之本在家

遍地楚歌

说完燕赵新歌，接下来就该说说楚歌了。没错，就是刘邦围困项羽大军于垓下的那个夜晚，突然响起的"四面楚歌"的那个楚歌。

就像燕赵悲歌并非单纯的悲歌一样，楚歌本身也没有悲伤

185

的味道，只是我们因为这个成语而产生了误解。楚歌是中国古代楚地的土风歌谣，带有鲜明的楚文化色彩，秦末汉初最为盛行。自战国以来，南迄江淮、北至鲁南、东到大海的广大地区均属于楚国版图。在秦末农民大起义的浪潮中，楚歌随着以楚为旗号的起义大军在全国扩大着它的影响。刘邦、项羽的军事主力基本上都来自楚地，他们所歌所咏多为楚歌。鲜为人知的是，项羽的绝命之作《垓下歌》和刘邦的还乡之作《大风歌》，都是楚歌的代表作。

"大风起兮云飞扬，威加海内兮归故乡。"听一听这楚歌，多豪阔，多激昂，多英雄啊！

2018年3月15日，周厚钦就任湖北分公司党委书记、总经理。周厚钦是广东潮汕人，此前长期在中国太保产险深圳分公司担任副总经理。潮汕文化自古就是敢为天下先。

到哪山唱哪歌，周厚钦来到湖北，要唱什么歌呢？

在从深圳开往武汉的火车上，周厚钦打开手机上的卫星地图，以武汉为核心查看着湖北版图。湖北的四角都是山，鄂东大别山，鄂南幕阜山，鄂西北大巴山，鄂西南武陵山，中间是富饶的江汉平原，繁华的大都市与落后的大山区并存。地域辽阔，但发展不平衡，这就是湖北的现实。

湖北是楚文化的发祥地。看一眼中国地图就会发现，湖北地处华中腹地，交通的便利、鱼米之乡的富庶以及人口的流动，赋予了湖北人开放包容的胸襟与勇于开拓进取的精神。从荆楚先辈筚路蓝缕以启山林的艰辛开拓，到武昌起义的敢为天下先，再到黄麻起义、中原突围、刘邓大军挺进大别山等红色革命活动，奠定了源远流长、底蕴深厚的湖北精神。

湖北地区的经济在中国排名也比较靠前。以 2015 年为例，湖北地区生产总值逼近 3 万亿元，人均 GDP 达到 8 135 美元，全国排名第八。2015 年湖北 128 万人脱贫，但全省还有建档立卡贫困人口 590 万人。虽然在脱贫攻坚中逐年递减，但湖北贫困人口基数大，在这个相对富裕的省份，脱贫攻坚任务依然艰巨。

周厚钦还注意到，湖北是一块红色的土地，全国十二大块著名革命根据地，湖北就有四大块。省府所在地武汉是座英雄城，而贫困山区、革命老区、少数民族地区占比大，除了鱼米之乡的富庶之地，全省还有 37 个贫困县。

富庶地区是肥肉，这是工作业绩的钱袋子。留下来的这 37 个贫困县，不是鸡肋，而是没什么肉的硬骨头，这些地区怎么办？不但不能啃，而且还要割肉补贴。

从中国经济最前沿的发达地区深圳，来到革命老区的农业大省湖北，周厚钦首先思考的是怎么把湖北的队伍带好，把经营搞上去。一到湖北上任，周厚钦就旋风般开始在省内各个三、四、五级机构调研。在调研的过程中，他的足迹遍布鄂东大别山区及鄂西老少边穷地区。作为一家企业分公司的负责人，在做好保险主业的同时，怎么体现企业担当、家国情怀、保险大爱？周厚钦也开始了思考。

在做好基础调研的同时，周厚钦四次现场调研精准扶贫工作，带领班子成员两次前往省扶贫办汇报扶贫工作。他结合湖北实际，提出"和顺精进创美好，脱贫攻坚奔小康"的扶贫工作思路。为履行社会责任，鼓励优秀干部到基层到农村实践中锻炼成长，推进精准扶贫工作，湖北分公司于 2018 年 4 月中旬向全省发布招募令，组建以陈治保为队长，黄锐、王洁为队员的三人精准扶贫驻村工作队，进驻分公司驻点扶贫村咸丰县唐崖镇空山岭村进行金融扶贫。

由此开始，以周厚钦为班长的湖北分公司新一届班子拉开新的扶贫防贫会战序幕。

周厚钦到任湖北的 2018 年，也是湖北脱贫攻坚进入关键期的一年。周厚钦在调研中发现：一些地方出现了"边扶边增"、"边脱边返"现象，而返贫人员的绝大部分来自"卡外边缘户"和"卡内不高不稳脱贫户"，给各级各部门带来如何"控增"、如何"防返"的巨大压力。

周厚钦了解到，防控的关键在于：既要集中攻克存量贫困人口，同时又要集中防范新增和返贫人口。

如何巩固脱贫成果，控制贫困增量？如何防止低收入群体因病因灾返贫致贫？周厚钦一直在苦苦思索，如何用保险的专业机制来发挥作用，建立有效的第三方长效机制来为湖北老百姓脱贫之后共奔小康尽一份心力，真正体现国企的责任担当，而不仅仅局限于进行常规的捐资捐物、派驻村工作队进行帮扶。

说起来容易，做起来却十分艰难，周厚钦在寻找一个突破口。2018 年 6 月 4 日，总公司在河北省邯郸市召开全国防贫保推广现场会。周厚钦意识到这是一个很好的学习机会，但是由于与省政府其他会议时间冲突，他只好邀请了湖北省扶贫办领导参会，并委托时任湖北分公司副总经理的雷大鹏，带领分公司有关人员一起参加会议。

在参加会议期间，雷大鹏第一时间向周厚钦汇报了有关情况，并转达了与张毓华的谈话："魏县创新的这个防贫保产品，主要保障的就是你们湖北周厚钦总所说脱贫攻坚两类需要重点控防的临贫、易贫人群，正好与湖北各级地方政府脱贫攻坚需求高度契合，这不就是你们湖北苦思冥想的那种防贫模式吗？我建议你在这边把所有材料都找全，回到湖北后立即跟周厚钦总汇报，根据当地的实际情况，尽快在全省推开。"

周厚钦听到雷大鹏的汇报后激动不已："河北的防贫保太好了，我们湖北马上也要开展起来，而且要有我们的湖北特色，争取做成典型。"

湖北应该如何学魏县？是照抄照搬还是有所突破创新？他向河北分公司要来防贫保实施方案、流程、救助标准等全套的文字材料，细细研究了一番。

很快，周厚钦找到了自己的思路。河北防贫保走的是从一个个县向地市推开，从下往上"农村包围城市"的路数。湖北要根据本省的特点因地制宜，制定创立防贫保湖北模式。湖北能否反其道而行之，从省会辐射市县呢？这样就会在全省全面铺开，迅速生成燎原之势。

想到就要做到，周厚钦马上召集了班子成员开会，立即成立防贫保工作领导小组，周厚钦亲任组长。

在周厚钦紧锣密鼓推进防贫保的同时，总公司是在全国自上而下地力推防贫保。就在邯郸现场会结束后的第三天，2018年6月7日，总公司向全国下发《关于加快推进"防贫保"、"脱贫保"的通知》。

时隔四天，2018年6月11日，湖北分公司下发《关于做好"脱贫保"、"防贫保"保险业务的紧急通知》，部署在湖北全省范围推广"脱贫保"、"防贫保"落地工作。

防贫保在魏县开花，周厚钦要让这个项目在荆楚大地上也落地生根，并结出更大的硕果。为学习河北魏县防贫保模式经验，周厚钦召集部分有开办意愿的市县扶贫办相关领导及中支公司相关负责人一行二十余人，于2018年7月25日再次赶往河北魏县实地观摩调研学习防贫保项目。

周厚钦鼓励大家说："看看魏县的成果，多么激动人心呀，这是利国惠民、体现企业担当的好事啊，同志们，放开手脚大胆地干吧！有什么困难，分公司全力协助解决！我们正在跟省政府对接，我想不久就会跟省扶贫办签署合作协议，谁先推开，谁就是为政府排忧解难。"

要想实现周厚钦的宏伟计划，单靠湖北分公司一家力推是办不成的，必须有省扶贫办等政府职能部门的大力支持合作才行。

我们是企业，企业的意见和建议，政府部门能采纳和支持吗？一旦受阻，下一步防贫保如何开展？作为湖北分公司的当家人，这是周厚钦要考虑的重点问题。

周厚钦马不停蹄来到湖北省政府扶贫开发办公室，找到扶贫办领导当面专题汇报防贫保项目。周厚钦本想找省扶贫办领导去游说的，令他感到意外的是，省扶贫办领导亲眼看到防贫保的成果，也正有在全省推广防贫保的想法，两家不谋而合，很快达成协议。由省里下文件，从上而下贯彻落实。

2018 年 10 月 10 日，湖北分公司与省扶贫办联合下发了《湖北太保产险防贫保工作实施方案》，为湖北省防贫保的开展和推进提供指导。

与此同时，这份文件也摆在了上海总部张毓华的案头，张毓华看完后忍不住给周厚钦打电话，对他的雷厉风行大加赞赏。

周厚钦不失时机地请求："过几天我们准备举办湖北首批防贫保签约仪式，能不能请您参加一下，给我们鼓鼓劲儿？"

张毓华当即答复说："我立即报告顾越董事长，如无意外，我一定到武汉给你们鼓掌！"

2018 年 10 月 25 日，湖北省首批防贫保签约活动如期

厚土中国

举办，湖北省扶贫办党组成员、副主任蔡党明，省保监局党委委员杨元明，总公司党委副书记、纪委书记张毓华，湖北分公司党委班子、总经理室成员，全省三四级机构领导出席了签约仪式。

　　这次签约意味着湖北防贫保大幕正式开启。签约仪式上，周厚钦紧紧握住蔡党明的双手，一个劲地说："非常感谢！非常感谢！"

蔡党明也握着周厚钦的双手，连声说："非常感谢！非常感谢！"

张毓华在离开武汉的时候对周厚钦说："你在魏县防贫保的基础上，结合湖北实际大胆创新，做到承保创新、保障创新、理赔创新、服务模式创新，创造出防贫保的湖北模式，湖北这种探索要为全国提供可复制、可借鉴、可推广的经验。"

脱贫攻坚是一场特殊的战斗，特殊的战斗就得用特殊的办法。湖北分公司以军事作战机制，推进脱贫攻坚的防贫保战役。周厚钦担任组长，湖北分公司党委委员担任领导小组成员，周厚钦的办公室就是湖北防贫保的司令部作战室，在全省范围内实施挂牌督战。

一场没有硝烟的扶贫脱贫攻坚战，就这样悄然地在荆楚大地上打响了。

众人划桨开大船

周厚钦推广防贫保时，一直强调社会责任与担当，他在多个场合表示："党和政府要我们做什么，我们就去做什么；老百姓希望我们做什么，我们就去做什么。"

不仅仅是周厚钦，湖北分公司总经理室的其他班子成员，也同心协力为防贫保的推动付出了艰辛的努力。副总经理雷大鹏在湖北部署安排了防贫保的具体推动工作后不久，调离湖北到甘肃担任一把手，副总经理胡书钦接过"接力棒"，继续推动防贫保的相关工作。为了切实落实防贫保的相关工作，胡书钦多次召开防贫保的相关工作会议，和每一家中支机构一把手面对面沟通防贫保的落实工作。陪着机构下乡入户，慰问了解农户，拜访基层扶贫办领导成了那一段时间的工作日常。在胡书钦的督导下，湖北全省的防贫保各项工作如火如荼地进行。

湖北分公司副总经理段丹晖分管农险业务，她对防贫保这种惠民的险种有天然的好感，对扶贫工作积极主动地推行。她在做好自己本职分管工作的同时，也多次参与和出席防贫保的相关会议，哪里有防贫保的拜访需求，她就去哪里协助拜访和沟通。

在下乡入户的队伍里，在机构拜访的队伍里，在防贫保的各种会议里，总是能看到刚从湖南调到湖北任副总经理的李锋的身影。为了支持防贫保的理赔工作，他把车险、非车险、农险的理赔人员组合起来联合作战，组建四级机构通用型理赔队伍，加强车险理赔人员的培训，配合防贫保的赔付工作。

作为湖北分公司的"财务总管"和"营运总管"，湖北分公司副总经理罗胜红，为保障防贫保的各项工作顺利推进，大力加强宣传、物料保障、理赔资金筹措等各项后勤工作，给予防贫保推广最大的支持。

截至 2019 年 12 月，湖北省已有 44 个县市签约防贫保。湖北省内 2 400 万农村人口中，防贫保的覆盖率已超过 60%，受保障人口达到 1 500 万，其中黄冈、孝感、荆州等地已实现了大面积覆盖。

到 2019 年 12 月 30 日，湖北分公司协助已开办防贫保项目的各地扶贫办整理了具体理赔流程，组织各地扶贫办举办防贫保宣导会超过 120 场，对驻村扶贫干部详解防贫保项目内容及具体操作流程，并现场答疑解惑。为加大防贫保知晓度，湖北太保在各县市乡镇印刷防贫保宣传墙体广告超过 900 面，并制作宣传单页和防贫保海报。

湖北分公司还组建了防贫保理赔突击队，在接到客户报案后，第一时间到达农户家中，现场收集资料并及时核算赔付，农户对党和政府的惠民政策深表感激，对湖北分公司提供的及时救助深表感谢。截止到 2019 年 12 月，湖北全省已有近6 000 多个返贫户得到防贫救助，还有 5 000 多个家庭等待扶贫办审核确认后予以救助。

2020 年脱贫攻坚战完成之后，湖北防贫保下一步如何推进？周厚钦有自己的思考。现如今防贫保在湖北已覆盖 1 500万人口，还有 900 万，力度不能减。一些县市区政府仍在试探观望，象征性拨一点款用作保费，不足以解决所在区域的减贫防贫问题。下一步要加强顶层设计，寻求政府支持。加快理赔进度，充分发挥好防贫保的作用。

目前，防贫保宣传力度和覆盖面还有局限，要加大宣传力度，让广大群众更加了解防贫保的功能，让临贫返贫群众能够主动申请。加紧未开办地区的拓展，提升防贫保覆盖率。加强与相关部门的交流，建立常态化沟通机制。发挥防贫减贫研究

第七章 国之本在家

院的作用，做好防贫保产品的创新升级。

为了在湖北总结推广好防贫保，2019 年 8 月，湖北分公司与湖北省扶贫开发协会成立防贫减贫（武汉）研究院，这是全国保险行业首家将防贫和减贫作为重点研究方向的研究院。该研究院的成立将对防贫保和"防贫减贫"工作进行深入研究，积极探索精准扶贫防贫长效机制，进一步推进防贫保险的创新和发展，为防贫减贫提供理论指导，具有重要的现实和战略意义。

非车险负责人孙海洋（中）到通城了解防贫保开展工作

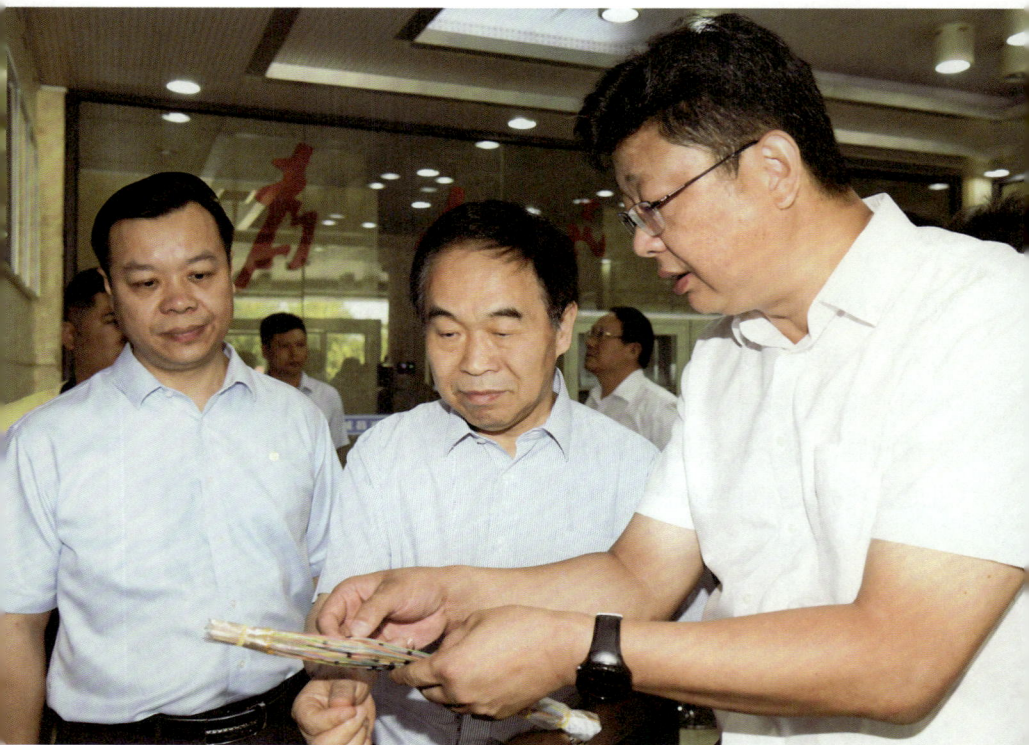

2019 年 8 月 20 日，中国太平洋保险防贫减贫（武汉）研究院成立大会在湖北省咸宁市通城县减贫防贫服务中心举行。湖北省扶贫开发办公室党组成员、副主任蔡党明，湖北省银保监局党委委员、副局长马全平，中国太保产险党委委员、非车险负责人孙海洋，湖北分公司党委书记、总经理周厚钦，中南财经政法大学知名教授刘冬姣等参加会议。

天下之本在国

孟子说过：天下之本在国，国之本在家。家国情怀，是一个人对自己国家和人民所表现出来的深情大爱，是对国家富强、人民幸福所展现出来的理想追求，是对自己国家认同的归属感、责任感和使命感。

2018 年 6 月初，湖北分公司总经理周厚钦一行到湖北省人民政府扶贫开发办公室，向省扶贫办汇报防贫保项目开展情况。当时，湖北省扶贫办党组书记、主任胡超文去省委参加会议，安排项克强副主任接待，听取了防贫保的工作汇报。

之后，项克强向胡超文主任汇报了周厚钦的来意。胡超文主任听完汇报后说："你们所说的防贫保，在脱贫攻坚中可以发挥巨大作用。我们做扶贫工作都深知防止返贫的重要性，防贫保就是用保险的形式将防贫关口前移，从源头筑起防火墙，正好与脱贫攻坚需求高度契合，我认为湖北应该力推。"

有了湖北省扶贫办的支持和高度认可，防贫保在湖北全省迅速呈燎原之势，实现了大面积覆盖，在全国所有省市中一枝独秀。湖北省扶贫办副主任蔡党明和崔先华也功不可没，在防贫保全面推开过程中，蔡党明奔赴通城县，崔先华奔赴兴山县，为防贫保的推广鼓劲。

2019年10月，湖北防贫保项目如火如荼开展时，青海省扶贫开发局局长马丰胜、副局长马正军带队，携青海省六州两市扶贫部门正职领导到湖北调研防贫保，学习湖北防贫保模式。

胡超文得知这个消息后，热情接待了青海省扶贫局马丰胜局长一行，双方交流了脱贫攻坚工作，并对防贫保发挥的积极作用给予了充分肯定。听说马丰胜局长一行要到通城县考察减贫防贫服务中心，胡超文主任当即安排副主任项克强陪同青海省扶贫局一行前往通城调研。青海省扶贫考察团认为，湖北通城县在减贫防贫工作中的积极探索，为他们开展精准防贫工作提供了有益借鉴。

2019年12月4日，青海省扶贫局在湖北调研后不到两个月，青海分公司正式签订防贫保合作协议，在全省推广防贫保。看到湖北减贫防贫工作的探索，能在其他省成功复制，胡超文非常欣慰，这意味着有更多在贫困线边缘挣扎的群众可以得到救助，可以挽救更多的家庭。

湖北的经验被青海采纳，胡超文在欣慰的同时也感觉到了压力，青海省是全省全覆盖，但湖北还有40%的农村老百姓没有得到防贫保的保障。因此，为了进一步推广好防贫保，巩

湖北省扶贫办主任胡超文（右一）在熊亚平书记（左一）和刘明灯县长（中）陪同下实地调研防贫保

固来之不易的脱贫攻坚成果，胡超文随后也马不停蹄赶到通城县调研。在听取了县委书记熊亚平、县委副书记兼县长刘明灯、县领导杨修伟等人的汇报后，胡超文走村串户到各地走访。

在大坪内冲瑶族村、北港横冲村、五里左港村等地，胡超文一行实地走访，深刻感受了通城县贫困村通过扶贫政策和措施发生的美丽蜕变。走进大坪南山新村集中安置点，一栋栋白色的楼房整齐排列，门前道路干净整洁，安置点里分田到户的菜园中，贫困户种植的蔬菜长得生机勃勃、绿意盎然。

贫困户是否真正实现了"搬得出、稳得住、能致富"？带着问题，胡超文走进安置点贫困户，详细了解贫困户生产生活和政策落实情况。在横冲小学和龙门村卫生院，胡超文与乡村教育、医疗工作者面对面沟通，了解政策落实和当前工作困难等方面的情况。离开通城前，胡超文专门实地考察了县减贫防贫服务中心，对通城县积极探索建立减贫防贫长效机制给予充分肯定。胡超文对熊亚平说："要举一反三推进脱贫攻坚工作，一定要总结好、推广好、运用好减贫防贫实践经验。"熊亚平表示通城县一定要扎扎实实做好脱贫工作，奋力夺取脱贫攻坚战的全面胜利。

湖北省扶贫开发协会第一次听说湖北分公司推出了一款防贫保险，就十分好奇，因为湖北是头一次为"卡外边缘户"和"卡内脱贫户"中的"三因"对象设立防贫保险。在深入了解了防贫保的相关情况后，协会一致认为这是一款真正能助力湖北地区脱贫攻坚的好产品。

2019 年 3 月 14 日到 4 月 4 日，湖北省扶贫开发协会组成专题调研组，由副会长黄波带队，就湖北分公司与湖北省政府扶贫办联合开展的防贫保工作进行了调研。

调研组先后到宜昌、恩施、孝感、荆门、黄石五个市州及所辖当阳、咸丰、鹤峰、安陆、京山、大冶、阳新七县市，通过对各地政府领导、扶贫办和太保机构座谈走访，进村入户对理赔户、村组干部进行面对面、表对户、户对人的跟踪访谈，现场查看勘查记录、理赔流程、凭证资料、审批报表、赔付情况等，对湖北省防贫保工作的运作模式、推进方式、实施效果、当地评价和反映建议进行了详细了解。

基于这些情况，湖北省扶贫开发协会副会长黄波、副秘书长洪绍华认真总结了防贫保五大现实意义：

一是导入保险机制，有利于防贫减贫长效机制的建立。我国 2013 年开始精准扶贫，2016 年打响脱贫攻坚战，取得的成就前所未有。在攻坚决战走向 2020 的历史性节点上，我们面临两大压力：一是收入不高不稳的脱贫户，极易返贫；二是临贫易贫的边缘户，一有变故即陷入贫困。据河北魏县和湖北省已启动的县市大数据分析，进入后精准扶贫时段，"边扶边增""边脱边返"有逐年扩大的趋势，他们绝大多数是"卡外边缘户"。如何巩固不高不稳的"已脱贫户"，如何解决他们本质上的贫困问题，不仅是 2020 年前要攻克的难点，同时也是 2020 年后必须长效解决的难题。在很多乡村，因病、因灾、因学返贫的人家总有那么几户，他们都是勤劳人家，他们不怕苦不怕累，就怕有场大病。现在有了防贫保，往后不担心一病拖垮一家。以保险的方式将扶贫关口前移，从源头上筑起致贫返贫的"拦洪闸"，为稳定、长效脱贫建立了一个好机制。

二是临贫框定、发生即赔的救助方式，有利于做到精准防贫。返贫家庭发生贫困的状况多为突发、不可预见，如果延续以往的行政识别办法，难以事前识别到人、防贫到户。湖北省签约防贫保的县市，均实行防贫对象不事前识别定户，而是以上年度末全县农业人口总数，按 10% 到 20% 的比例框定返贫人群，投保人数不事先记名，实行返贫发生后启动理赔机制。这一事后到人的办法，实际上覆盖了农村已经发生的返贫户。调查组对河北邯郸 18 个签约县市和湖北省先期签约县市统计，凡符合防贫保险条款的返贫家庭，都做到了应赔尽赔不落一人，实现了从大概率中摘取具体人，从农业人口中瞄准了临贫人口，从临贫农户中赔付了已经发生的贫困户。实践证明，这是查漏补缺的有效措施，是常态化、市场化管控增贫、返贫的有效办法。

三是社会力量参与防贫减贫，有利于降低政府扶贫成本，促进政府职能转变。保险是商业行为，谁来投？怎么防？调研组注意到，防贫保是不以营利为目的的保险项目。在整个防贫保工作流程中，不仅要做到规范、公开、公正，遇到山高路远的户，理赔人员开车、骑摩托，甚至步行爬山进村入户，非常辛苦。保险公司按保费一定的比例收取的运营成本入不敷出，以专业的人做了那么多专业的事，能保本就不错了，谈不上赚政府扶贫的钱。防贫保之所以不赚钱还能运行，除了企业责任之外，还得益于保险公司具有完备的运营机构和大批专业人才队伍。如果政府专门养这么一批人员来防贫，那将是不能承受之重，保险公司来做只是增加了工作量，并不会多增加人员和投入。

四是保险机制成为得力推手，有利于促进党和政府相关政策及时落地。精准扶贫开展以来，从上至下出台了许多优惠政策，其中多是针对建档立卡的"卡内贫困户"的特惠政策。而防贫保的对象多是"卡外边缘户"，仅能享受农村普惠政策。但无论卡外卡内，政策落实仍有不知晓、难到户问题。而防贫保在设计上，要减去已享受政策报销费用，确定个人最后自付费用，超出部分按比例赔付。这就倒逼理赔人员在支付赔偿前，必须查实已报销费用。对于不知晓或无凭据的返贫户，理赔人员与他们一起到村委会、有关部门和医疗机构核查补办，全部凭证搜集核查完成后，七个工作日赔付款到位。通过上述流程，一步一步引导查勘人员学政策，用政策，推动各项扶贫政策落实，实现享受政策不落一户。

五是公开评估、公正处置，有利于化解矛盾，促进社会和谐。调研组注意到，建档立卡的贫困户享受众多扶贫政策，而"卡外户"则被边缘化，甚至出现同在一村一组，同类经济现状，所得实惠天壤之别的现象，而且越到攻坚后期，这种差距越来越大。如2016年就在全省率先脱贫摘帽的湖北省大冶市，原定贫困人口3.1万人，在第二次精准识别回头看时，按省定比例将"卡内贫困人口"缩减到1.7万人，导致原定的1.4万人被剔除到"卡外"，他们原本与"卡内户"相近相似，但在以后的帮扶中却渐行渐远。2016年第三方评估机构抽样入户调查时，回答问卷不满意的，全是"卡外边缘户"。随同调研的村干部反映，这样的差距如果任其扩大下去，在农村会造成新的不公和不平衡，容易引发新的攀比和矛盾。好在已经有了针对"卡外边缘户"的防贫保，为他们送来了政府的扶持和帮助，缩小了贫困户与临贫户的差距，在一定程度上缩短了正在扩大的贫富差距。

国计民生

在中国的文化语境中，"民生"一词最早出现在《左传·宣公十二年》，所谓"民生在勤，勤则不匮"。

所谓民生，简单说来就是人民的生计。历代统治者，重视民生疾苦的不在少数，国家轻徭薄赋，使老百姓休养生息。而当今中国的这场脱贫攻坚战，核心就是民生。

在全国各分公司中，与政府相关的业务部门多数叫政保部，而在湖北分公司却叫民生保障部，听起来高端、大气、上档次。

民生保障部是湖北分公司为进一步开展服务国计民生项目，专门成立的一个公司业务管理部门，可以说成立的初衷就是推广防贫保。在周厚钦看来，防贫保是惠及百姓的民生保险，成立民生保障部可以专心致志推广防贫保。为此，2019年初他选调了非车险业务管理部总经理卢日刚担任民生保障部总经理。

三十多岁的卢日刚是湖北黄石市阳新县人，毕业于中南财经政法大学金融学院，在学校里学的就是保险方向，从2007年入职湖北分公司之后，十几年的实践经历锻炼了他的创新意识和沟通能力。

防贫保是政府项目，要推广首先要到政府机构拜访，想让

湖北分公司民生保障部总经理卢日刚和他的同事到基层慰问贫困群众

防贫保在湖北省各地市落地，加大宣传力度让政府主管部门和广大群众了解防贫保的功能，尤为重要。

怎么让政府和百姓理解并接受防贫保？一是提升保险机构主要负责人的拓展意识；二是普及防贫保险理论知识；三是加强与主管部门的沟通，做好宣传解释工作。

怎么在全省推广开来？卢日刚带领部门员工分成四个小组，集中时间深入各市县中国太保产险中支公司和支公司，把所有机构内部人员先培训一遍，再根据业务机构的需求，分组安排分批去到一线，去有需求及意向的各县市区相关部门，一家家进行宣传讲解。

湖北省所辖的十堰、恩施、黄冈、咸宁等地的县市，多为交通不便的深山区，每次出行需要火车、汽车甚至步行等多种方式，工作安排必须紧凑，时间都要计算周到，让出行的效率最大化。

在防贫保推广的过程中，卢日刚和他的同事们走遍全省大半的县市区，拜访了湖北省百余家政府相关部门。在十堰推广防贫保的过程中，卢日刚受邀在县委常委扩大会上，详细解释防贫保险的来龙去脉。面对政府各部门领导，他用当地医保部门提供的近两年医疗数据进行了分析，让大家一目了然地看到处于贫困边缘的人口数字和贫困发生概率，接着又分析了利用防贫保险进行兜底保障的效果，受到了与会人员高度赞同。

用民生保障部副总经理刘荣华的话形容："卢日刚不是在回公司的路上，就是在出差的路上。"有时候，两人一起出差途中，卢日刚经常接到女儿的电话。

"爸爸，你啥时候回来？"

"你回来陪我吃饭吧？"

"爸爸，我好久没看见你了。"

听着女儿的声音，卢日刚总觉愧疚，虽然他总把"女儿是爸爸的小情人"这句话挂在嘴边，可是他欠女儿的太多了。他的女儿只有五岁多，因为身体素质差，特别容易感冒发烧咳嗽。

2019 年 3 月，正逢防贫保险宣传拓展的紧要关头，他每天不是在公司开会就是在机构陪同展业。那天，正在机构宣讲的时候，他接到妻子的电话，说女儿高烧多天不退，需要立刻住院。听到消息，卢日刚真如五雷轰顶！处理完机构的工作出差回来奔到医院，夫妻俩抱头痛哭。

因为女儿身体不好，父母年迈无法帮忙照顾孩子，卢日刚的妻子辞去工作专职带娃，可是，因为卢日刚经常出差，每次都是他妻子一个人陪护。女儿住院了，可卢日刚已经约好几个地方政府部门领导要去谈业务，时间早已定好，推掉了失信于人。妻子见他为难，理解他工作太忙无法陪伴孩子住院，在卢日刚离开的时候，隔着窗户默默朝着他点头。

在推动防贫保工作中，民生保障部的副总经理刘荣华负责核保风控与沟通协调工作。在卢日刚带队马不停蹄在外奔波宣传的同时，刘荣华也带着杨静如、鲁潇、肖瑶、罗澜、周荣华、宋雨谦等年轻同事们，负责与总部和基层机构协调沟通。就像作战过程中，卢日刚在前线攻城略地，拿下城池后所有后续的城市建设管理工作，都由刘荣华带领团队完成。正是有这样紧密细致的分工合作，防贫保才能扎扎实实在湖北省开花结果。

第八章

乡村国是

李伍才的蘑菇战

国家的事情有大有小，都是国事。但"国是"并不是一般的国事，而是治国的大政大策，脱贫攻坚不但是"国是"，而且是举国皆动之大事。国家的大政方针很明确：脱贫路上不落下一个人。

阳光普照大地，不能错过任何一个角落。

贫困地区通常与"老少边穷"四个字息息相关，湖北省咸宁市通城县位于湘鄂赣三省交界处，是省定幕阜山片区贫困县，全县总面积 1 140 平方千米，总人口 53 万，农村户籍人口 39 万，2014 年全县贫困发生率 26%，也就是说，这个县四分之一的老百姓是贫困户。

到 2019 年底，通城县贫困发生率降到了 0.26%，没有脱贫的只有 498 户 1 171 人，达到了全县整体摘帽的标准。山乡巨变的原因很多，防贫保在其中发挥了重要的作用。

但防贫保落地咸宁市通城县的过程，可谓一波三折峰回路转，既在情理之中又在意料之外，跌宕起伏堪称一部大片。在这部大片中，最先出场的男一号叫李伍才，是通城支公司经理。

2018 年 10 月 10 日，湖北分公司与湖北省扶贫办联合下发《湖北太保产险防贫保工作实施方案》之后，咸宁中心支公司与咸宁市扶贫办也联合发文，向各县推广。李伍才拿着红头文件，兴冲冲地跑到通城县扶贫办去汇报。

43 岁的李伍才是通城县大坪乡人，兄弟五人，他在家排行老小，却是家里说一不二的人物。李伍才此前的人生经历很传奇，高中毕业后自学考上大专，开过大货车，在通城县做过煤炭生意，最红火的时候也有千万家产，在当地算是数得着的风云人物。

风云人物的人生一般都跌宕起伏，李伍才的人生也是如此。因为政策调整，加上经营不善，李伍才的千万家产很快变成两手空空。没了钱，也就没了生意，也没有多少人理他了。从人生巅峰跌落到平地，李伍才一下子失去了方向，消沉了一段时间。父母兄弟看在眼里，急在心里，可也毫无办法。看着年迈的双亲，李伍才突然意识到这么混下去也不是事儿。

　　听说保险公司招聘查勘员，他仗着在通城地面上熟悉，就去应聘查勘员。通城支公司负责人知道李伍才是走投无路才找过来的，根本不想要他，但李伍才说："我不要工钱，白给你干，你管饭就行。我就是想试试，我李伍才还能不能干正事！"当时的负责人看到李伍才坚决的样子，决定还是给他一个机会。

　　李伍才到公司一年后，完全像换了一个人，不但做好本职查勘工作，还利用原来的人脉关系，大量拓展业务，年底一结算，李伍才一个人竟然完成了通城支公司全年的一半业务。负责人对李伍才说："你这么能干，我是不是应该上报到咸宁那边，给你升职做我的副手啊？"

　　没想到李伍才一口回绝："我不干，我当个业务员就挺好啊，自由自在地赚钱，我可不愿管一摊子事儿。"

　　李伍才就这么当了好几年业务员，业务没少做，收入也不错，就是不愿意当官。后来公司业务分为寿险和产险的时候，通城需要找个产险支公司的经理，咸宁中心支公司副总经理宫贵平来通城考察之后，力荐李伍才担任通城支公司的经理。

李伍才刚开始还不想干，宫贵平说："想做事，就要敢于担责任。"

李伍才家在通城县城边上的大坪乡，这个县是贫困县，离县城最近的大坪乡也是贫困乡，李伍才的父母兄弟亲戚朋友都在农村。现在上面要求推广防贫保业务，他看到防贫保是"政府主导、社会经办，框定人数、总额投保，个户申请、政保联审，约定盈亏、年度核算"的模式，这对贫困乡亲来说是件天大的好事，这样的好事他怎能不积极呢？

李伍才立即拿着材料来到通城县委大楼，登门拜访分管领导。通城县委县政府的办公楼虽然位置在县城中心，但却是二十世纪六七十年代的老楼，不是漏风就是漏水，被包围在一片新楼房之中。县里贫困的帽子一直没摘掉，也就没钱盖办公楼，凑合着用到了现在。

李伍才见面就把防贫保的宣传单递给分管领导，介绍防贫保产品的可行性和优越性。听完李伍才的介绍，分管领导说："你说的这个事是好事，但得讨论讨论再说。"

一个新项目从开发上市到运用，都会有一个认识跟接受的过程，这个道理李伍才懂也理解。防贫保涉及民政、医保、卫健、交管、教育、应急等多个部门，为争取各部门的支持，他要到相关部门去游说。

李伍才来到县扶贫办见领导时碰了钉子："什么叫防贫保啊？"

李伍才急忙把市里的文件递上，解释说："是一种创新型防贫保险，这是市里的文件。"

扶贫办的领导当即顶了回来："你说得好听，会不会是又来骗政府的钱啊？不做。"

李伍才连忙辩解："领导，我们是企业，这里还有市里的红头文件，怎么能骗政府钱呢？"

扶贫办领导见多识广："那谁知道啊，我们要开会了，你走吧。"

李伍才不得不走，他一边走一边自言自语着："保险公司怎么会骗政府的钱呢？把我李伍才当什么人了？"

原来，两年前有家保险公司以扶贫为名，说得天花乱坠，向政府要了一笔钱，最终却没有达到预期效果，弄得政府有苦无法说。一朝被蛇咬，十年怕井绳。从此通城县委县政府领导和扶贫部门落下了病根，再也不愿意跟保险公司打交道，一听说保险公司上门，从内心就抵触三分。李伍才遭遇这种情况也在情理之中。

在这种背景下，要在当地开展防贫保注定困难重重，但李伍才当时哪知道其中的内幕呀。不过李伍才有自己的主意，从那之后，他天天准时来到县扶贫办报到，坐在办公室磨领导。领导经常整天开会，白天开会没空，晚上开完会总有空闲吧，李伍才就守在政府门口等领导散会。

李伍才守的是前门，有时领导散会从后门走了，他还一直守在门口，守到半夜 12 点，见整个楼里漆黑一片，这才明白今夜又是白等。但李伍才有股韧劲儿，他像颗钉子一样，就这样牢牢地盯着领导，无论领导去哪里他就像跟屁虫一样跟着。

就这么磨了两个多月，领导们一来二去被他的坚持与精神所感动，觉得李伍才是见过钱的人啊，他就是来骗政府的钱也没这个耐性啊，何况他是本乡本土的人，骗了政府的钱也跑不出通城县。

最后，扶贫办徐书记安排上会讨论，第一次会议大部分人不同意，有人说："这事保险公司肯定合适呀，旱涝保收，只赚钱，不赔钱，政府只能给钱。"会议讨论的结果可想而知。

第一次"流产"后，李伍才并不气馁，仍然天天来拜访，上会，否决，再上会再否决。三番五次下来，扶贫办的领导也被他游说得基本同意了，政府各部门都被李伍才磨得没了脾气，开会决定勉强同意搞一点儿试一试。

就在李伍才觉得大功告成的时候，领导突然对他说："你说的这职能调给卫健局了，其他部门都管不了，你去找他们吧。"

两个月的奔波等于白忙活，一句话把李伍才指到卫健局了。李伍才只好来到卫健局找领导，一切还得从头开始。

"什么叫防贫保，干什么用？"卫健局领导问。

李伍才把防贫保的功能作用讲给领导。还没等他讲完，领导下了逐客令："研究下再说，我马上要开会。"

李伍才把防贫保的资料和自己的名片送上，就离开了领导办公室。两个月前同样的困难，又在卫健局重新上演了一遍。

李伍才觉得空口白牙说起来没有什么力度，他就调取了通城县近几年的医疗数据，连续三天三夜整理出 80 多万条医疗数据，他把这些数据拿给卫健局领导解释说："通过这些大数据能找到急需的救助对象，还能估算出政府一年大概投入多少资金就能达到减贫防贫目的的。"

李伍才企图依据大数据来说服领导，但领导答复说："我们研究下。"

李伍才在卫健局磨了一个多月，终于等来领导的拍板："你弄个方案出来。"

李伍才急忙起草方案，方案拿到领导面前，领导看了之后给了好多修改意见。修改完呈上去，卫健局领导又安排其他有关人员看，方案一遍遍修改，最终经过前后十八次修改才勉强通过，也签订了防贫保合同。

李伍才觉得，这应该是板上钉钉的事了吧。结果，还没等资金拨付到位，拍板决定的卫健局局长突然调走了。这就意味着，要让新上任的局长重新了解这个项目，并且同意后才能实施。

"行，大不了从头再来。"李伍才又开始游说新上任的局长。经过多次汇报沟通，保费终于入账了。

钱进了公司的账，这下没问题了吧。当李伍才庆幸好事多磨的时候，负责防贫保的职能部门又从卫健局调整回了扶贫办，艰难地转了一圈后又回到了起始点，并且徐书记告诉李伍才："领导说这个项目暂时搁置，要重新上会讨论后再办，你可不能动那笔钱啊，动了算贪污，得坐牢。"

竹篮打水一场空，搞不好还得坐牢，这算什么事啊，李伍才欲哭无泪。那段时间，李伍才被折磨得几近崩溃，干脆给自己放一天假调节下情绪。李伍才背着鱼竿去水库钓鱼了，把鱼钩往水里一甩，一切烦恼不开心就都抛到了脑后。

李伍才足足过了一天的钓鱼瘾，晚上回来，把鱼竿一放，继续苦思冥想如何去说服领导。直到两个月后，通城县委熊亚平书记拍板，防贫保项目才得以实施。当然，这其中有湖北分公司总经理周厚钦的功劳，更有咸宁中心支公司副总经理宫贵平的功劳，在这里先按下不表。

自从防贫保落地通城后，李伍才压力就大了起来。之前，他几年也见不到县委书记一回，现在防贫保是个大事，三天两头就被县委熊亚平书记叫过去问一下，没有星期六也没有星期天，从没好好休息过一天，老婆孩子都很不理解。李伍才就告诉老婆："没事你就带着孩子一起到广场看喷泉。"

老婆疑惑地问："看喷泉干什么？"

"你看看就会明白。"李伍才跟老婆打着哑谜。

老婆带着孩子去广场看喷泉了，除了场面很热闹壮观外，老婆没发现别的什么，就回来问他："让我们看喷泉，去了没看出什么呀。"

"漂亮吧？"

"漂亮好看。"

李伍才的回答很哲学："喷泉之所以漂亮，是因为有了压力。瀑布之所以壮观，因为它没有了退路。水为什么能穿石？是因为它永远在坚持，人生也是这样！"

老婆没想到李伍才能说出这么有哲理的话，但却理解了丈夫的苦衷。其实，李伍才也是跟熊亚平书记一起工作久了，从熊亚平那里听来的，就用在老婆身上，没想到一用还挺好使。

防贫保推广过程中，李伍才中途几次想放弃，但防贫保能在通城县实施，对自己的父老乡亲是好事，对脱贫攻坚也是好事。李伍才的老家在农村，他妈妈就是在家里贫穷的时候患脑出血去世的，他知道返贫后没钱的难处。他经常见到那些因病、因灾、因学致贫的家庭求助无门那种无助的眼神。别看他是个大男人，最受不了这个。

防贫保落地通城后，李伍才就忙了起来。

李伍才（中）接受返贫户的咨询

　　2019 年 9 月 18 日，李伍才、王素、吴琼到县城隽水镇郑文通家中进行入户调查。先看住房，因为郑家的老家房屋要倒塌，2008 年由四户人家合资买地建造六层楼房，郑文通和妻子王玉玲一家住四楼，面积约 130 平方米，内部装修较陈旧，房顶角落因常年雨水浸润导致发霉长斑。

　　2019 年 7 月 29 日，郑文通、王玉玲和儿子一家到外地走亲戚，返回途中经通山至崇阳白霓桥地段时，小轿车因右后轮胎突然爆裂而失控侧翻，造成驾驶人也就是郑文通的儿子郑英豪、坐在前排副驾驶的儿媳吴雅两人轻微伤，其余四人重伤。

　　因为一场车祸，全家医疗费花掉近 40 万元。更要命的是，这辆二手车只买了交强险，没买车上人员座位险，车险无法赔付。这场车祸，毁掉了一个小康之家。

李伍才的调查非常详细：这个家庭的户主是老父亲郑文通，1950年生，农民；母亲王玉玲，1951年生，退休教师；儿子郑英豪，40岁，在县城的建材市场上班，每月收入5 000元；儿媳妇吴雅37岁，在县城的建材市场上班，每月有3 000元左右的收入；两个孩子在校读书无收入。

综合考量后，李伍才签署了理赔建议，经评审团评议、公示后，报县减贫防贫服务中心审批。之后，通城支公司防贫保划转救助款项，把9 817元打入郑文通的银行卡账户。

从入户核查到拿到赔付救助金仅十天时间，速度之快令郑文通一家感动。郑文通老汉紧紧握着李伍才的手，感激地说："谢谢政府！"

防贫保在通城开展以来，作为第三方公司的工作人员，李伍才做到了问心无愧。入户核查，他不拿老百姓的一针一线，不抽老百姓一支烟，公平公正地去反映百姓需求，做到不惜赔、不乱赔，真正做到两个精准，即因灾、因病、因学的救助对象精准，因灾、因病、因学的赔付救助金额精准。在入户途中，有人给李伍才下跪过，也有人恐吓过，也有人到公司要死要活地闹过。在半年多的时间里，李伍才入户调查1 828户，经过他专业细心的解释，群众也都基本满意，并自发送来了感谢信和锦旗，多得墙上都挂不下。看到这些锦旗，他和员工心里倍感安慰。

四庄乡大溪村减贫防贫民主评议会记录

评议时间：2019年10月20日　　　　评议地点：村会议室

参加评议的各级干部：何湘江．王洪．
王书高．梅田洲．王刘．罗亮

参加评议的村民代表：刘乡法．戴一怡．沈秀凤．江成
沈锦蜂．沈坚碰．王永强．刘同木．刘湘鸥．王玉元．胜铁英
金育诚．李进良．东雄文．卢火艳．江保停．罗亮．陈玉刊．王高文．周

主持人：王书高　　记录人：罗亮

评议内容：郑进明的一家6口人同在高速上发生车祸．重伤4人．
医院住院花费12千万元．民主评评是否达到因病返贫的标准．

王玉妍
投票结果：(郑进明)得票　70　；

决议：本次会议应到 75 人实到 70 人，根据评议及表
决结果，同意拟将 王玉妍郑进明) 　　　　　等人作为因
病（因灾、因学）致贫（返贫）救助对象。待公示5日群众
无异议后，报乡镇审核；乡镇收集通过公示的名单，报县减
贫防贫办公室（通城县减贫防贫服务中心）审批。

根据评议及表决结果，_____等
人不符合因病（因灾、因学）致贫救助条件。

参加评议人员签名（按指印）：刘　戴　沈秀
刊．刘湘．罗亮．东雄文．王　陈　车
江　沈雄雄．王强．金诚．卢艳．
沈　王
周

注：此_____件由村委会留存，乡镇、县减贫防贫办公
室（通城县减贫防贫服务中心）留存复印件各一份。

这是村里组织的减贫防贫评议记录

宫贵平的情报

说完李伍才，接下来该说说宫贵平了。

"80 后"的宫贵平是咸宁中心支公司副总经理，湖北随州人，在农村长大，父亲是村干部，母亲是小学老师，咸宁财校毕业后就入职保险公司。

在参与防贫保推广之前，宫贵平在咸宁中心支公司分管车险，2018 年分管非车险的时候正巧赶上推广防贫保，这重担就落在了她的肩头。见李伍才推广防贫保遇到阻力，认为自己作为上级主管的她责无旁贷。

李伍才是她力荐担任通城支公司经理的，推广防贫保遇到阻力的时候求到她，她当然得出面。她找过通城县的一位领导，对方一口回绝："不做。"

在通城宫贵平不认识其他人，她找到咸宁市扶贫办领导汇报，希望上级能督促通城主管部门让防贫保尽快落地。

在市里领导的推荐下，通城县委县政府专门召开常务会议讨论研究防贫保问题。举手表决时，参加会议的县委常委都举手反对防贫保在本县落地。主管扶贫工作的一位主要领导建议说："尽管常委会一致反对，但市里有要求，一点不搞也不好交代，就拿 100 万试试吧。"

通城县集老区、山区、库区、边区于一体，这 100 万无疑是杯水车薪。但最后的结果是这 100 万也搁浅了。

这个消息把通城支公司经理李伍才急得嘴上都鼓起了血泡，宫贵平也着急，但都束手无策。谁知，一个契机加速了防贫保在通城的迅猛发展，这是令宫贵平和李伍才始料不及的。

湖北省的一位领导到通城县视察工作，在与县委县政府领导座谈的时候，县里领导就跟这位领导反映说，保险公司跟上面搞好了关系，来下面市县挣钱，非要推广什么防贫保，明摆着就是骗钱，这样影响不好。

事后这消息传到了宫贵平耳朵里，她有种被误解的感觉，心里委屈得不行。推广防贫保是全国扶贫防贫的大势所趋，是利国利民的好事，是公司与政府合力打造的一项惠民工程，怎么成了来赚钱呢？显然，说这话的领导不了解防贫保，作为咸宁中心支公司的副总经理，她觉得有责任更有义务向领导当面解释清楚以消除误会。

县委书记熊亚平是一把手，如果能做通书记的工作，开展工作就会顺利很多。有了这个想法后，宫贵平立刻联系李伍才，李伍才一听马上摇头，叫苦道："宫总，我在通城也就能找个县里的副职，根本没机会见到县委书记呀！"

宫贵平知道李伍才说的是实话，她回复说："那好，我来想办法。"

别看宫贵平是个女同志，却有股不撞南墙不回头的犟劲，认准的事就会义无反顾地去做到底。宫贵平折腾了半天也没找到能联系上熊书记的接洽人。

那几天宫贵平有些郁闷。但功夫不负有心人，几天后宫贵平去市政府办事，闲聊中她意外得到一个消息，听说熊亚平书记在中央党校学习时，与河北省魏县县委书记卢健是同学。河北魏县正是防贫保的发源地，他山之石可以攻玉，如果真如此，那就真是太有缘分了。

宫贵平再次动用自己的关系来证实这条信息的准确性。经过反复的验证最后确认，熊亚平书记在中央党校学习期间，与河北省魏县县委书记卢健不但是同班同学，而且两人宿舍紧挨着，平时关系非常密切，还都是踏实干事的基层父母官。

宫贵平还了解到，熊书记对魏县扶贫脱贫取得的成效比较了解，但对防贫保的情况并不了解。有了这些信息，就足够了。梳理完情况的那一夜，宫贵平兴奋得彻夜难眠。

宫贵平要来熊亚平书记的手机号码，开始策划如何与熊书记联系见面。她先是尝试着给熊书记打电话，对方没人接听，随后她给熊书记发了条短信："熊书记您好！我是咸宁中心支公司副总经理宫贵平，我有重要事情需当面跟您汇报，方便时请联系我，谢谢！"

"什么事？请讲。"熊书记立即回了短信。

咸宁中心支公司副总经理官贵平（左一）
拜访通城县扶贫办徐主任（摄影：刘建平）

"还是当面跟您汇报好。事情急，希望能尽快安排见面时间，谢谢！"宫贵平回复道。

但是，工作繁忙的熊亚平并没有再回复。

2019年3月27日上午，宫贵平再次给熊亚平书记打电话说："您好熊书记，我是咸宁市保险公司的宫贵平，给您发过短信。"

"什么事？"熊亚平很谨慎。

"我有重要事情需要当面跟您汇报，想尽快见到您，希望能安排时间。"宫贵平态度诚恳。

"我很忙，没有特别时间，最多给你5分钟，下午3点来吧。"说完，熊书记挂断电话。

宫贵平没想到熊书记答应得这么痛快，而且就在下午。她马上开车从咸宁朝通城县城赶，中午连饭都没顾上吃。路上，宫贵平反复琢磨如何跟熊书记说，前几次发短信打电话她只是说有重要事情当面汇报，防贫保半个字也没敢提，她怕提了之后，连跟书记见面的机会都没了。见面后从哪个角度提？如何引起书记的兴趣？分寸和火候必须拿捏好，否则前功尽弃。宫贵平思量着每一个细节，不敢懈怠。

宫贵平在下午2点之前到达县委时，李伍才经理已等候在县委门口。两人在门外悄声商量着见面时的每个细节，一直等到下午3点，两人在排队人员中加了个塞，才进了熊亚平书记办公室。

熊亚平强调说："说好了，只有5分钟呀。"

宫贵平落座后，从防贫保产品的特点介绍，政企合作的好处优势，对百姓的帮助和为政府分忧娓娓道来，之后她点明来意说道："熊书记，防贫保是我们公司跟河北魏县政府联合创新的一种新型防贫模式，魏县的卢健书记他们搞起来的，现在全国都在推广……"

一听到魏县，一直靠在椅子上的熊亚平一下子坐起来，眼睛一亮，打断宫贵平问道："魏县搞的？你们去过魏县？"

"熊书记，我们没去过魏县，但我们湖北分公司领导带好多人去过，省里扶贫办的领导也去过，有些县里的领导也去过，我们公司去年还在那里开过全国防贫保推广会呢。"宫贵平实话实说。

"你们不早说啊，魏县的卢健书记跟我是中央党校的同学，他们那里搞了精准防贫中心，我早就想去看看呢。"熊亚平一听来了兴致。

宫贵平一看火候差不多了，连忙建议说："熊书记，其实咱们通城也可以搞个这样的防贫中心。"

熊书记直视着宫贵平问："你们能做吗？"

宫贵平："能呀！"

熊书记："能做好？"

宫贵平："当然没问题了！"

熊书记追问："你能做主？"

宫贵平："这么大的事我可做不了主，可以请我们省公司的总经理周厚钦来定。"

熊亚平迫不及待地说："好呀，那就约个时间跟你们周总谈谈。"

宫贵平接着说："省公司领导那边我来帮着约。熊书记，您看您什么时候方便，我们想请您一起去河北魏县实地考察下防贫保。"

"好，我尽快安排。"熊书记爽快地答应。

原定 5 分钟的见面，最后谈到 35 分钟才结束。接下来，宫贵平开始帮助熊亚平筹备组织去魏县考察。

这次学习考察为期两天，从咸宁坐高铁到河北邯郸要四个小时的路程，往返加在一起就是八个小时，宫贵平为这次考察做了精心的行程安排。

两天考察结束后，他们再返回咸宁的时候，宫贵平、李伍才与熊书记一行不再陌生，彼此已成为熟悉的朋友。

学习了魏县的经验后，防贫保在通城迈入一个崭新时代。

2019 年 4 月底，在熊亚平书记和周厚钦的策划之下，通城县防贫减贫中心开工，宫贵平每周两次赶来现场督导，但仍然放心不下。

宫贵平不可能天天守在通城的施工现场，她不在的时候，每天早、中、晚三个时间段必给熊书记打电话跟进协调工程进展情况。问的次数多了，熊书记就有些烦了，回复说："你不要再打电话了，我安排专人在做呢。"

"熊书记，我是着急不放心！"

"我知道，我也着急。"

尽管熊书记不让再打电话，宫贵平还是照常一天三遍电话不误，一直到 6 月 20 日通城县防贫减贫中心全部竣工。宫贵平之所以这么盯着熊亚平，是因为她知道熊亚平和自己一样，都是干事业有胸怀的人。

在咸宁市委市政府、市扶贫办、市金融办、各县区政府等有关部门的大力支持下，在宫贵平的努力下，咸宁所辖的咸宁高新区、赤壁市、嘉鱼县、通城县率先启动防贫保项目，与公司进行战略合作。截止到 2019 年 12 月，咸宁市入户调查累计 1 962 户，符合赔付标准的有 231 户，支付防贫保救助金 433.35 万元。

一枝一叶总关情

通过到河北魏县实地考察学习，熊亚平书记深切感受到防贫保给政府和临贫返贫群众带来的好处。如果之前他还在犹豫怀疑的话，那么通过宫贵平的催促和到魏县的实际调研，他真正下了决心。

熊亚平是有情怀的人，他的老家在农村，小时候在咸宁市咸安区农村长大。到通城任职后，他坚持每月一次接访，接触最多的是群众反映因病、因灾、因学而致贫返贫的问题。而他也清楚，民政部门救助一次也只不过三五百元，实在是杯水车薪，无法从根本上解决贫困问题。作为通城县的父母官，他经常思考这个问题：怎样才能彻底地斩断穷根，使这些百姓真正走出贫困呢？

熊亚平很喜欢郑板桥的一首诗："衙斋卧听萧萧竹，疑是民间疾苦声。些小吾曹州县吏，一枝一叶总关情。"他觉得，封建时代的官吏尚有这样的认识，今天我们共产党人应该比这个思想境界高得多。

通城县素有"茶叶之乡""牲猪之乡""建筑之乡""云母之乡""砂布王国""天然药库""鄂南明珠"的美誉，但由于位置偏远，这些产业规模都不大，税收也不多，县里财政很拮据，根本拿不出多少钱来投入扶贫防贫中。熊亚平有时也感到力不从心，想办事却没有钱。这个时候防贫保来了，如果政企合作能防住沙漏一样的返贫致贫，那可是为民服务的好事情呀。熊亚平下定决心，要利用这个机会大干一场，早一天摘掉通城的穷帽子。

从魏县学习考察回来后，熊亚平努力打造具有通城县地域特色的防贫模式，对魏县模式进行大胆创新。熊亚平与通城县支公司最后确定的创新模式，体现在五个方面：

1. 全县人群全覆盖，不限于农村人口，还包括城镇人口。

2. 资金来源不限于财政资金，整合各方面的资金，尤其是吸纳社会资本进入，包括爱心人士的捐款等。

3. 成立管委会，建立多方共管的新机制，吸纳社会各界人士参加，包括爱心人士、企业代表等九个层面的各界代表。

4. 输血与造血并举，引入产业扶贫，为返贫人员提供工作岗位，到扶贫微工厂、扶贫车间上班，给予创业贷款、扶贫小额信贷。

5. 成立扶贫中心，全程公开办事程序，确保公平公正。

熊亚平提出这五条之后，还提出了一个要求，请宫贵平邀请湖北分公司总经理周厚钦到通城来一趟，就有关问题最后敲定一下。

外人眼里的湖北人都是九头鸟，很精明，但身为湖北人的宫贵平可没多想熊亚平的真实意图。她立即电话报告湖北分公司总经理周厚钦："我是咸宁的宫贵平，我们已与通城县委熊亚平书记洽谈防贫保的进展情况，想邀请您来通城最后拍板。"

"太好了，你们辛苦了！什么时间？"周厚钦回复。

"约的是 4 月 10 日下午。"宫贵平把约定的时间告诉了周厚钦。

"好的，我和刘荣华总一起去。"一听说是防贫保的事情，周厚钦的回答十分干脆。

2019 年 4 月 10 日，一股寒流突袭湖北，当地人都耐不住透骨寒的冷风，纷纷穿上刚换下来的羽绒服。而周厚钦出门的时候仍按广东的习惯，穿着单薄笔挺的西服，带刘荣华等人从武汉乘坐火车先到咸宁赤壁，然后从咸宁赤壁转车到通城，一出赤壁站台，周厚钦就连打几个喷嚏，当时就冻感冒了。

当天下午，在通城县委、县政府老旧的办公楼里，在熊亚平书记窄小的办公室内，外面凄风冷雨，室内温暖如春，周厚钦与熊亚平一见如故，相谈甚欢，很快达成共识。一位是中国太保产险省公司的一把手，一位是县里的一把手，两位当家人设想谋划着防贫保在通城落地的宏伟蓝图：要做就做全国性的创新！

熊亚平拍板说："把好事办好，办出特色，办出水平，政府拿出 300 万，成立全省第一个县级减贫防贫中心。要在河北魏县模式的基础上再创新、再发展，做到防贫保 + 民政救济 + 慈善帮扶的三合一。"

"这个创举好。熊书记有魄力！"周厚钦赞不绝口。

"办减贫防贫中心，县里有场地，但装修缺钱啊。"熊亚平望着周厚钦，终于试探着说出了困难，实际上也是对周厚钦的试探。

　　没想到周厚钦一点磕巴都没打，爽快地说："你出场地我出钱，装修资金我们公司出，咱们珠联璧合，大干一场。"

　　"太好了！"熊亚平没想到周厚钦这么痛快，两人当场拍板。

　　实际上，周厚钦来通城之前就早已设想，如果在这么穷的通城能推开防贫保，将起到一个很好的示范作用。一听熊亚平书记希望公司帮助装修防贫中心，满打满算也花不了多少钱，

周厚钦到通城县与熊亚平书记洽谈防贫保推动工作

周厚钦便爽快地答应下来。两个具有家国情怀、实干与创新精神的中年男人，就这么愉快地确定了合作。

至此，防贫保在通城迎来阳光灿烂的日子。2019 年 6 月 28 日，通城县成立全省第一个减贫防贫服务中心。省扶贫办政策法规处副处长夏智，湖北分公司总经理周厚钦，通城县委书记熊亚平，通城县委副书记、县长刘明灯等参加了简单的揭牌成立仪式。

通城县减贫防贫中心的成立，为建立减贫防贫长效机制做出有益探索。通城县减贫防贫中心设在县政务中心，作为县扶贫办的二级机构，县里特批了 3 个事业编制，与公司联合办公。而通城县的政务服务和大数据管理局就设在减贫防贫服务中心楼上，办事核查都很方便。

湖北省通城县减贫防贫服务中心成立后，与河北省魏县精准扶贫防贫中心一南一北，遥相呼应，相得益彰，在全国减贫防贫战线宛如两颗璀璨的明珠熠熠生辉，闪烁着夺目光芒。

通城县减贫防贫服务中心成立后，到 2019 年 12 月，已接待 12 批次全国及省市各级领导考察参观团。如今，通城的防贫保经验已经在青海省等地进行了成功复制。

通城县的防贫保对象主要来自两个方面：一是申请申报。乡村申报、驻村干部申报、个人自己申请，都可以。二是大数据监测发现。主要从县医保局、教育局、交警、应急管理局等部门的数据库中采集数据，从中发现防贫保对象。

周厚钦与熊亚平共同为通城减贫防贫中心揭牌

李伍才就是在这数万条数据中寻找蛛丝马迹。

2019年7月29日下午4时许，一辆小轿车从咸宁温泉返回通城，刚过崇阳县白霓镇，因车后轮爆胎导致车辆侧翻，致4人受重伤。

事发时，正巧通城县委书记熊亚平、县长刘明灯从咸宁乘车返回通城，途经事发地点，两位父母官见状立即停车开展救援工作，第一时间安排自己所乘车辆将伤者送往崇阳县人民医院救治，并派出通城县人民医院专家技术队伍进行支援。从事发地点经过的两名湖南司机见状，也下车协助救援。

经全力抢救，4 名重伤人员均脱离生命危险。其中，一名 7 岁男孩右脚踝关节皮肤擦伤，一名 14 岁男孩一根肋骨骨折、头皮裂伤，转往武汉协和医院救治。一名 69 岁男性左股骨颈骨折、左上肢损伤，一名 65 岁女性骨盆骨折，两人均在咸宁市中心医院开展救治。

熊书记电话通知县民政局、县减贫防贫服务中心介入此案。县民政局、县减贫防贫服务中心相关负责人于第二天早上赶赴崇阳县人民医院，看望慰问事故受伤人员，并送去 4 000 元慰问金。

被熊亚平救助的，就是前文中李伍才通过防贫保救助的郑文通一家。而这次救助，使防贫保从农村的贫困户拓展到城镇贫困户，在通城县防贫保的推广过程中，成为一个亮点。

除此之外，通城县在防贫保基础上又加上扶贫微工厂，彻底解决贫困户的返贫难题。防贫保救急救难，扶贫微工厂设在村头，让富余劳动力就近就业增加收入。目前，通城全县已经建起 51 个扶贫微工厂。

同时，通城聚焦产业扶贫，实施"能人回乡、企业兴乡、市民下乡"等创业计划，引进培育产业扶贫市场主体 1 200 余家，初步形成油茶、中药材、茶叶、畜牧养殖、稻田综合种养、果蔬产业、光伏扶贫、电商扶贫八大主导产业扶贫格局，建成产业扶贫基地 85 万亩，覆盖全县 100% 的村、97% 以上的贫困户。

熊亚平表示，通城县积极探索减贫防贫长效机制，将进一

作家丁一鹤（右一）到通城县采访
郑文通一家（摄影：刘建平）

步创新县域治理体系，提高县域治理能力。着力在整合扶贫资源、完善服务功能、加大帮扶力度、提高监测精准度等方面下功夫，充分发挥减贫防贫中心的作用，努力把该中心打造成探索减贫防贫的阵地、方便群众办事的窗口、宣传扶贫政策的载体、展示扶贫成果的平台，筑牢减贫防贫的"拦水坝"。

2019 年，熊亚平荣升咸宁市领导，但他没有离开通城。他说："通城县只要还没有脱贫摘帽，我就不会走！"

第九章

悲悯情怀

春风入户

通城县的药姑山横跨鄂湘两省，是鄂南通城、崇阳、赤壁与湖南临湘之间的界山，峰峦叠嶂、洞深涧幽，有"三关九锁之险，七十二峰之秀"的美誉。

药姑山下的湖北省通城县大坪乡，有一户三世同堂的六口之家，多年来一直过着平静祥和的日子。他们家的两层小楼，与十几户邻居并排而建。楼房前面有一口大鱼塘，鱼塘前面有菜园与大片的稻田。在山外人看来，这里"春有花，秋有果，塘里有鱼，园里有菜，田里有五谷"，犹如陶渊明笔下的桃花源。

82 岁的爷爷胡立春是个乡村知识分子，也是村里的老党员，在村委会和乡镇企业干了一辈子。81 岁的奶奶吴春梅，几十年相夫教子，贤惠能干，种田种菜、操持家务，样样是好手。

这个六口之家的顶梁柱，是胡立春夫妇的长子胡伯明与儿媳黎山红。胡伯明在武汉打工时结识妻子黎山红，婚后生育胡小龙、胡小虎两个儿子。生活压力陡然增大，为给家人更好的生活，胡伯明夫妻二人只好南下广东打工。

2000 年，在两个弟弟的资助下，胡伯明夫妻用打工积攒下的 10 万元在村里建起了一栋二层的楼房。2010 年，胡伯明夫妻拿出自己多年省吃俭用攒下的全部积蓄 20 万元，又建起一栋两层的房子。因为资金紧张，两次建房都是胡伯明起早贪黑，自己去买材料一砖一砖砌墙，房子建起来了，他自己累得脱一层皮。

夫妻二人长年在外打工，孩子一直跟着爷爷奶奶生活。胡伯明的大儿子胡小龙从小学习优秀，高中毕业时考上了湖北中医药大学，本科毕业后又考取了福建农业大学的硕士研究生。小儿子胡小虎性格内向，懂事，见家里经济困难，初中毕业就外出打工补贴家用，资助哥哥求学深造。

2017 年，胡伯明的大儿子胡小龙以优异的成绩考取了中国科学院博士研究生，一家人得到喜讯打心眼里高兴。胡伯明觉得，儿子考取了中国最高学术科研机构的博士生，自己多年的苦累和付出都值了！

"农家娃考取了中科院博士！"喜讯传开，胡伯明一家顿时成了药姑山下远近闻名的"博士之家"。

这时候，胡伯明的两个弟弟在省城工作，儿子考上了博士，家里的生活条件越来越好，胡伯明终于可以喘口气了。谁知，无情的病魔却恶狠狠地朝毫无防备的胡伯明扑来……

2018 年 4 月，胡伯明所在的广东省中山市某工厂组织员工检查视力时，查出胡伯明眼睛有问题，而且严重影响了工作。单位担心胡伯明视力会继续恶化，赔偿他 3 万元后解除了劳动合同。

失掉工作之后，胡伯明赶到武汉，在弟弟的陪同下来到武汉大学中南医院复查视力。弟弟们希望做全身检查以便查明病因，胡伯明没听弟弟的劝说，拿着医生开的治疗眼睛的药品回到了老家，一边休养一边干点农活，指望能很快恢复视力。

2018 年 9 月初的一天，胡伯明跳进家门前的鱼塘中捉鱼，受凉得了感冒一病不起。9 月 27 日，胡伯明病重，被送往武汉大学中南医院感染科。此时的胡伯明异常消瘦，全身黄黑，虚弱乏力，黄疸指标高达 600 多。医生专家经紧急会诊，确诊胡伯明系慢性乙肝导致的肝硬化及亚急性肝衰竭，随时有生命危险。

看到诊断书，两个在武汉工作的弟弟心情沉重，当即电话通知在北京读博士的侄儿胡小龙。正在中科院生物所实验室做实验的胡小龙，一下被突如其来的消息击懵，连夜赶到武汉来到父亲的病床前。

当时，正读博士二年级的胡小龙才和导师确定研究方向，刚刚开题做实验，准备下功夫大干一场。如果现在回去，前期实验的数据、所做的准备都将白费，然而父亲病危，他别无选择！

胡伯明看到儿子，艰难地露出笑容，口里却说："你怎么来了？学习耽误了怎么办？"胡小龙听后再也忍不住，眼泪奔涌而出。

此时，胡伯明的病情已非常严重。他明明盖着被子，嘴里却不停说冷；他明明说想方便，胡小龙把他扶起来一步一步挪到洗手间，他却说："我想睡觉，你怎么扶我到这里来？"胡小龙知道父亲有些意识模糊，只觉得自己的心在揪痛！

医生告诉胡小龙，目前治疗有两种方案：一是进行人工肝治疗，二是进行换肝手术。

人工肝治疗，就是进行血浆置换＋胆红素吸附，医生说很多患者三到五次置换就有明显疗效。虽然每次费用1万多元，但和换肝手术相比，费用低多了。一家人商量后，决定施行人工肝治疗。

胡伯明听说治疗费用这么贵，他舍不得。家里积蓄总共只

厚土中国一

有 30 万元，那是他准备给小儿子胡小虎在县城买房子结婚用的。因为早年在外打工，小儿子管得少，总想弥补儿子。如果现在治病把钱用了，自己又辞工在家，今后哪有办法去赚钱？

病情危急，片刻不容耽误，家人希望医生以最佳的方案，与时间赛跑抢救胡伯明的生命。胡伯明住院近两个月，医院共进行 10 次人工肝治疗。可是，胡伯明的病情依旧没有得到控制。医生最后说，再做血浆置换意义不大，换肝是目前唯一能挽救他生命的最后治疗手段。

2018 年 11 月 23 日，胡伯明因病情加重转入 ICU 病房。11 月 26 日，武汉大学中南医院器官移植中心专家给胡伯明施行换肝手术，因为感染无法控制，病情持续恶化。12 月 20 日，胡伯明因多器官衰竭病故。

住院仅仅三个月，胡伯明的治疗费用高达 150 多万元，但最终仍没有保住性命。结算时，国家医保包括大病医疗支付报销在内，总共报销了 40 多万元，两个在省城的弟弟拿出所有积蓄帮着还债，最后整个家庭还欠下 60 多万元债务。

胡伯明病故后，一家人处在巨大的悲痛之中。80 多岁的父母老来丧子，无法接受这残酷的现实，一下子被击倒了。

82 岁的老父亲胡立春得知噩耗后摔倒在地，当场骨折后瘫痪在床，加上高血压，从此卧床不起。81 岁的老母亲吴春梅，根本不接受儿子胡伯明病逝的事实，一直以为儿子去广东打工了。

胡伯明去武汉治病前，吴春梅就在屋后的菜园里种了一垄香菜，如今看着菜园里满垄嫩绿的香菜，吴春梅常常一个人念念有词："儿啊，这是你最爱吃的香菜，你什么时候回家，我做给你吃啊！"

寒冬的药姑山树木凋零，昔日的"博士之家"，也陷入了风雨飘摇之中。

办完父亲的丧事，胡小龙含泪赶回北京，继续自己的博士学业。为了早日还清胡伯明治病欠下的巨额债务，53 岁的妻子黎山红背着行李，独自一人前往江西九江打工。27 岁的胡小虎，则去了湖南岳阳打工帮家庭还债。

昔日热闹的两层小楼顿时异常冷清，家中只剩下两个八旬老人。爷爷胡立春躺在床上呻吟，奶奶吴春梅凭着坚强的意志操持家务照顾老伴。

谈起这个"博士之家"的遭遇，村里的党支部书记黎海南感慨良多："农村人没有买保险的意识，胡伯明也不例外。如果胡伯明购买了大病保险，他家就不至于被拖累成这个样子！"

"博士之家"的不幸遭遇，党和政府没有忘记。2019 年 5月，通过正常申报程序，黎山红被定为低保扶贫对象，享受国家低保政策，但这只是杯水车薪。

村书记黎海南听说县里成立了减贫防贫中心，专门救助因病、因灾、因学而致贫返贫的家庭，他利用进城开会的机会，抱着试一试的心态，向通城县减贫防贫中心申报了胡伯明一家因病返贫的情况。

2019年9月23日，通城支公司经理李伍才，带领县减贫防贫中心业务人员王素、吴琼专程来到胡伯明、黎山红家中进行入户调查。

不看不知道，一看惊一跳！"博士之家"的遭遇让李伍才的眼泪在眼窝里打转。他含泪写下调查记录：

住房状况：黎山红家中住房为两层砖房，约120平方米，大约30年前建的第一层，第二层是后面加的。外墙仅正面贴了瓷砖，屋内没有装修痕迹，且有多处漏雨现象。二楼简单贴了地砖，粉刷了墙面，整体较为陈旧。

家庭状况：全家仅靠黎山红在江西九江打工养家还债，每月工资约2 000元。大儿子胡小龙现在就读于中科院博士三年级。小儿子胡小虎在岳阳打工。爷爷胡立春瘫痪在床。奶奶在家照顾卧床的爷爷。

支出状况：全家为胡伯明治病已经花费150多万元，总报销下来，发票可见的自费20多万，换肝的60万元无法计入发票核算；儿子读书每年学费1.1万元，爷爷摔伤治疗已花费1万多元。

李伍才回到县城，又到大数据局再次核查，最终确定这个家庭没有商品房，也没有机动车等资产。入户调查摸清基本情况后，李伍才在理赔建议中注明：该户为城乡临贫户，仅靠黎山红一人在外打工养家，入不敷出，家庭无法承担巨大压力，建议予以救助。

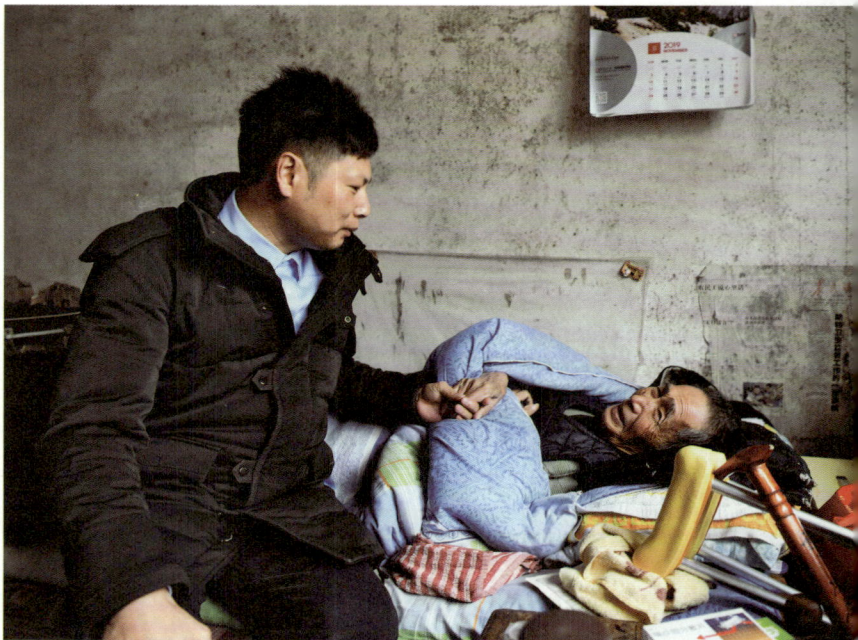

李伍才核查防贫保时到老人床前嘘寒问暖（摄影：刘建平）

在提交的材料中，李伍才注明：胡伯明治病有票据的医疗费用就达 625 140 元，总报销 399 246 元，个人自费 225 894 元，其中个人自费合规费用 113 627 元。根据通城县减贫防贫中心防贫保因病理赔标准，拟救助金额 79 538 元。

随后，大坪乡组织各级干部、村民代表 9 人，对胡伯明确定为防贫保救助对象进行民主评议，并获得全票通过。2019 年 10 月 8 日，村委会对评议结果进行了公示，公示期内无任何人提出异议。大坪乡党委吴红艳签字上报通城县减贫防贫中心。2019 年 11 月下旬，通城支公司将 79 538 元防贫保救助款划拨到黎山红的银行卡上。

收到从天而降的防贫保救助款，正在九江打工的黎山红激动得泪水直流，连连说："感谢政府，感谢党的政策，感谢所有帮助我们的人！"

2019年12月2日，这个"博士之家"给通城县减贫防贫服务中心送去了一封文绉绉的感谢信，而且是用毛笔书写的，内容如下：

尊敬之通城县人民政府：

皇天无亲，惟德是辅；民心无常，惟惠之怀。民女黎山红，夫胡伯明，家住大坪乡，有子二人，虽无锦衣玉食之资，却怀勤恳积善之念，朝夕劳止，泛可小康。然天有不测风云，人有旦夕祸福，予夫于去岁九月之末，忽肝衰竭，求医于汉，医以病重，不换则无。时双亲年逾耄耋，父病于床，长子读博于京，学资几万，幺儿务工于外，月余两千，一家梁柱，尽系予夫，遂亲朋借尽，以盼愈疾。奈天不假年，未挽予夫之命，欠债达六十余万之多。予本家贫，雪上加霜，予为乡人，诸技皆无。悲丧夫之痛，愁生存之困，坐卧忧虑，朝夕泪垂。

时新政出，县人民政府知予之难，报部分治病之资，解予困苦之境。春风入户，霞光临门，雪中送炭，困中解围。常闻羊有跪乳之恩，鸦有反哺之义，结草衔环，知恩图报，人岂无之？予乡下妇人，不通文字，遂寻人执笔，成此感谢之信，不足达谢意万一，唯育子成才，以报县人民政府、国家之恩也！

稽首谢恩人：黎山红

"皇天无亲，惟德是辅；民心无常，惟惠之怀"出自《尚书·蔡仲之命》。这句话的意思是：上天对人不分亲近远疏，只

第九章 悲悯情怀 一

243

帮助那些有德行的人；民心不会永远忠于一个君王，只有对自己有恩惠，百姓才会归附他。

春风入户，霞光临门，皇天后土下的老百姓知恩图报，报答的是谁的恩德？黎山红在感谢信里说得很清楚，国家之恩！

悬崖效应

在湖北省防贫保推广过程中，安陆市脱颖而出成为全省第一个防贫保签约落地县市，令人刮目相看。防贫保能在安陆市落地，关键的推广人物是安陆支公司经理黄和萍。

安陆市是隶属于孝感市的县级市，为武汉城市圈重要组成部分，位于鄂中腹地，是楚文化的发祥地。在众多相对富裕地区的包围中，安陆市属插花型的贫困县市，人口72万，辖9镇4乡2个办事处1个经济技术开发区。其中，建档立卡贫困村57个、贫困人口10 411户26 787人。

黄和萍是一名"60后"，出生在一个农民家庭，在农村长大读书，妈妈是一位村妇女干部。耳濡目染下，她深知农民的艰辛与不易。长大后她进城工作，经常寻思："将来我有能力了，能为农民做点什么呢？"

黄和萍从学校毕业后，辗转来到安陆县城参加了工作。但她的能力被限制在了工厂里，更让她沮丧的是，正当她年富力强时，因为国有企业改革她成了下岗职工，而且还被查出了肾病。

下岗的失落和身体上的病痛，让她突然之间茫然彷徨。下岗的时候她只有三十多岁，孩子需要学费，老公当老师挣的也不多，治病需要花钱买药，总要找点生存的活路吧，2002 年秋天，她偶然接触到了保险行业。

在一个刚刚迈入市场经济的县城里，人们对保险业普遍持有疑虑与偏见。在朋友的再三劝说下，她才本着试试看的心态迈入太平洋保险。之后她开始喜欢上保险，成为一位奔走在亲友与同学之间的保险员。从此，学习领会合同繁复的条文、频繁约见潜在的客户、不厌其烦地解说条款，几乎成了她生活的全部。

黄和萍是所有人眼里的热心大姐，因为她的热心赢得了很多客户，也就有了很多业绩。2004 年 3 月，黄和萍被评为湖北分公司"全省优秀业务经理"，12 月被评为"全省优秀个人代表"并参加总公司颁奖活动。2006 年 8 月，湖北分公司在筹建安陆支公司的时候，黄和萍出任牵头人，从此开始了她在公司的打拼。2006 年黄和萍被评为"全省业务标兵"，2009 年安陆支公司被评为"全省优秀支公司"，2011 年 9 月黄和萍被评为"全省展业标兵"。

2015 年，党中央、国务院作出关于打赢脱贫攻坚战的战略决定，精准扶贫在全国如火如荼地展开，中国太保产险也加入了这一声势浩大的攻坚战。按照安陆市委市政府的统一部署，中国太保产险安陆支公司负责安陆府河以西部分乡村的建档立卡工作。自从黄和萍离开农村后，她终于找到了能为农民做事的机会。

在扶贫建档立卡的工作中，黄和萍打交道的对象是农村的贫困户和五保户，或是因病、因灾、因残、因学而致贫的困难户。每一次访谈与制表，都对她是一次灵魂上的触动。

作为农民的后代，她打心眼里愿意为农民所想。要在安陆市推广防贫保就得找市长，黄和萍上午9点就来到市政府大院门口，刚想进院就被门口保安拦住了。

"我是保险公司的，要找市长。"她说。

"我不管你找谁，进屋登记。"保安说。

黄和萍进屋登记完转身就想进去，又被保安拦下："打电话让人来接才能进。"

"给谁打电话？"黄和萍问。

"你不是找市长吗？给市长的秘书打呀。"保安提醒着。

黄和萍心想，我哪里认识市长的秘书啊，但嘴上还不能说，就掏出电话比划了片刻，对保安说："没人接电话"。

"那就等。"保安公事公办的样子。

黄和萍没办法，只能等，等了一个上午也没能见到市长。

闲着没事黄和萍就东一句西一句地跟保安聊天，从聊天中得知市长每天上班前就到单位，晚上很晚才走出这个大院。黄和萍这下心里有底了，既然上班期间无法进大院见市长，那就来笨办法，早来晚走在市政府大院门口堵市长。

黄和萍一连来了两天才基本摸清市长出入的大约时间段。周一这天一大早，黄和萍就来到市政府门口等，7点左右，胡市长拎着公文包刚走到市政府门口，就被黄和萍拦住："您好胡市长！我叫黄和萍……"

"对不起，我有个会。"还没等黄和萍把话说完，胡市长就急匆匆进院了，她想跟进去，却被保安拦下了，她连要送市长的名片都没来得及送上。

黄和萍对此已经习以为常，平日见客户就不容易，何况是位市长呢。此后，每天早7点以前、晚上10点以后，黄和萍都会准时守候在安陆市政府大院门口，为的是能见到市长。

第三天晚上，黄和萍终于把自己的名片和防贫保的资料亲手递到了市长的手里："市长，您什么时间方便，我想当面跟您汇报防贫保项目。"

"好，好。"市长接过材料匆匆走了。

"那是关于扶贫防贫方面新创的一个产品，很重要的！有时间麻烦市长一定要看看呀！"黄和萍在后面追着喊着。

精诚所至，金石为开。黄和萍的坚持感动了市长胡明刚、副市长董庭。弄清楚情况后，胡明刚市长明确表态："防贫保是用商业保险的机制来帮助政府减少贫困人口增量。这是好事呀，市里理应支持。"

当时，中国太保产险已向全国下发正式文件推广防贫保，但湖北省尚未发文，中国太保产险尽管是一家企业，但企业的文件对县市区党委政府来说，起不了什么作用。当地政府开始不重视，更谈不上纳入议事日程，这也情有可原。

尽管举步维艰，我也决不放弃！黄和萍始终坚定这样的信念。为赢得安陆市扶贫办的重视和支持，黄和萍到各级相关单位上门汇报过 30 余次。一次次汇报，一次次宣讲，安陆市扶贫办主任薛智浩懂得了防贫保的好处。这就是"悬崖效应"。

悬崖效应是指事物在量变到质变过程中，在临界点阶段或范围所发生的变化特征和结果。直白点说，就如一个人站在悬崖边缘，一步不跨出，仍在悬崖上，跨出一步就跌落悬崖。

防贫保就是悬崖边的那张救命的网！

在精准脱贫工作中，所有的帮扶政策只针对农村人口中的建档立卡贫困户，而境况略好于贫困户、收入略高于贫困线的"边缘户"被忽视、忽略，极易因病、因灾、因学致贫。这也是扶贫办面临的棘手难题。防贫保的出现，精准地弥补了这些漏洞。

安陆市扶贫办薛主任被黄和萍的执着精神所感动，多次向市委、市政府起草文件，申报经费。就是靠这种攻山头的韧劲

黄和萍带领团队到农村宣传普及防贫保知识

和磨劲，一个个政府机关、部门从一开始对黄和萍的不待见到最后对防贫保以及对她的认同。其中的酸甜苦辣只有黄和萍自己心里知道，有好几次委屈得她流泪。

安陆不相信眼泪，黄和萍更不相信眼泪！为让更多贫困群众受益，受这点儿委屈算什么。抹干眼泪再出发，仿佛什么事也没发生过，继续干自己该干的工作。

黄和萍的老公是安陆一中的教师，好面子。当初，黄和萍做保险的时候，老公就不同意，觉得没面子，两口子为此没少拌嘴吵架。当得知黄和萍做防贫保后，老公却一反常态，彻底转变了看法，并特别支持她："这是好事，你一定要把善事、好事做好！"

在黄和萍的不懈努力下，2018 年 4 月 27 日下午，中国太保产险助力安陆脱贫攻坚合作协议签约仪式在安陆举行。湖北分公司周厚钦总率分公司办公室、非车险业务管理部、发展企划部负责人和孝感中支总经理徐兵来到安陆。安陆市长胡明刚、副市长董庭以及安陆市医保局、人社局主要负责人出席。

在仪式上，安陆市长胡明刚用诗一般的语言说道："在最美的人间四月天，安陆市政府与保险公司达成了一桩好事，使得这个春天更加温暖人心！在这里我要特别感谢安陆支公司，你们辛苦了！安陆市政府高度关注防贫保，希望今后在政企合作中能够更进一步向纵深发展。"

周厚钦总经理说："湖北分公司的发展得益于各级政府的大力支持和关爱，我们将继续践行'用心承诺，用爱负责'的理念，努力在简化手续和理赔流程上下功夫，积极助力安陆市脱贫攻坚工作。"

周厚钦见缝插针，向胡市长提出在中小学校开展保险知识进课堂的建议，希望通过从娃娃开始普及保险知识，逐步建立和提升全民保险意识，进而减轻政府的负担。在周厚钦总经理、胡明刚市长的见证下，安陆支公司经理黄和萍与安陆市医保中心局长徐林安签署《安陆市建档立卡贫困户大病补充医疗保险战略合作协议》。

项目落地后，因工作人员紧缺，黄和萍马上要到各个乡镇去收集理赔资料，没想到却被周厚钦拦住说："黄大姐，我无意中注意到你的小腿有些浮肿，我看见你自己偷偷摁了一下，一个深坑好久没恢复，说明你注意到自己生病了。你要注意休息，千万别累出什么大病来，那我们可于心不忍啊。"

黄和萍赶紧笑着说："我一喝多了水就这样，老毛病了，感谢您的关心，我一定会注意的。"

黄和萍没有告诉周厚钦，她是二十多年的肾病患者，而且已经发展到四期，再往前迈一步就是尿毒症。她每天都要服用大量药物，每个月要花不菲的医药费，如果不卖力工作，别说养家糊口，就是医药费也拿不起啊。这样说来，黄和萍自己又何尝不是处于"悬崖"边缘呢！

肾病不能劳累，黄和萍又得劳累，这是两难。

黄和萍这样的慢性病患者都随时可能因病返贫，何况普通老百姓呢？这又是两难。黄和萍虽然做防贫工作，但她最不愿当那个被帮扶的对象。她说："被人救助是一种感激，救助别人是一种快乐，再苦再累，也要开开心心一边工作一边笑着活下去。"

悍匪范儿的小妖

防贫保在安陆市落地后，后期大量的入户查勘、救助服务工作成了防贫保的重中之重。

由于安陆支公司人手紧缺，而防贫保服务工作重要而烦琐，黄和萍掂量再三，让性格开朗、工作认真负责的黄倩伶担任了支公司防贫保专员。

防贫保是由政府出资、农民受益的一种创新型险种，要被政府及相关部门所认可，被扶贫对象所接受，需要业务专员对防贫保进行耐心的宣传与讲解。业务专员除了自己要准确理解与把握相关保险条款外，还要以简单易懂的语言，准确表达防贫保的政策内涵与权益。

黄倩伶接手防贫保后，针对政府部门对于防贫保还没有什么概念的情况，整理出一整套较为齐全的防贫保工作方案。她首先选择从各个扶贫办公室切入，向扶贫干部讲解防贫保的政策，介绍相关条款，解答如何有效预防，杜绝贫困户脱贫后因病、因灾再次"返贫"的问题。

防贫保开展初期，由于医保中心、民政部门具体办事人员对政策的不理解，乡镇扶贫办以及村干部的工作思路不清晰，黄倩伶到处碰壁。

黄倩伶自我调侃：我是"悍匪范儿的小妖"，我怕谁！

"悍匪范儿的小妖"是黄倩伶的网名。

黄倩伶的老公在太平洋寿险工作，她是从广西防城港嫁过来的，因为人长得漂亮，性格好，平时爱交朋友，久而久之朋友们都比较喜欢她。聚在一起，有人叫她女汉子，有人喊她小土匪，有人称她为小妖精。后来她干脆给自己起了个"悍匪范儿的小妖"网名。

每次去民政局大厅，黄倩伶就给那里的工作人员讲解防贫保，有时人家不愿意听，她就软硬兼施非给人家讲，渐渐的这里的工作人员都熟悉了她，明白了不少防贫保的知识。

　　最初，民政部门不理解，黄倩伶只好报告给了安陆市支公司黄和萍经理，黄和萍与民政局领导沟通协调后，防贫保工作才开始进入常态化。得知防贫保的意义后，民政局从局长到普通工作人员不但积极配合工作，一有机会还义务宣传防贫保，并在每个村镇的民政窗口都贴上了防贫保宣传图。

　　每天上班的早安问候后，黄和萍经理总是问黄倩伶："要是哪天没有了案源怎么办？"

　　"怎么会呢？"

　　"如果出现了怎么办？"黄和萍追问。

　　说实话，黄倩伶还真没想过这个问题。为让黄经理这一句话成为句玩笑话，更为让安陆全市人民都懂得防贫保，黄倩伶确定了四个防贫保工作方向：一是逐镇逐村入户发放防贫保宣传单并进行讲解；二是在各大医院重疾住院部挨个床发放宣传单并讲解防贫保；三是每月在医保中心下载最新的住院名单并查找病人电话，再一一通知病人家属申请防贫保；四是每天紧盯朋友圈寻找安陆市内的滴水筹，及时发现返贫对象给予帮助。

　　这个难度和工作量可想而知。黄倩伶是广西人，在安陆属于外乡人士，奔走在安陆乡间，人生地不熟，语言不通，道路不熟，手机又时常没信号，因此走了不少弯路。这倒也不怕，但她怕的是一些意外事情的发生。

自诩为"悍匪范儿的小妖"的黄倩伶也有怕的东西吗？有呀，而且不是一般的怕呢。

这天，黄倩伶专门选了几个较偏远的村子入户查勘。上午，她开车去了王义贞镇的唐僧村，开到一多半的路程，前面就没路了，她只好步行去。不大的村子几乎看不到人，有人出来也都是些老人孩子，她来到村头一户人家，想问问情况。刚来到门口，院子里就窜出一条大黄狗，狂吠着朝她扑来，吓得黄倩伶站在原地浑身打抖没敢动。黄狗龇着牙围着她转圈地嚎，那声音刺得她耳朵嗡嗡直响。好在一位老伯出来叫住了大黄狗。

入户查勘出来，黄倩伶走在村里的路上，突然听到身后有动静，回头一看，两只大鹅正全速朝她撵来，那架势就像两台微型坦克轰隆隆碾过来一般。

黄倩伶听说过大鹅的厉害，此时此刻见到那咄咄逼人的架势，知道来者不善，嗷的喊一声拔腿就跑。她一跑不要紧，却惊动了沿途的大黄狗、小黑狗，一个个凑热闹似的跑出来一起追赶黄倩伶。

黄倩伶边哭边拿出百米冲刺的速度跑起来，脚踩到牛粪也顾不得了，差一点儿把一只鞋跑掉，那个狼狈样真是羞于见人。什么悍匪范儿，什么小妖，在土狗的追赶下，全部荡然无存。

好不容易逃出了村子，在地里又遇上一只闲逛的公牛。那只公牛站在那里，向走过来的黄倩伶行注目礼。那不是一般的注目礼，而是那种随时准备扑过来用牛角顶人的注目礼，这足以让黄倩伶不寒而栗，胆战心惊！

黄倩伶已经没有任何退路，狭路相逢勇者胜。黄倩伶壮壮胆，用一对清澈的秀眼紧紧盯着公牛，双方足足对峙了几分钟。最后，公牛扭头走开了。黄倩伶却吓得一屁股瘫坐在地上，梨花带雨地哭起来。

还有一次，黄倩伶在字畈镇月岭村查勘完后，去邻近的曹棚村时走错了路，走进了一片树林里。当时天气热，走累的她

黄和萍、黄倩伶走村串户宣传防贫保

想坐在树荫下歇息一下再走。刚坐下喝口水，无意间扭头一看，见一米远处的一棵树上有个凉帽大小的马蜂窝，还没等她反应过来，一群马蜂就像战斗机一样朝她俯冲过来。黄倩伶抱头就跑，跑出去好远才停下，但还是被马蜂蜇了几个大包。

这一切并没有阻止黄倩伶的脚步，而且她下乡入户的次数越来越多。路走得多了，连当地的大黄狗、小黑狗都跟黄倩伶熟悉了，人见多了也不再追赶。

一段时间后，黄倩伶再去乡村都带着狗粮，见狗就撒狗粮，曾经追赶她的大黄狗、小黑狗都成了她的好朋友，见到她还会友好地摇尾巴呢。

黄倩伶说："我本是一匹野马，感谢公司、感谢黄和萍经理给了我一片驰骋的草原。"

黄倩伶这个外乡人在安陆市做得风生水起，但黄和萍这个安陆本地人，却因为推广防贫保得罪了不少亲戚朋友。

一天，黄和萍老家的一名村干部，跑到公司指名道姓地骂黄和萍："村里怎么出了你这么个六亲不认的白眼狼呀！"

原来，这个村干部得了肺癌，治病花掉几万元，但他家庭条件不错，三个女儿外嫁，收入也都很好。这个村干部为申请防贫保，将自己和妻子单独立户，然后找黄和萍说情，希望她能高抬贵手照顾一下。黄和萍通过大数据核查，查户口、查收入，还是发现了其中的猫腻儿。到了她这里，那人的申请就

厚土中国

直接给否决了。这位村干部一听就恼了，哪有胳膊肘往外拐的，这钱又不是你家的，凭什么不给啊？就到公司找黄和萍算账。

黄和萍听了不但不生气，还自己掏出一千元钱给那村干部说："你的事我做不了主，这个钱是我自己的，可以做主给你。以后别来了，再来我可报警了。"

然而，对于特别需要救助的贫困老百姓，黄和萍又展现出母亲般的温柔和慈爱。2019 年 8 月中旬，黄和萍通过安陆市医保局提供的拟救助名单，发现孛畈镇的白莲在武汉协和医院住院花费了大笔医疗费用，应该属于防贫保救助对象。她就拨通了白莲丈夫程选的电话："你好，我是保险公司的……"

话刚说到这里，对方以为是诈骗电话，立即挂断，不给任何解释的机会。再打，不是不接就是立即挂断，后来怎么都是无法接通，估计对方把她列入黑名单了。偏偏黄和萍十分执着，在电话联系数次无果后，几经周折黄和萍找到孛畈镇扶贫办的熟人，这才联系上白莲的丈夫程选。

白莲问："我没买保险，也能赔偿我？"

黄和萍解释说："这是政府专门给像你这样的家庭买的。"

"真的，还有这好事？"白莲仍然不相信。

"是真的，你就放心吧。"

白莲抱着试一试的心态，向安陆支公司递交了防贫保理赔资料与申请。经入户实地调查核实，白莲跟儿子一起来武汉务工，白莲因劳累而病倒，于 2019 年 4 月 11 日，在武汉协和医院神经外科被诊断为后交通动脉瘤和蛛网膜下腔出血，多次住院治疗共花费 20 多万元的医疗费，不但未治愈还落下中风后遗症，导致生活不能自理，走路歪斜，需要专人看护。

　　黄和萍把查勘结果报扶贫办，通过一道道严格的程序，2019 年 9 月 13 日，安陆支公司向程选家送去 25 144.42 元赔付救助金。

　　拿到真金白银的程选这才完全相信，他来到支公司向黄和萍当面道谢："黄经理真是救灾救难的活菩萨！"

　　黄和萍赶紧说："你可不能这么说，干这活儿是我们的本分，你要感谢就谢党和政府的政策好。"

　　程选连忙说："对对，我们赶上了好时代，感谢共产党！感谢政府！"

　　在黄和萍和同事的努力下，安陆市实施防贫保以来，截止到 2019 年 10 月，安陆支公司实现防贫保保费收入 280 万元，实际赔付额 210 万元，惠及家庭 421 个，受益人口 1 500 多人。

　　2019 年 10 月，总公司将"防贫保项目先进个人称号"授予黄和萍。

悲悯情怀

黄和萍提倡团队合作的狼性精神，但又因为耳大面方慈眉善目，常常被人说是菩萨面相。实际上，她就是这样一个兼而有之的性格，干工作既有雷霆手段，又有菩萨心肠。

2019 年 8 月的一天，按照医生的要求，黄和萍到安陆医院做身体复查。黄和萍在别人眼里是女强人，但在丈夫和医生的眼里，却是个危重病人。

1996 年，27 岁的黄和萍与丈夫结婚，婚后生完孩子不久，就感到自己浑身无力，甚至连走路的力气都没有，于是到医院做检查，检查了一圈儿，医生拿着检查单告诉她："你的尿蛋白太高了。"

黄和萍哪里懂得这些医学术语呀，连忙问医生到底是什么情况。

医生说："尿蛋白高证明你得了慢性肾炎，需要及时的药物治疗来控制稳定病情，避免进一步的加重，这个病会有发展成尿毒症的可能性。从现在开始你要控制饮食，低盐低脂低蛋白饮食，还要保持好心态，同时还要终生吃药。另外，你得吃素，但不能全吃素。"

黄和萍当时就傻了："我孩子还小呢，这样的话怎么治疗好，我还能活多久啊？"

医生说："现阶段还没有生命危险，但发展成尿毒症就麻烦了。"

此后，黄和萍与药结上不解之缘，一直到现在也没断过药。下岗之后，丈夫本想让她做个家庭主妇，不要再出去劳累以免病情加重。但天天待在家里只花钱不赚钱，每个月吃药的费用就要花掉丈夫一半多的工资，家庭负担重不说，这也不是个长久之计呀。无奈之下，黄和萍就到保险公司当了业务员。她和丈夫都没有想到，能力和命运竟然把她一步步推到了支公司经理的位置上。

由于长期的劳累，黄和萍眼皮浮肿，小腿上肿得一摁一个坑。周厚钦提醒后不久，眼看防贫保已经落地安陆，第一阶段工作告一段落，黄和萍在丈夫的陪伴下，不得不再次去医院检查。医生给她做了肾穿刺检查后，告诉黄和萍："你的慢性肾炎已发展到四期了，属于肾炎的中末期，而且你现在还有高血压症状，需要使用降压药物，把血压控制在正常的范围内。"

黄和萍知道自己的病会慢慢加重，但没有想到会因为高血压而重得如此厉害。医生说的很实在："这种病最后很可能会变成尿毒症，控制得好点就会延长的久点，不注意饮食和运动就会很快变成尿毒症！看你眼里的血丝，一定是劳累过度，以后再也不能这么劳累了，不然你的病情会越来越重。"

返回的路上，丈夫心疼地对她说："你已经是慢性肾炎四期了，咱家里也不缺钱，你的差事就别干了，回家好好养着吧。"

正在车上低头翻看朋友圈的黄和萍没有抬头，大大咧咧地答应着："好好好，都听你的。"

丈夫叹口气，他知道黄和萍这么应付了二十多年，已经习惯了，他只好无奈地摇摇头。正想再说话，黄和萍却突然抬起头来问："你学生里，有没有木梓乡的？"

丈夫不知道黄和萍突然问这个是什么意思，想了一下说："有这个乡的，你问这个干什么？"

黄和萍说："不干什么，我把你送到学校门口，还要去一下单位，中午就不跟你一起吃饭了。"

黄和萍把丈夫送到学校门口，就开车回公司。刚进门，助手黄倩伶就抱着厚厚的一摞材料走进来说："黄姐，这是这几天下乡调查的防贫保的新材料。什么时候安排审核一下，你定下时间，我好联系扶贫办和查勘员。"

"好，我看完后马上告诉你。不过你现在要先跟我出去一趟，有个急事。"说着，黄和萍习惯性地拿起钥匙要出门。

"去哪儿啊？"黄倩伶问。

"木梓乡。"黄和萍急匆匆头也不回。

在去木梓乡的路上，黄和萍告诉黄倩伶，刚才她在医院里等检查结果的时候，翻看手机里的朋友圈，在肾友群里看到一位武汉的肾友转发的一条水滴筹的信息，她习惯性地翻看了一下，当看到"王陆安，尿毒症患病十年，湖北省安陆市木梓乡人，母亲杨清芬常年患肾病"时，她的心猛地颤了一下。

在多年的保险生涯中，黄和萍尽管经手过多起赔付案例，个人也做过各种慈善行动，见过无数次妻离子散家破人亡的场景，但这个叫王陆安的境遇，还是令黄和萍感到揪心。

是什么原因让这个家庭上无片瓦下无立锥之地？又是怎样的遭遇让这个家庭走投无路呢？

黄和萍是肾炎四期患者，不知道哪一天尿毒症就会轮到自己头上，假如有一天自己也要靠透析维持生命，该如何面对？

不管是同病相怜，还是职责驱使，黄和萍决定要立即找到这个王陆安，找到他的父母，如果正在推行的防贫保能够帮助他们，也许能解燃眉之急，所以黄和萍这才急匆匆带着黄倩伶驱车寻找王陆安。

黄和萍和黄倩伶赶到木梓乡并没有找到王陆安一家，她们找村委会，找他们家的亲戚，有的说去了武汉，有的说去了安陆，还有的说在雷公镇上看到过王陆安的母亲杨清芬。

黄和萍没有放弃，她找到市医保局、市区的医院，又通过大数据查找，最终在安陆市雷公镇上的一栋危楼上找到了王陆安一家。

黄和萍和湖北分公司民生保障部
总经理卢曰刚现场了解情况

　　接下来，王陆安也因此成为防贫保的救助对象。不，准确地说变成了亲人。黄和萍与防贫保给王陆安带来的温暖也像一次次透析一样，支撑着王陆安的生命。

　　当黄和萍在雷公镇的危楼里找到杨清芬、王陆安母子的时候，这对可怜的母子完全是一副重病的样子。因为每周做着透析，王陆安和他的亲人这些年一直沉浸在悲痛之中，这个家也就再也没有了笑脸，而且这种痛苦已经伴随其全家度过了漫长的十个年头。

　　黄和萍了解到，王陆安曾是一名阳光男孩，王陆安的父亲王海宁在装修队打零工，母亲杨清芬在老家种地。父母的收入都很低，每月挣来的工资除了解决一家人温饱外，所剩无几。

王陆安 1990 年出生，是家中唯一的孩子，也是全家的希望。王陆安从湖北职业技术学院毕业后，在武汉一家公司找了一份电脑编程工作，月工资 3 000 多元。父母还为他在安陆市区买了商品房，以备他将来结婚成家用。

应该说，这是一个中国农村最平常不过的家庭，谈不上富裕，但也差不到哪里去。王陆安到省城武汉工作后，日子过得还不错，因为安陆离武汉不远，父母事先在安陆市为他购买了房子，一切都在朝着幸福美好的方向发展。

2009 年夏季的一天，武汉乌云密布。王陆安与往常一样，早起吃了一碗热干面后，就骑上自行车去公司上班。在经过一段爬坡路段时，王陆安加力蹬车，突然感到腰间被蜇了一下似的疼痛难忍，脸上顿时大汗淋漓。没办法，王陆安只好拐回来顺坡骑着自行车去了附近的一家医院，经检测诊断，他患上了严重的肾病。

王陆安没敢告诉家人，也没有住院，只买回些药来吃。由于长时间服用药物，王陆安的身体抗体减弱，病情不但没有好转反而不断加重，之后转为尿毒症，引发高血压造成心脏主动脉夹层大量出血，急送到武汉协和医院，住进重症监护室达 50 多天，进行了心脏搭桥手术。

王陆安这一病，无论是对于刚参加工作的王陆安，还是年近五旬的父母，都是无法承受的毁灭性打击。

患病后，王陆安不知道该怎么办才好，还一直瞒着家人，直到自己住院了他才不得不告诉家人。

他打电话给在家的妈妈："妈，我要住院了。"

"咋了，孩子？"

"没啥事，妈妈。"

"没事住院？告诉我住哪家医院，妈马上过去！"

母亲杨清芬接到儿子住院的电话后，立即和丈夫王海宁从安陆坐车赶到武汉协和医院。此时，王陆安马上要被送进手术室，等着父母来签字。

兜里揣着刚借来的几千块钱，杨清芬心里很害怕，她不知道怎么办才好。给儿子看病需要钱，而王陆安刚打工身上没攒下钱。杨清芬两口子身上也没钱，家里的全部积蓄都为儿子在安陆市区买了那套小商品房，购房交的首付款还是东借西凑好不容易才弄够的，剩下几十万的贷款需要月月偿还。

没钱也要给孩子治病呀，王海宁找到医生，表达了全家人的决心："我身上没钱，但我就这么一个孩子，砸锅卖铁也得救！"

王海宁让妻子杨清芬在医院照看儿子，他回安陆老家继续打工筹钱。他在工地上打工，耽误了活儿要扣钱的。收工后，

第九章　悲悯情怀

他利用晚上时间赶回村里跟亲戚朋友借钱给儿子治病。

杨清芬留在武汉医院照顾儿子，她没有钱去住便宜的宾馆，晚上就在病房里找块纸壳子铺在地上睡，她舍不得花钱订两份餐食，只给儿子打一份饭，每次都是等着儿子吃完，她再把儿子吃剩下的饭菜吃了，她顿顿都这么对付。

杨清芬患肾病多年，长期口服药无效后，于 2007 年 5 月在安陆市中医院手术切除了脾脏，这些年她已经花掉 10 多万元的医疗费。

杨清芬动手术欠下的钱还没还清，才过去刚刚两年，儿子王陆安又因肾病住进了医院，无疑是给这个家庭雪上加霜。

为尽快筹措到儿子的救命钱，王海宁回到村里求爷爷告奶奶。虽然他知道现如今借钱是件不容易的事，但没有想到竟然这般难！

他一连去了几个亲戚朋友家，都没再借到钱。一见面，亲朋好友态度都挺好，但听到他是来借钱看病的时候，知道王海宁家是个无底洞，都委婉地对他说："我家里没钱，你找别人家借去吧。"

王海宁不怨他们见死不救的冷漠态度，毕竟都是些穷亲戚，前几年在安陆市里买房子的时候已经借过一遍，妻子杨清芬治病的时候又借过一遍。俗话说得好，勤借勤还再借不难。可他王海宁这些年光借钱没还过钱。这已经是第三次借钱了，谁家也不宽裕，谁还愿意再伸出援手呢？

王海宁陷入无助状态，不保住儿子的命，他的一生将不得安宁。

王海宁把借来的为数不多的钱汇到武汉后，近乎崩溃地打电话对妻子说："摸着良心说，我对孩子愧疚啊，我可以对天发誓，我真的想用我的命去换儿子的命，咱家就指望孩子长大结了婚，咱们就跟着孩子进城享福了。可老天爷为什么这么狠心啊，为什么非要我儿子啊！"

"要不咱就把城里的房子卖了吧，先救孩子的命。"杨清芬说。

杨清芬心里明镜似的，丈夫回去借钱也借不来多少，之前欠下的债还没还上呢，那些穷亲戚已经尽力了，谁家也不富裕，再也拿不出更多的钱来帮助他们。面对躺在病床上的儿子，无助的杨清芬终日以泪洗面。

王陆安在完成心脏搭桥手术之后，医生给出后续治疗的建议，最好的办法是换肾。

医生告诉王海宁和杨清芬，换肾是一项需要开刀的有风险有难度的大型手术，通常应用在肾衰竭晚期、尿毒症的治疗上。医生给算了一笔账，如果是亲属活体肾移植的话，费用一般在10万元左右，如果买别人的肾换，费用在40万元到50万元左右。医生还说，黑市上买肾是国家严明禁止的行为，而且配型还不好配。即便换上了肾，手术后还要继续用药，不管是进口药还是国产药，一年也要好几万块钱。

听到这么高的费用，杨清芬吓得腿都软了。王海宁小心地问医生："用我和他妈妈的肾便宜吗？那就换我的肾吧。"

杨清芬马上拦着丈夫："家里就指望你撑着呢，你要是摘了肾，咱家的天就塌了，反正我肝不好，已经是个废人，要换也该换我的！"

医生说："你们先别争了，不是所有的父母都能配型成功的，需要检查之后才能确定，而且换肾后孩子所剩的寿命也不容乐观，一般能活 3 到 15 年，只有极少数能活 20 年以上。"

孩子能多活一天也要救！

王海宁和杨清芬夫妇俩双双进行了配型检查，遗憾的是，两人的配型都不成功。唯一能挽救孩子性命的希望破灭了，这个消息一下子击倒了这对可怜的夫妻。不过，医生的另一个建议又让夫妻俩仿佛有了些希望，这个建议就是靠透析维持生命。

医生给他们算了一笔账：普通的血液透析，每次费用大约在三四百块钱，对于普通的尿毒症患者而言，每周需要透析三次，一个月的费用是五六千块钱。目前国家对尿毒症透析患者有额外补助，只要有医保，进入慢病后，就能够报销一大部分的费用。

只要不动大手术，靠透析维持生命也许能更长一些，只是生命质量就没法保证了。

救命要紧啊，都这个时候了哪里还顾得上什么生命质量。这时候，内心怯懦的杨清芬在儿子面前显示出了她刚强的一面，她冲着同样不知所措的丈夫喊道："咱们回老家卖房子！一要救孩子的命，二是还清人家的债！"

其实，杨清芬内心充满了恐惧，要是把老家的房子卖了，他们在村里就没有了立足之地，可是不卖房子，孩子治病透析的钱从哪里来啊？她自己肝硬化需要天天服药，也需要钱。

最终，王海宁和杨清芬含泪卖掉了自家的祖屋，总算勉强渡过了难关。

回到家的王陆安不断靠透析维持生命，杨清芬靠吃药治疗着慢性硬化的肝，王海宁四处打零工维持着一家的生计。就这样一晃十年过去了，除了勉强糊口之外，王家花费的医疗费达30余万元，这些钱都是四处借来的外债。

每到年关，亲戚朋友就是不开口要债，杨清芬也要拿出账本来看看，算一算这些年欠下多少债，盘算着如何偿还，每看一次就揪心好长时间，愁得她头发早已花白。

见妻子天天愁眉苦脸，王海宁的心里也不是滋味，他说："那就卖掉安陆城里的房子还债吧。"

杨清芬一听就哭了，她哽咽着说："城里的房子卖了，儿子这辈子也就娶不上媳妇了，老王家也就断后了……"

王海宁只好安慰说："救命要紧啊，哪里还顾得上娶媳妇啊！除了卖房，也没别的办法呀！"

卖掉城里的房子，还清所有债务之后，家里也不剩什么钱了。此时，王家真正是上无片瓦下无立锥之地了。

没了自己的房屋，老家是回不去了，虽然有亲戚朋友的旧房子可以借住，但王陆安每隔几天就要到安陆透析，老家距离安陆太远又不通公共汽车，交通不便。想在安陆租房子住，可安陆的房租太贵。掂量思考后，一家人在离安陆市 17 公里的雷公镇上，找到了一处破旧的危楼，用极低的价格租下了一间房子栖身。

这是座摇摇欲坠的危楼，楼房檐破了一个大洞，王陆安一家就在这个破洞下边的一间房子里，他们也是这座危楼里唯一的住户。

菩萨心肠

黄和萍了解到王陆安家十年来的痛苦经历后，十分震惊。她见过贫寒之家，没见过春风中还这么潮湿阴冷的萧瑟之家。

杨清芬见到黄和萍，像见到救星一般唠叨着："我们家摊上两个治不好的病人，还怎么活下去啊！十年来，我很多次感到走投无路，绝望自杀过好几次都没死成。"

黄和萍连忙安慰："无论如何你不能想不开呀。你要是有个三长两短，孩子下半辈子怎么办啊？咱俩是同龄人，我比你小几岁，我也有个 20 多岁的孩子，不瞒你说，我也有走投无路绝望到要自杀的时候。可是，只要咬咬牙挺挺，困难就挺过去了。"

黄和萍本想告诉对方，自己也是 20 多年的慢性肾病患者，现在已经转化到四期肾病，再恶化下去就会成为王陆安一样的尿毒症，但她还是忍住了，并宽慰杨清芬说："我能理解你的心情，我们每个人都会经历伤痛和绝望，但是，越在无法忍受的时候越要挺住，血肉相连的亲情决不能因此断绝！你忍心舍弃你的儿子吗？"

杨清芬哭诉着："我不是个狠心的娘啊！只希望孩子能活下去就行，我不知道哪天挺不下去命就没了。我没有赚钱的能力，我也不知道怎么办才好，请您帮帮我们吧！您能帮他一把，我死也瞑目了。"

黄和萍握着杨清芬的手说："身为母亲，我能理解你的心情，但你自寻短见的想法我不敢认同，没赚钱的能力就放弃活下去的希望吗？这是下下策，挽救孩子和家庭才是当务之急。我们保险公司这边有个防贫保，也许能帮上你。"

离开杨清芬居住的危楼回安陆市区的路上，黄和萍心里很不平静。她是一个阳光开朗的女人，做保险工作这些年来，都是抱着救危扶困的慈善心态，所以她的心态一直很阳光。但王陆安一家，让感同身受的黄和萍感到有些不一样，多了份莫名的悲悯情感，除了通过防贫保救助之外，自己也应该帮帮他们这个几近绝望的家。

黄和萍一直忘不了杨清芬那生无可恋的复杂眼神，这个与自己年龄相近的母亲眼里满含着痛心、怨恨和担忧。黄和萍有些迷惑，如果是自己遇到这样绝望的境遇，还有没有活下去的勇气？

回到家，黄和萍忍不住把王陆安一家的情况说给丈夫听。丈夫听了后说："太可怜了！你应该了解清楚真实情况，尽快通过防贫保帮他们一下，另外咱家也想办法帮帮他们。"

丈夫从来不过问自己工作的事情，能说出这样的话来，令黄和萍很欣慰。她说："王陆安隔两天就要从雷公镇那边来安陆医院做透析，经常赶不上公交车，咱们家能不能想办法接送一下他？"

老公说："你的心情可以理解，方便时候去接送一下没问题，顺路接送一下也可以，但要是专程接送，大家都累，都有负担，还是顺其自然最好。"

老公的话很理性，黄和萍听后深以为然。此后，黄和萍总是以顺路为由，专程开车从安陆市区来到雷公镇，除了接送王陆安到市里做透析，还顺路给他带点水果和零食。

通过接触闲聊，尤其是从王陆安的讲述中，黄和萍感受到一个孩子的绝望，王陆安希望被人理解、被人重视、被人关心，希望有渠道发泄自己的情绪。但现在家境成了这个样子，亲戚朋友也都躲着他，他只能把自己封闭起来与外界隔绝。

王陆安的不幸遭遇，让黄和萍联想到了自己，她听着听着眼泪忍不住夺眶而出。为掩饰自己的失态，她连忙抹去泪水，笑着安抚这个还在惊恐之中的大男孩："孩子，你放下思想上的包袱，我会在政策允许的范围内尽职尽责，跟你妈妈一起帮助你，你要相信，你妈妈是最爱你的，她会给你撑起一片晴朗的天！不管怎么样，活着是最好的，病痛伤害了你的身体，但不能伤害你的心。我希望你能尽快好起来，阳光地生活，不能抱怨也不能沉沦，人一旦没了希望，就什么都没有了。"

趁送王陆安回雷公镇的机会，黄和萍把王陆安的妈妈杨清芬叫到外边，再三叮咛："孩子的心情不太好，觉得对不起你，毕竟他是你血脉相连的儿子，你也不要天天愁眉苦脸，你是妈妈，你阳光快乐，儿子才会阳光快乐，这个家才会阳光快乐。如果整天自怨自艾，这个家就阴云密布。"

杨清芬沉默了许久才说："孩子生病后，我觉得肯定是上辈子做了什么坏事，老天爷在惩罚我们呢。我这么辛苦把孩子养大，没想到眼睁睁看着他受罪，是我这个当妈的身子弱，才遗传给了孩子。"

黄和萍说："我也是个母亲，我也有一个和王陆安年龄相仿的孩子，我的身体也不太好，你的痛苦我理解，但孩子是我们身上掉下的血肉。孩子这样情绪低落，如果不加以正确引导，会产生病态性格，进一步发展对治疗不利。你抚养孩子很辛苦，孩子的爸爸每天为这个家的生活而日夜奔波。但你们忙于为孩子创造一个好的生存条件，却忽略了他的内心，我知道贫贱夫妻百事哀，但我希望你一天天快乐起来！坚强起来！"

黄和萍一边说着，一边捂着隐隐作痛的腰部，有些哽咽。杨清芬显然没有听出黄和萍话里有话，杨清芬哪里知道黄和萍也是一位四期肾病患者。

按照黄和萍的性格，对这个比自己大几岁的杨清芬，如果是自己的姐姐或者亲人，黄和萍会呵斥她嚷嚷她，但杨清芬是她的服务对象，黄和萍只能隐忍着，因为作为一名保险工作者，面对客户必须克制自己的情绪。

"这些方面我没想太多，在教育孩子方面我也不懂啊，我现在也很痛苦，活得很失败，我真想死了算了。"杨清芬哭了起来，用那粗糙的双手抹着脸上的泪水。

"我也曾有过绝望，也曾有过悲观厌世，我也经历过生不如死的痛楚，但我毕竟走过来了。活着是最好的，活着就有希望，别怪老天爷了，你所做的一切就是为孩子能幸福快乐地生活，你不但自己要快乐起来，更要让这个家庭快乐起来，我就是靠自我快乐，调整情绪，熬过人生一个又一个坎儿的。"

黄和萍紧紧握着杨清芬的双手，真诚希望她的生活能再次温暖起来。

黄和萍和同事总是以顺路的名义专程开车接送王陆安去做透析

　　回到安陆城里，黄和萍叫来黄倩伶和几个查勘员说："从现在开始，咱们单位查勘车调整一下路线，每周四争取路过雷公镇一个来回，一定说是路过，捎带着王陆安到城里来做透析，给他家减少一点负担。他家现在租住在雷公镇政府斜对面一个危楼的二层，能帮他们省一点就省一点。如果确实没法路过雷公镇，就告诉我一声，我去接。我要是实在没空，就让黄倩伶帮忙接一下。不管我们是公车私用也罢，还是私车公用也好，都要把这个事情做好。我们定下一个规矩，不管是王陆安还是别人，只要遇到贫困户，能帮一把，就一定要帮一把。"

此后，每周四上午，只要黄和萍自己有空，就会开车接送王陆安到安陆做透析。没空的时候，就会托人、找便车，或安排单位的查勘车接送王陆安到市区做透析。无论风吹雨打从未间断，以至于雷公镇上一些不了解情况的人，都以为王陆安一家跟黄和萍是亲戚呢。如果不是要紧的亲戚，捎带一两次是正常的，谁能次次这么帮忙呢？

黄和萍调查核实后，给王陆安一家发放防贫保救助款 4.8 万元。同时，黄和萍联系乡村干部与民政部门，为王陆安办理了低保。

拿到救助款后，杨清芬脸上终于有了久违的笑容，她含泪对黄和萍说："您真是俺家的活菩萨！是您救了我的孩子，也救了我，我们会开始新的生活，但我一直有一个问题想问您，您说也曾面临过想要自杀的绝望，您这么阳光的一个人，怎么会想到自杀呢？"

黄和萍笑着说："二十多年前我就查出了慢性肾炎，我干这份工作一是为了赚钱买药，二是希望能帮助他人，保险行业也是慈善事业。我生病以后才明白，只有自己发光发热，才能温暖自己也温暖他人。两年前，我双腿肿得很粗，到医院做了穿刺才查出来是四期肾炎，再恶化一点就是尿毒症，我才五十岁啊，拿到检查结果，在病痛的折磨中我感到生不如死。但为了孩子和家庭，我还要坚持活下去啊。我让自己一定要阳光起来，只有心态阳光，才能战胜病魔！"

杨清芬听后顿时愣了，她怎么也没想到眼前这位阳光善良

这对母子每次送别黄和萍都会站在阳台上依依不舍地挥手

的妹妹，也经历过如此磨难。

　　了不起的女人！杨清芬暗暗敬佩起眼前这位既平凡又伟大的黄和萍来。望着阳光下微笑着扬手告别的黄和萍，杨清芬合起双手，口中念叨着："菩萨啊菩萨！"

　　杨清芬、王陆安母子俩朝着黄和萍离去的背影，深深地弯腰鞠躬。

第十章

为万世开太平

可复制可推广的扶贫模式

在系统内部的流程中，防贫保推广过程有几个时间节点非常重要。

2017 年 10 月 20 日，首单防贫保项目在河北省魏县签订。

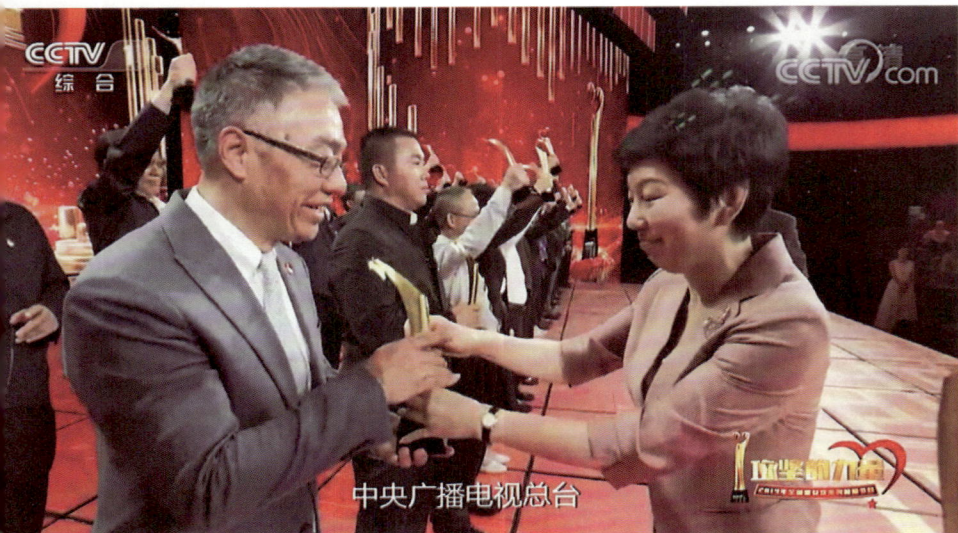

顾越领取 2019 年全国脱贫攻坚奖·组织创新奖

2018 年 6 月 4 日，总公司在邯郸召开全国防贫保推介现场会，向全国推广防贫保。

2019 年 10 月 17 日，在 2019 年全国脱贫攻坚奖表彰大会上，总公司和河北省魏县凭借在防贫领域的先行先试和显著成效，双双获颁本年度组织创新奖，这是全国扶贫领域的最高奖项。

第四个重要时间节点是 2019 年 10 月 23 日，为了进一步探索可复制可推广的精准扶贫模式，总公司在上海举行 2019 年脱贫攻坚表彰暨防贫保工作经验交流会。国务院扶贫办、中国银保监会、上海市政府及 40 个省、市、县扶贫部门与会，共同探讨在国家扶贫防贫整体工作要求下，如何齐心协力参与保险扶贫，全力做好金融扶贫这篇大文章。

集团董事长孔庆伟在会上表示，保险业如何以保险保障为切入点，发挥主业优势，这既是我们与地方政府群策群力、联手创办"防贫保"的初心，也是我们助力国家守住来之不易的脱贫成果的责任与使命。

国务院扶贫办开发指导司副司长吴华在会上指出，脱贫攻坚战打响以来，中国太保从讲政治、讲大局的高度出发，始终把脱贫攻坚作为重大政治任务抓在手上、扛在肩上，以实际行动投身到金融服务脱贫攻坚工作中。"防贫保"产品，不仅为打赢脱贫攻坚战、消除攻坚期内的绝对贫困贡献保险力量，也为国家在 2020 年之后建立"脱贫不返贫"长效机制、助力解决相对贫困问题提供了重要思路。

在这次会议上，吴华副司长认为防贫保在巩固脱贫成果，减少贫困增量，促进社会公平，降低扶贫成本等方面发挥了积极作用。吴华副司长认为，防贫保的工作成效体现在"四个结合"上。

一是在防贫对象上，防贫保将"群体共享"与"定人定量"结合起来，扩大保障范围。过去的保险扶贫，确定保险对象范围是"事先确定"，直接定人定量，这样不仅每年都要对保险对象进行调查，行政成本很高，而且保障对象有限，不在保障名单之内就无法享受保险保障。防贫保是按照"大数法则"，按农村人口总数的一定比例筹措资金设立资金池，事先不确定具体的保障对象；当出现保险补偿事由时，先由大数据筛查或由符合条件的农户自行申报，再由专业机构入户核查，有关部门批准后实现"定人定量"。这种"事后审定"的办法，让农村相对贫困群体均可享受保障，不仅降低了行政成本，而且扩大了保障范围。

二是在减贫方法上，防贫保将"控制增量"与"减少存量"结合起来，降低贫困总量。脱贫攻坚主要任务是减贫，聚焦的是贫困人口。防贫保主要目的是提升脱贫质量，巩固脱贫成果，聚焦的是临贫易贫人群。在实践中，防贫保是在抓好减贫任务的同时，引入保险机制，运用保险办法，"防贫于未然"，将"控制贫困增量"与"减少贫困存量"结合起来，既减少了新增贫困人口，又减少了原有脱贫人口返贫，提高了减贫实效。通过引入防贫保提前干预，将贫困边缘的农户和收入不稳定的脱贫户"两类人群"，纳入保险保障范围，有效减少了新增贫困人口。

三是在防贫手段上，防贫保将"政府手段"与"市场手段"结合起来，提高工作效率。过去，无论是行业扶贫、定点扶贫、社会扶贫、驻村帮扶，还是一些省市的保险扶贫探索，都是政府唱主角，行政手段发挥主要作用。防贫保是将市场手段与政府职能结合起来，共同发挥作用。一方面，防贫保通过制度创新，政府继续承担出台政策、筹措资金、审核批准等职责；保险公司按照政府要求，阳光化操作，专业化服务，特别是在保险事项入户调查核实方面，保险公司组织专业人员入户调查，减轻了县乡村干部的工作压力，提高了政府的工作效率，高效助力了乡村社会治理。另一方面，这去政府为贫困户购买保险，是买一年，保一年，费用年年出，成本开支大；防贫保通过机制创新，采用基金管理方式运作项目，政府出资并制定防贫补助政策，保险公司根据政府需求制定保险方案，收取服务费，提供理赔服务，政府少花钱多办事，事半功倍。

四是在扶贫投入上，防贫保将"购买服务"与"严格奖惩"结合起来，发挥资金效益。政府出资设立资金池。资金一方面用于发放防贫保险救助金，另一方面是按照发放保险金额的一定比例向保险公司支付服务费。资金池资金实行"多退少补"，有余额，则结转到下一年度；如有不足，则由政府注资补足。政府对保险公司实行激励约束机制，理赔事项出现一户错发漏发的，政府扣罚服务费的0.1%，督促保险公司履职尽责；一户不错不漏的，政府奖励服务费的5%，调动保险公司积极性。

全球防贫的中国方案

集团董事长孔庆伟在公司 2019 年脱贫攻坚表彰暨防贫保工作经验交流会上表示："防止返贫是衡量脱贫攻坚成效的重要依据，是实现 2020 年全面脱贫目标的关键因素。防贫保的应运而生，在现行以持续稳定增收为目的的扶贫手段基础上，进一步拓展到对无可回避的风险的管理，通过有效的对突发大额支出的救助，确保了家庭可支配收入的相对稳定，成功打破了脱贫基础不稳固、边脱边返、边扶边增的'沙漏式'扶贫困局。"

孔庆伟在"防贫保"工作经验交流会上发言

顾越接受作家丁一鹤采访

顾越说："扶贫是中央承诺、国家战略，社会义务、企业担当，我相信我们的国家一定能赢下这场战役！未来，我们将积极探索防贫保与农业保险、产业扶贫的深度融合，变输血为造血，夯实稳定脱贫的基础，释放出更为长久的精准扶贫民生红利。"

张毓华说："虽然参与防贫保的人们行业不同、领域不同，但为了防贫减贫，他们为了这个国家默默奉献，他们都是民间英雄！虽然不能说出他们每个人都是谁，但我知道他们是为了谁。有这些英雄们引领在前，百姓有盼头，民族有希望，国家有力量。"

在波澜壮阔的中国脱贫攻坚战中，防贫保只是这场战役中的一件决胜利器。在我们的田野调查和思考写作过程中，防贫保也只是我们解剖的一只麻雀，我们无意夸大一只麻雀能够鹤鸣九天或者鹰击长空。

我们解剖防贫保的目的，一是为2020年国家脱贫攻坚战完成之后，提供一个长久的防贫策略。二是通过本书，向防贫保的开发者、推广者等以及付出努力的所有人致敬。三是提供一个可参考的文本，引起社会各阶层的理性思考，期望更多的有志之士和专家学者提供更完善的思路，让防贫保为中国的脱贫防贫贡献更大的力量。

现在，我们需要从头开始梳理一下防贫保的产生和推广的历程，来看清楚防贫保是怎么从一个保险产品变成扶贫防贫的中国方案的。

2017年初，河北省邯郸市委书记高宏志提出在脱贫攻坚工作中，既要减少贫困存量又要控制贫困增量，做到"未贫先防"的工作要求，将精准防贫提升到与精准识别、精准帮扶、精准退出同等重要的位置。

2017年9月，在邯郸市委的部署下，魏县开始着手探索"未贫先防"机制，在河北省扶贫办副主任王留根指导下，创新提出了防贫保险的设想，并召集多家保险公司就防贫保险项目的可行性进行商讨。魏县支公司敏锐地捕捉到这一信息并立即上报，迅速成立由总公司、河北分公司、邯郸中心支公司、魏县支公司四级机构专业人员组成的项目团队，结合政府精准防贫需求，快速反应、精心设计，在第一时间为魏县政府提供了全套的承保方案、理赔及服务流程。

2017年10月20日，邯郸中支公司与魏县扶贫和农业开发办公室签署《魏县精准防贫保险框架协议书》，正式与魏县政府合作签约防贫保项目。

2017年10月27日，魏县支公司协同魏县扶贫办、民政局、卫生局、人社局、教育局多家单位，在魏县双井镇政府举行魏县防贫保险救助启动仪式，向首批147家返贫户发放总计95.2万元救助金。邯郸电台以《精准防贫展风采，美丽魏县赢未来》为题进行了跟踪报道。魏县防贫保第一例保单，已经被中国国家博物馆收藏。

2017年11月28日，邯郸中心支公司与邯郸市扶贫办签署《精准防贫保险战略合作协议》。

2017年11月底，占地面积500平方米的魏县精准扶贫防贫中心正式开馆，截至2020年1月，已累计接待全国县级以上领导带队的参观学习团280余批次，接待全国高等院校师生、科研机构专家30多次。

防贫保在魏县落地后，得到了《人民日报》、新华社、中央电视台、《中国改革报》《河北日报》等主流媒体的关注。新华社以《贫困户"边减边增"，扶贫还需防贫》为题在《半月谈》2018年第7期上刊发，以《河北魏县探索建立精准防贫机制》为题在《国内动态清样》第870期刊发。

2018年3月，防贫保的显著成效受到政府部门关注，国务院扶贫办主任刘永富作出重要批示。国务院扶贫办政策法规司副司长王光才一行前往河北魏县，实地调研中国太平洋财产保险股份有限公司河北分公司精准防贫保险，对防贫保精准防贫模式给予充分肯定："你们的探索为国家制定2020年后扶贫工作政策提供了途径，做法很好，值得肯定。"

2018年5月7日至8日，国务院国资委主任、党委副书记肖亚庆一行到魏县精准扶贫防贫服务中心调研，听取魏县精准扶贫防贫工作汇报。

2018年5月12日，河北省委书记王东峰、省委副书记赵一德就推进精准扶贫精准脱贫到魏县调研，对精准防贫工作给予充分肯定。

2018年5月19日，邯郸市精准扶贫防贫工作现场会在魏县隆重召开。邯郸市委书记高宏志、市长王立彤、市委副书记师振军等市委、市政府领导，以及邯郸市16个县的县委书记、县长、扶贫办主任与会，邯郸市属委、办、局的领导班子成员视频参会。魏县县委书记卢健以《坚决打好精准扶贫防贫攻坚战》为题，详细介绍了防贫保在魏县取得的经验。

2018年6月4日，中国太保产险在邯郸召开全国防贫保推介现场会。从这天开始，防贫保开始推向全国。这个时间节点，对防贫保来说意义非同寻常。

2018年6月13日，《中国保险报》头版头条刊登《防贫保：返贫的"拦水坝"》，对防贫保模式进行报道，高度肯定了这一模式的成效和意义。

2018年10月10日，湖北分公司与湖北省扶贫办联合下发《湖北太保产险"防贫保"工作实施方案》的通知，为湖北省防贫保的开展和推进提供指导。

2018年10月25日，湖北省举办首批防贫保签约仪式，湖北省扶贫办党组成员、副主任蔡党明，省保监局党委委员杨元明，总公司党委副书记、纪委书记张毓华，湖北分公司党委书记、总经理周厚钦出席签约仪式。

2018年12月31日，中央电视台《焦点访谈》栏目以"精准脱贫　攻坚克难"为题，聚焦2018年脱贫攻坚进展和2019年面临的挑战，报道了魏县防贫保项目。

2019年4月11日，中国银保监会召开新闻发布会，集团副总裁马欣介绍了以防贫保为代表的中国太保精准扶贫经验。马欣说，保险企业有扶危济困、雪中送炭的天然属性，与扶贫理念天然契合，能发挥杠杆和资金融通功能，放大扶贫资金的使用效率，激活贫困地区扶贫产业链。同时，大型国有控股企业有"做脱贫攻坚战先锋"为责任担当，利于统筹调动资金、人才、技术、网络、市场等资源。2018年以来，太保为贫困地区重点项目、企业和贫困农户提供金融保险服务支持外，还在扶贫工作中提供人才支持。2018年共向全国25个省、自治区、直辖市158

个贫困村选派了 227 名驻村干部，其中 49 人任第一书记。

2019 年 7 月 26 日，在北京全国政协双周座谈会上，全国政协委员、河北省邢台市委副书记宋华英，专题汇报了邢台开展防贫保防止返贫工作的经验。

2019 年 8 月，国务院扶贫办开发指导司副司长吴华一行，专程赴河北邯郸魏县调研防贫保模式。吴华副司长在调研之后，在向国务院扶贫办领导提交的报告中写道：起源于河北魏县的防贫保，在精准防贫方面开了先河。防贫保实质上是社会保险，是在消除贫困存量的基础上，通过政府出资设立保险资金池、购买保险服务，向相对贫困的致贫返贫高风险人群提供保险保障，防止他们陷入贫困陷阱，从而精准控制贫困总量的一种保险扶贫实践，是建立稳定脱贫长效机制的有益探索。

2019 年 8 月 20 日，湖北分公司与湖北省扶贫开发协会发起成立"中国太平洋保险防贫减贫（武汉）研究院"，这是全国保险行业首家将防贫和减贫作为重点研究方向的研究院。

2019 年 9 月 2 日，中共河北省委办公厅、河北省人民政府办公厅印发《关于建立健全脱贫防贫长效机制的意见》的通知，推广魏县防贫保模式。

2019 年 10 月 10 日，青海省扶贫开发局局长马丰胜带领青海省六州两市及十五个县扶贫职能部门负责同志，到湖北省通城县调研学习湖北防贫保模式。

组织创新奖

2019 年 10 月 17 日，在我国第 6 个扶贫日、第 27 个国际消除贫困日之际，中央电视台综合频道播出《攻坚的力量：2019 年全国脱贫攻坚奖特别节目》，对获得 2019 年全国脱贫攻坚奖的单位和个人进行宣传报道。河北魏县与总公司凭借防贫保项目，同时获得"2019 年全国脱贫攻坚奖·组织创新奖"，顾越和魏县县委书记卢健，双双上台领取了组织创新奖的奖杯。防贫保项目成为全国首个获此殊荣的保险项目。

　　2019 年 10 月 23 日，公司在上海举行 2019 年脱贫攻坚表彰暨防贫保工作经验交流会，国务院扶贫办、中国银保监会、上海市政府及 40 个省、市、县扶贫部门与会。

　　2019 年 12 月 2 日，中国太平洋保险防贫减贫（武汉）研究院在武汉召开第一次全体会议，探讨产业扶贫和防贫保"3+2"模式。

　　2019 年 12 月 4 日，青海省扶贫开发局与青海分公司举行"精准防贫合作框架协议"签约仪式，在青海全省开展防贫保工作。

　　2020 年 1 月，防贫保案例从来自全球 30 多个国家的 820 个报送案例中脱颖而出，获颁第一届"全球减贫案例征集活动"最佳减贫案例，并被收录进南南合作减贫知识分享网站的中外减贫案例库及在线分享平台，为全球减贫治理输出中国经验。这次活动是创新和深化全球减贫伙伴关系的最新尝试，由国务院扶贫办直属机构中国国际扶贫中心联合世界银行、联合国粮农组织和中国互联网新闻中心等机构共同发起，旨在全球范围内动员权威机构和专业人士，共同为减贫知识分享贡献智慧，以案例为载体，推广分享国内外减贫成功实践。

　　这次获奖再次充分证明防贫保作为国内首款商业防贫保险，

其模式得到认可，成效得到检验，不仅为国家建立长效脱贫机制提供了保险解决方案，而且充分体现了中国在防贫减贫方面的制度优势，为全球减贫治理输出了中国经验。

理性解读防贫保

中国这场前所未有的脱贫攻坚战役，在进入决战决胜阶段时，面临两项主要任务，一是 2020 年贫困人口全部脱贫，二是要巩固脱贫成果，真脱贫、脱真贫、不返贫。

防贫保的意义就在于围绕精准防贫这个核心，魏县、邯郸和河北省三级地方政府和中国太保产险四级机构，创造性地采用了基金型管理、经办型服务、综合型保障的产品与服务设计，联手打造了一种创新型保险模式。

那么，我们应该如何理性审视防贫保呢？

从防贫模式上解读，防贫保聚焦主要致贫因素，做到了应保尽保。防贫保是以地方财政资金为基础，以精准识别和帮扶临贫易贫人群为发力点，利用保险公司的人员和技术优势，构建起良性运行机制。也就是政府与保险公司在合作过程中，由政府根据辖区内防贫人口数和人均出资金额设立防贫保障基金，结合县域人均可支配收入和上年度国家贫困线标准两项指标划定防贫预警线，对于贫困边缘人群因病、因灾、因子女上学等可能致贫、返贫的情况进行实时监测。保险公司参与项目运作，参照贫困人口识别"四看一算一核查一评议"等原则，由各乡镇、村级基层组织配合保险公司开展防贫人员的核实、公示工作，对符合条件的由保险公司按照标准发放防贫保险金，用保险的办法控制贫困增量，确保防贫对象人均可支配收入不低于防贫预警线标准。

从保险的角度看

防贫保推动保险创新。以往的保险险种，大都是"保到人头"，最多也"只保一家"。而返贫、致贫对象是很难事先框定的，防贫保的创新在于保障对象由"某个人"转为"一类人"。这一创新之举不仅做到了少花钱、多办事，也实现了险种由"定人定量"到"群体共享"的突破性转变，扩大了保障的覆盖面，解决了政府在脱贫攻坚领域中的难题。河北分公司总经理徐国夫认为，防贫保具体来说有四个创新。

一是产品创新。以往的防贫保险，一般都是以建档立卡贫困户为保障对象，但防贫保的防贫对象不事前确定、不事先识别，也不需要重新建档立卡，只划一道防贫预警线，通过大数据实时监测，手续简便同时也能做到应保尽保。

二是模式创新。因病、因灾、因学是多地政府部门调研总结的三大致贫因素，以往的防贫保险多针对疾病、灾害两类风险设计，防贫保则提供了覆盖三大致因的完整保障，通过不同灾害下的分级赔付方案，使受灾群众及时脱离贫困。

三是机制创新。防贫保不以营利为目的，保险公司只留取保费收入的一定比例作为保险产品运作的人力、物力费用。在每年保险期限结束后，保费不清零，扣除赔款及运营费用，如资金还有结余，则结余资金将全部返还给政府或顺延为下一年度保险费，如资金不足由政府注资补足，有效保证了政府对资金的运营管理。

四是服务创新。区别于传统保险的是，传统保险只有遇到自然灾害、意外事故才理赔，而防贫保在因病、因灾、因学问题发生后，只有达到防贫扶助标准时才进行赔偿，也就是真正返贫致贫了才赔偿。

保险公司运作防贫保，比起政府运作更有优势，可以充分利用和发挥保险在系统、查勘、理赔等方面的诸多优势。河北分公司总经理助理张进总结出五个优势：

一是系统优势。保险公司有专业的系统优势，加上与地方精准扶贫部门的大数据平台对接，可以快速、高效处理防贫保险业务。

二是队伍优势。保险公司拥有高效、专业的服务团队，查勘技术专业、救助流程规范，如魏县支公司七天时间完成了992户的入户调查任务，确认救助对象147个，这种专业素质得到政府部门的高度认可。

三是公正优势。中国传统文化对于财富的衡量，核心价值观就是不患寡而患不均，政府扶贫过程中僧多粥少难以平衡，过去政府直接发放防贫款，很多没拿到钱的老百姓愤愤不平，保险公司以第三方身份参与到防贫工作中，能够化解群众矛盾。

四是情感优势。中国老百姓都同情弱者，对于因病因灾因学返贫的人群，通过保险公司专业的核查和公示，既体现了政府精准防贫的公开、公平、公正，也让更多的人感受到社会的善良。

五是风控优势。保险公司直接将防贫资金支付给返贫户，有效保证防贫资金真正落实到位，充分体现了政府执政为民、清正廉洁的工作作风。

国务院扶贫办开发指导司副司长吴华（左二）
一行专程赴河北邯郸魏县调研防贫保

　　防贫保推出之后，以"政保联办、群体参保、基金管理、阳光操作"的创新扶贫模式获得各方认可，为险企发挥主业优势参与社会管理、节约政府开支、促进相对公平、提升服务效能积累了有益经验，也为国家建立"脱贫不返贫"长效机制提供了重要参考。

从政府的角度看

　　习近平同志指出，防止返贫和继续攻坚同样重要，已经摘帽的贫困县、贫困村、贫困户，要继续巩固，增强"造血"功能，建立健全稳定脱贫长效机制。

起源于河北省魏县的防贫保，在"精准防贫"方面开了先河。防贫保是在消除贫困存量基础上控制发生贫困增量，是巩固脱贫攻坚成果、建立解决相对贫困长效机制的有益实践。

国务院扶贫办开发指导司副司长吴华与河北省扶贫办副主任王留根在调研中认为，防贫保重点解决了"为何防、为谁防、防什么、谁来防"四个问题。

一是瞄准致贫返贫主因，解决"为何防"的问题。魏县在脱贫攻坚实践中发现两类人群容易形成"贫困增量"：一类是已经达到脱贫标准，但收入不稳定的人群；另一类是处于贫困边缘的非贫困户。这两类人群多是因病、因学、因灾致贫返贫。因此，魏县针对"两类人群"因病、因学、因灾致贫返贫问题，开展防贫保试点，精准设计保障内容，丰富完善防贫举措，防止已脱贫但收入不稳定、持续增收能力不强的脱贫户返贫，防止不在建档立卡范围内但贫困发生风险较高的边缘农户致贫，有效控制贫困增量。

二是合理锁定防贫对象，解决"为谁防"的问题。精准防贫，锁定对象是基础。魏县客观分析历年致贫返贫数据，框定重点对象，划线确定范围，及时监测救助。一是框定两类重点对象。防贫保关注的不是具体个体，而是收入不稳定的脱贫户和处于贫困边缘的非贫困户等两类易致贫返贫高风险人群。二是合理划线确定范围。通过大数据分析，将国家现行农村扶贫标准的1.5倍设定为防贫监测预警线，收入低于"防贫预警线"的两类人群全部纳入防贫范围，总数约占全县农村人口的10%。三是重点监测及时救助。当纳入防贫范围的具体个体，因病、因学、因灾，导致花费大，可能致贫返贫时，相关部门按程序确认，及时进行救助，防止其陷入贫困。同时，在建立常态化监测机制的基础上，魏县为防贫对象量身定制产业扶持、就业扶持、兜底保障等帮扶措施，千方百计提高防贫实效，增强防贫对象造血功能。

三是科学设计防贫方案，解决"防什么"的问题。防贫保是针对两类高风险人群因病、因灾、因学致贫返贫风险进行救助，救助方式是对其因病致贫的医疗费部分，因学致贫的学费、住宿费、教科书费部分，因灾致贫的家庭财产损失部分或因交通事故导致的长期治疗所花费医疗费用超限额部分，分段按比例救助。以邯郸魏县防贫保为例，主要有三类防线：一是因病防贫线。属于收入不稳定脱贫户的，以自付费用 0.5 万元作为监测预警线，超出此线，纳入监测序列，经第三方查勘，可能返贫的，分设 0.5 万元以下、0.5 万—1.5 万元、1.5 万—3.5 万元、3.5 万元以上四个区间，分别按 30%、50%、70%、90% 阶梯式比例，发放防贫保险补偿金；属于贫困边缘农户的，以自付医疗费用 2 万元设置监测预警线，超出此线且经查勘认定符合条件的，全额按照阶梯式比例发放，分 2 万元以下、2 万—7 万、7 万—12 万、12 万元以上四个区间，采用同样比例发放防贫保险补偿金。二是因学防贫线。两类人群子女注册正式学籍、在接受义务教育之外全日制学历教育（包括顶岗实习，不含高费择校）期间，以年支付学费、住宿费、教科书费合计 0.8 万元为防贫救助起付线，超起付线部分划分为 0.3 万元以下、0.3 万—0.5 万元、0.5 万元以上三个区间，按 100%、80%、60% 发放防贫保险补偿金。三是因灾防贫线。意外灾害有火灾、风灾、雨灾等自然灾害和交通事故等多种情况，交通事故由县交警部门监测上报，自然灾害类由县乡民政部门监测上报，及时纳入核查对象。自然灾害类扣除 1 万元起付线后，分设 1 万元以下、1 万—3 万元之间、3 万元以上三个区间，按 40%、60%、80% 比例发放防贫保险补偿金，最高不超过 3 万元。交通事故类经司法等程序未得到相应赔偿或虽得到赔偿但损失仍然过重的，分类实施防贫救助，财产损失过重的参照自然灾害防贫办法发放防贫保险补偿金，医疗费用过高的参照因病防贫办法发放防贫保险补偿金。

四是明确各方职责任务，解决"谁来防"的问题。以魏县为例，通过政府主导，社会参与，联防联控，共同做好防贫工作。政府成立精准防贫工作领导小组，负责筹集"防贫保险基金"，按照农村人口总数一定比例设立资金池，每人每年按 50 元的标准，每年资金规模约 500 万元，制定防贫补助政策，提供有关信息，并监督政策落实。县扶贫办和有关职能部门按照领导小组分工，具体负责信息收集、情况交办、组织评议、结果公示、审批备案等具体工作。保险公司根据政府需求制定保险方案，提供不以营利为目的的经办服务，具体负责保险事项的调查核实、资金发放等工作。

从减贫成效的角度看

因为解决了四个核心问题，防贫保取得了巨大成效。

首先，以河北和湖北为例，防贫保最显著的效果是减少了贫困增量。从邯郸市魏县试点情况看，根据大数据分析，2017 年底魏县新增贫困人口 109 人，比上年同期 9 153 人下降 98.8%。返贫人口 118 人，比上年同期 920 人下降 87.2%。2018 年之后，魏县没有出现一例新增返贫、致贫对象。2018 年 9 月 29 日，河北省人民政府发布通知，正式批准魏县退出贫困县序列，在这个过程中，防贫保险发挥了有效作用。

其次，防贫保促进了社会的相对公平。在建档立卡识别贫困人口时，一些在贫困边缘的农村低收入户被卡在了标准之外，虽然与贫困户家境相差不大，但不能享受优惠的扶贫政策，难免形成社会矛盾。建立防贫机制后，这些人群在发生困难时，能够及时受到防贫救助，不至于陷入贫困。

再次，防贫保节省了政府的综合成本，为老百姓增加了更多实惠。防贫针对的是人群，不事先确定对象，非贫低收入户不建档立卡，减少了大量工作成本；少量的投入，针对了全部农村人口，减少了大量资金投入；实行社会化经办，保险公司按照合约进行审核理赔，减少了大量行政成本。与此同时，防贫保为返贫人群带来了更多的直接实惠，返贫群众看病、子女上学支出超线部分和受灾损失超线部分，保险公司核实后会在第一时间及时将救助资金送到群众手里。

家国天下

目前，我国正处于"经济转轨、社会转型"的关键时期。根据世界发展进程的规律，这个时期在社会发展序列谱上正对应着"非稳定状态"的频发阶段，是人口、资源、环境、效率、公平等社会矛盾的瓶颈约束最严重的时期，也往往是农村经济容易失调、社会容易失序、心理容易失衡、社会伦理需要调整重建的关键时期。因此，在这样一个特殊时期，各种问题和矛盾同时存在，交织在一起，农村相对贫困将长期存在，解决相对贫困将成为一个永恒的课题。

防贫保的有益实践，给我们哪些启示呢？对此，我们在国务院扶贫办开发指导司副司长吴华与河北省扶贫办副主任王留根的访谈过程中，请他们梳理了以下四条：

一是防贫保可成为巩固脱贫成果的重要举措。目前，我国脱贫工作面临着一边不遗余力地脱贫、一边存在返贫的难题。从近期看，脱贫攻坚战即将收官，贫困人口存量已经大幅减少。防贫保为防止贫困人口边"减"边"增"、边"脱"边"返"，巩固脱贫成果提供了有效路径。从远期看，打赢脱贫攻坚战，消除绝对贫困以后，建立解决相对贫困的长效机制，仍需防范群众面临的因灾、因学、因病致贫返贫风险。防贫保精准防范风险，为2020年后巩固脱贫攻坚成果，解决相对贫困提供了借鉴。

二是防贫保可成为2020年后日常性帮扶措施。通过保险分散群众面临的风险，是保证群众不因灾因病致贫返贫的重要措施。但目前大多险种是"保到人头"，临贫易贫人群人口基数大，返贫、致贫对象很难固定，靠给所有人买保险来保障，既不现实，也无财力。防贫保保障对象不是针对"具体人"，而是采用事前框定范围、事后审定的办法保障"一类人"，做到了"少花钱、多办事"，是解决当前防贫问题的有效举措。习近平同志指出，2020年全面建成小康社会之后，我们将消除绝对贫困，但相对贫困仍将长期存在。到那时，现在针对绝对贫困的脱贫攻坚举措要逐步调整为针对相对贫困的日常性帮扶措施。因此，我们要利用好这种低成本高效率的防贫方法，提前研究2020年后解决相对贫困问题的日常性帮扶措施。

三是政府购买服务可以使社会服务更精准、专业、高效。在防贫工作中，如果所有工作均由县乡政府和基层村组来做，则费时费力，特别是对比较专业的保险理赔事项，基层干部不会干、干不了也干不好。政府购买服务，理顺政府和社会组织的关系，有利于明确双方职责，形成既有分工，又有协作，各司其职，各负其责，各专其责的工作体制，有利于让专业的人做专业的事，提高工作效率，提升政府服务水平，提升群众获得感和满意度。今后，在保险扶贫工作中，可更多地采用"政府购买服务"方式，适应社会分工越来越细的需要。

四是防贫保机制可在保险扶贫领域拓展。产业扶贫是稳定脱贫的根本之策，产业发展面临自然灾害风险和市场波动风险。产业保险能够帮助群众防范化解风险。应进一步探索，将防贫保的好机制、好做法拓展运用到产业防贫保险和其他保险扶贫领域，低成本、全方位、高效率防范生产生活风险，满足易致贫返贫高风险群体多样化的保险需求，保障贫困地区产业稳定发展、贫困人口收入稳定增加。

保险作为经济"助推器"和社会"稳定器"，与扶贫理念天然契合。保险企业有扶危济困、雪中送炭的天然属性，能发挥杠杆和资金融通功能，提高扶贫资金的使用效率，激活贫困地区扶贫产业链。有了这层天然属性，保险企业开展精准扶贫时发挥风险保障主业优势和业务协同优势就成了区别于其他行业的优势所在。

下一步，公司将聚焦重点地区推行三大举措：将"授人以鱼"与"授人以渔"相结合，推动产业扶贫变"输血"为"造血"；将精准脱贫和精准防贫相结合，推动防贫保在助力"脱贫不返贫"方面发挥更重要的作用；将员工爱心奉献与贫困户稳定增收相结合，探索形成消费扶贫保险长效机制，确保高质量完成精准扶贫目标任务。

公司后续将针对各地防贫需求持续迭代升级防贫保产品，确定行之有效的工作计划和分步实施方案，推动各级机构加强与当地政府的项目沟通，并针对不同的地区条件，形成一批可复制推广的特色案例，持续巩固并扩大公司在防贫保险领域的先发优势，释放出更为长久的民生红利。

在田野调查的过程中，有一点值得我们注意的是，长期在城市生活的人难以理解，为何因病、因灾、因学这三个因素会

张毓华参加 2018 中国资本市场扶贫先锋圆桌论坛介绍防贫保推广情况

成为返贫的主要原因。这与中国广大贫困人口的社会处境和家庭收入密切相关，在大多数城市人看来，生病有医保，遭灾可以东山再起，上学没钱可以申请助学贷款，几万块钱并不算多，但这对贫困家庭而言却是一笔巨款，足可以用天文数字形容。刚刚跨过温饱线的他们，在广大农村和城市的夹缝中生存奔波，面对突发事件时总伴随着无奈与凄惶。很多贫困家庭就像随时可以倒下的骆驼，压垮一头骆驼，只需要最后一根稻草。

从另一个层面讲，返贫家庭的不幸，不只是某个人的不幸，更是这个社会底层的很多普通民众的悲哀。而对于我们而言，当遇到不能解决或者没有能力解决问题的亲人或者陌生人，当他们束手无策的时候，我们一定要向那些愿意承担责任的人和机构，致以足够的敬意！因为他们是这个社会的良心和底线。

还有一个问题是，防贫保在部分省份迟迟没有推开，究其原因还是资金不足。毕竟贫困地区本来就穷，没有更多的资金用于防贫，这也给防贫保的推广带来一定的障碍。如果拓展资金来源，如慈善资金、企业或个人的捐赠用于防贫，将为防贫保的推广带来更多便利。

防贫保从无到有、从点到面的快速发展正是政府和企业助推精准扶贫、履行社会责任的重要缩影。顾越表示，在后续更为关键的推广落地阶段，公司将有针对性地定制符合地方实际、彰显独具特色的防贫保障方案，不断扩大保障覆盖面，力争到2022年底实现防贫保在全国贫困地区全覆盖，让"脱贫不返贫"的长效保障惠及更多临贫、易贫人群。

脱贫攻坚的基层探索和实践以及伟大的脱贫攻坚精神催生的防贫保项目，以"未贫先防"和"扶防兼具"的功能性和实用性，在脱贫和防贫工作中起到了行业引领作用，以超前的战略意识走出了一条崭新的扶贫防贫路径，为国家制定2020年后相关政策提供了途径，为国家从"解决绝对贫困"到"解决相对贫困"战略的转移，探索出一条崭新路径。

2020年全面脱贫之后，标志着我们打赢了脱贫攻坚战，兑现了庄严的政治承诺，中国全面建成了小康社会，实现了第一个百年奋斗目标，也意味着绝对贫困在中国农村的终结，我们即将开启第二个百年奋斗目标。防贫保并不会因脱贫攻坚任务的完成而结束，而会继续巩固脱贫成果，解决相对贫困。进入全面防贫的新阶段，防贫保的作用会越来越重要。

初心易得，始终难守，不忘初心，方得始终。我们在实现中国梦的脱贫攻坚路上，何尝不是为天地立心，为生民立命？

站在 2020 年的开端眺望未来，全民小康的道路很远很长，防贫保的道路也很远很长。我们站在这儿，路，就在脚下，远方，就在那儿……

厚土中国，亿万斯年！